Aurora boreal

Seix Barral Biblioteca Formentor

Åsa Larsson
Aurora boreal

Traducción del sueco por
Mayte Giménez
y Pontus Sánchez

Diseño original de la colección:
Josep Bagà Associats

Título original: *Solstorm*

Primera edición: mayo 2009
Segunda impresión: mayo 2009
Tercera impresión: mayo 2009
Cuarta impresión: mayo 2009
Quinta impresión: junio 2009
Sexta impresión: junio 2009
Séptima impresión: julio 2009
Octava impresión: julio 2009
Novena impresión: septiembre 2009
Décima impresión: septiembre 2009
Decimoprimera impresión: octubre 2009
Decimosegunda impresión: octubre 2009
Decimotercera impresión: octubre 2009

ISBN: 978-84-322-2851-3
Depósito legal: B. 42.799 - 2009
Impreso en España
Impresia Ibérica (Cayfosa), Barcelona

El papel utilizado para la impresión de este libro
es cien por cien libre de cloro
y está calificado como **papel ecológico**.

Crece como un árbol
detrás de mi frente
con hojas rojas, ¡deslumbrantes hojas, azules, blancas!
Un árbol
que aún tiembla en el viento.

Y voy a aplastar
tu casa, y nada
me será ajeno,
ni siquiera
lo humano.

Como un árbol desde dentro
rompe hacia fuera
y aplasta
el cráneo.

Y luce
como un farol en el bosque
dentro de la oscuridad.

GÖRAN SONNEVI

ATARDECIÓ

Y AMANECIÓ: DÍA PRIMERO

Cuando muere Viktor Strandgård, en realidad no es la primera vez que sucede. Está tumbado de espaldas en la iglesia de la Fuente de Nuestra Fortaleza y mira hacia arriba a través de los enormes ventanales que hay en el techo. Es como si no hubiera nada entre él y el oscuro cielo de invierno.

«No se puede estar más cerca —piensa—. Cuando lo llevan a uno hasta la iglesia que hay en una montaña en el fin del mundo, el cielo está tan cerca que casi puedes tocarlo alargando la mano.»

La aurora boreal se retuerce como un dragón a través de la noche. Las estrellas y los planetas tienen que rendirse al gran milagro de luz resplandeciente que, sin prisa, se abre paso por la bóveda celeste.

Viktor Strandgård sigue el camino con la mirada.

«Me pregunto si la aurora boreal puede cantar —piensa—. Como una ballena solitaria canta bajo el mar.»

Y, como si su pensamiento la hubiera alcanzado, la aurora boreal se para un segundo. Interrumpe su interminable viaje. Observa a Viktor Strandgård con sus ojos fríos de invierno. Porque, allí tumbado, es bello como un icono. La oscura sangre parece una aureola alrededor de su pelo largo, rubio, de santa Lucía nórdica. Ya no se siente las piernas. Está adormilado. No siente dolor.

Curiosamente, allí tumbado piensa en su primera muerte y mira dentro del ojo del dragón. Aquella vez iba en bicicleta. Era entre invierno y primavera. Bajaba la larga cuesta hacia la intersección de Adolf Hedin y Hjalmar Lundbohm. Contento y lleno de fe, con la guitarra a la espalda. Recuerda que la rueda de la bicicleta resbaló sobre el hielo cuando, desesperado, intentó frenar. Que vio venir por la derecha a la mujer del Fiat Uno de color rojo. Que se miraron el uno al otro. Los dos entendieron qué iba a pasar, y entonces ocurrió. Fue como un tobogán de hielo hacia la muerte.

Con esa imagen en la retina muere Viktor Strandgård por segunda vez en su vida. Los pasos se acercan, pero él no los oye. Sus ojos no necesitan ver de nuevo el cuchillo brillante. Como un caparazón, su cuerpo sigue tumbado sobre el suelo de la iglesia; lo acuchillan una y otra vez. Y el dragón recupera, impasible, su camino a través de la bóveda celeste.

LUNES, 17 DE FEBRERO

Rebecka Martinsson se despertó con la respiración alterada cuando la inquietud le recorrió el cuerpo. Abrió los ojos en la oscuridad. Justo en el espacio entre el sueño y la realidad, tuvo la fuerte sensación de que había alguien en su piso. Se quedó quieta, tumbada, escuchando, pero lo único que podía oír era el sonido de su propio corazón, que le latía en el pecho como una liebre asustada. Buscó el despertador de la mesilla de noche y encontró el pequeño botón que lo iluminaba. Las cuatro menos cuarto. Se había acostado hacía cuatro horas y era la segunda vez que se despertaba.

«Es el trabajo —pensó—. Trabajo demasiado. Por eso, de noche, la cabeza me gira como la chirriante rueda de un hámster.»

Le dolían la cabeza y la nuca. Seguro que había estado apretando las mandíbulas mientras dormía. Lo mejor era levantarse. Se echó el edredón por encima y fue hasta la cocina. Los pies encontraron el camino sin encender la luz. Puso la cafetera y la radio en marcha. La conocida sintonía que marcaba el final de la programación se repetía una y otra vez, como una monótona llamada a la oración mientras salía el café y ella se duchaba.

El largo pelo se le tendría que secar solo. Se tomó el café a la vez que se vestía. El fin de semana había planchado la ropa y la había colgado en el armario. Hoy era lunes. En la percha del lunes colgaba una blusa color hueso y un traje de chaqueta azul marino de Marella. Olió los calcetines del día anterior. Servían. A la altura de los tobillos estaban un poco dados de sí, pero si los estiraba y los doblaba, no se veía. No podría quitarse los zapatos en todo el día pero le daba lo mismo. Una cuida la ropa interior y los calcetines si tiene motivos para creer que alguien la va a ver desnudarse. Actualmente, su ropa interior había sido lavada demasiadas veces y tenía un color grisáceo.

Una hora más tarde, estaba sentada en la oficina, ante el ordenador. El texto fluía como un torrente desde su cabeza hasta los dedos, que volaban sobre el teclado. El trabajo calmaba su mente. El malestar de la mañana había desaparecido.

«Es curioso —pensó—. No paro de quejarme con mis compañeros, los otros abogados jóvenes, de que el trabajo me hace sentir desgraciada. Pero siento paz cuando trabajo. Casi alegría. Es cuando no trabajo cuando me sobreviene la intranquilidad.»

La luz de la calle se introducía penosamente a través de los cuadrados cristales de la ventana. Se podía oír algún que otro vehículo, pero dentro de poco zumbaría el sordo rugido del tráfico. Rebecka se echó hacia atrás en su silla y le dio a la tecla de imprimir. En el pasillo oscuro la impresora despertó y se hizo cargo de la primera orden del día. La puerta de la recepción se volvió a abrir. Ella suspiró y miró el reloj. Las seis menos diez. Se acabó la soledad.

No se podía oír quién había llegado. Las blandas alfombras del pasillo amortiguaban los pasos, pero al cabo de un momento se abrió la puerta de su despacho.

—¿Molesto?

Era Maria Taube. Había abierto la puerta con la cadera a la vez que hacía equilibrios con una taza de café en cada mano. Llevaba el escrito de Rebecka bajo el brazo derecho.

Las dos mujeres trabajaban como abogadas recién licenciadas en derecho fiscal en la firma de abogados Meijer & Ditzinger. Las oficinas estaban en la última planta de un bonito edificio de finales del siglo XIX, en la calle Birger Jarl. A lo largo del pasillo había alfombras persas bastante antiguas y sofás y sillones de piel vieja y agradable. Todo transpiraba experiencia, influencia, dinero y competencia. Era una oficina que satisfacía a los clientes con una perfecta mezcla de seguridad y atención.

—Cuando nos muramos estaremos tan cansadas que desearemos que no haya otra vida después de ésta —dijo Maria poniendo una taza de café sobre la mesa de Rebecka—. Claro que no me refiero a ti, Maggie Thatcher. ¿A qué hora has llegado? Si es que te fuiste a casa, claro.

Las dos estuvieron trabajando en la oficina el domingo por la tarde. Maria fue la primera en irse a casa.

—Acabo de llegar —mintió Rebecka, cogiendo el trabajo impreso que le ofrecía Maria.

Maria se hundió en el sillón de las visitas, se sacó de una patada sus carísimos zapatos de piel, recogió las piernas en el asiento y se sentó sobre sus pies.

—¡Vaya tiempo! —exclamó.

Rebecka miró sorprendida a través de la ventana. Una lluvia fría caía sobre los ventanales. No lo había notado antes. No recordaba si llovía cuando fue al trabajo. El hecho era que no recordaba ni si había ido andando o había cogido el metro. Su mirada se quedó fija, como hipnotizada, sobre el agua que tamborileaba y caía a lo largo de los cristales.

«Invierno de Estocolmo —pensó—. No es raro que una casi pierda el sentido cuando está al aire libre. En mi tierra es diferente. Con el constante anochecer azul del invierno y el crujir de la nieve. O el principio de la primavera, cuando vas esquiando por el río desde la casa de la abuela en Kurravaara hasta la cabaña en Jiekajärvi, haces un alto en el camino y te sientas en el primer pedazo de tierra que aparece entre la nieve, debajo de un pino. La corteza del árbol brilla como el cobre rojo al sol. La nieve suspira de cansancio cuando se deshace por el calor. Y en la mochila, café, naranjas y un bocadillo de pan de hogaza.»

La voz de Maria la envolvió. Su mente quería obviar la interrupción y dejarse llevar, pero se esforzó y se encontró con las interrogantes cejas de su compañera.

—¡Eh! Te he preguntado si querías oír las noticias.

—Claro que sí.

Rebecka se inclinó hacia atrás en la silla y alargó el brazo para conectar la radio que estaba en el alféizar.

«Dios mío, está más delgada que un silbido», pensó Maria observando la caja torácica de su compañera, que sobresalía de la americana; las costillas se le marcaban como las tablas de la quilla de un barco.

Rebecka subió el volumen de la radio y las dos mujeres se quedaron con sus tazas en la mano, agachando la cabeza como si estuvieran rezando.

Maria parpadeó. Tenía los ojos cansados. Hoy debía acabar el recurso del caso Stenman para el tribunal provincial. Måns la mataría si le pedía más tiempo. Sintió que le ardía el estómago. «Se acabó el café hasta después de comer. Aquí está una sentada como una princesa en una torre, días y noches, tardes y fiestas, en este encantador despacho con sus jodidas tradiciones, que podrían irse a tomar por saco lo mismo que los socios del bufete que te atraviesan la blusa con la mirada, mientras la vida simplemente transcurre allí fuera. No sé si es para echarse a llorar o para hacer una revolución. Después, lo único para lo que sirves es para irte a casa a ver la tele y quedarte como un tronco delante de la pantalla.»

«*Son las seis y sintonizáis El Eco Matinal. Un conocido dirigente religioso, de unos treinta años de edad, ha sido encontrado asesinado esta mañana en la iglesia de la Fuente de Nuestra Fortaleza de Kiruna. La policía todavía no ha querido comentar el asesinato, pero a lo largo de la mañana ha notificado que nadie ha sido detenido como sospechoso y que tampoco ha sido localizada el arma homicida... Según un nuevo estudio, cada vez más municipios dejan de lado sus obligaciones derivadas de la ley de dependencia...*»

Rebecka giró la silla con tanto ímpetu que se dio con la mano en el alféizar de la ventana. Apagó la radio de golpe, salpicándose de café la rodilla.

—¡Viktor! —exclamó—. No puede ser otro.

Maria la miraba sorprendida.

—¿Viktor Strandgård? ¿El Chico del Paraíso? ¿Lo conocías?

Rebecka apartó la vista de Maria y se quedó mirando fijamente la mancha de café de la falda. Tenía la cara pálida e inexpresiva y los delgados labios muy apretados.

—Claro que había oído hablar de él. Pero hace años que no voy a Kiruna. Ya no conozco a nadie de allí.

Maria se levantó del sillón y fue hacia Rebecka para quitarle la taza de café de entre sus rígidas manos.

—Si dices que no lo conocías, por mí vale, bonita, pero te vas a desmayar dentro de treinta segundos. Estás completamente pálida. Échate hacia adelante y pon la cabeza entre las rodillas.

Rebecka obedeció como un escolar mientras Maria iba al baño a buscar papel para intentar limpiar la mancha de café del traje de chaqueta de Rebecka. Cuando volvió, ésta se había reclinado en la silla donde estaba sentada.

—¿Estás bien? —preguntó Maria.

—Sí —respondió Rebecka ausente. Sin fuerzas, miraba a Maria mientras ésta le limpiaba la falda con papel húmedo—. Lo conocía —dijo después.

—Mmm, no hace falta un detector de mentiras —dijo Maria sin apartar la vista de la mancha—. ¿Estás triste?

—¿Triste? No sé. No, quizá tengo miedo.

—¿Miedo?

Maria dejó de frotarle la falda.

—¿Miedo de qué?

—No sé. De que alguien vaya a...

Rebecka no llegó a terminar la frase porque el teléfono empezó a emitir su estridente sonido. Dio un respingo y se lo quedó mirando, sin levantar el auricular. Tras la tercera señal, Maria respondió. Puso la mano tapando el receptor para que la persona al otro lado de la línea no la oyera susurrar:

—Es para ti y tiene que ser desde Kiruna, la que te llama tiene voz de dibujos animados.

Cuando el teléfono sonó en casa de la inspectora jefa Anna-Maria Mella, ella estaba despierta. La luna de invierno llenaba la habitación con su intensa y blanca luz. Los abedules de la montaña, al otro lado de la ventana, formaban en la pared imágenes azules con sus retorcidos cuerpos. Tan pronto como el teléfono empezó a sonar, levantó el auricular.

—Soy Sven-Erik. ¿Ya estás despierta?

—Sí, pero estoy en la cama. ¿Qué pasa?

Oyó que Robert suspiraba y lo miró. ¿Se habría despertado? No, la respiración volvió a ser regular y profunda. Bien.

—Posible asesinato en la iglesia de la Fuente de Nuestra Fortaleza —dijo Sven-Erik.

—¿Y? Yo trabajo de administrativa desde el viernes, ¿lo has olvidado?

—Ya lo sé —dijo Sven-Erik con voz afligida—, pero joder, Anna-Maria, esto es algo especial. Podrías venir y mirar, simplemente. Los de la científica habrán acabado dentro de poco, así que podremos entrar. El que está allí dentro es Viktor Strandgård y aquello parece un auténtico matadero. Me imagino que tenemos una hora antes de que las putas televisiones lleguen con sus cámaras y toda la parafernalia.

—Estaré allí dentro de veinte minutos.

«Joder —pensó—. Me llama para pedirme ayuda. Ha cambiado.»

Sven-Erik no contestó, pero Anna-Maria oyó un contenido suspiro de alivio antes de acabar la conversación.

Se dio la vuelta hacia Robert y dejó descansar los ojos sobre su dormido rostro. La mejilla reposaba sobre el dorso de la mano y sus labios, rojo arándano, se habían entreabierto. Estaba irresistiblemente sexy y le habían empezado a salir canas en el enmarañado bigote y en las sienes. Él se inquietaba delante del espejo del baño estudiando el avance de las entradas en la frente.

—El desierto se va extendiendo —solía decir.

Le dio un beso en la boca. El vientre se interponía, pero llegó. Dos veces.

—Te quiero —le aseguró él, todavía dormido. Su mano la buscó debajo del edredón para atraerla hacia sí, pero ella ya se había sentado en el borde de la cama. Inmediatamente le entraron ganas de orinar. Como siempre. Aquella noche ya se había levantado dos veces para ir al baño.

Un cuarto de hora más tarde, Anna-Maria salía de su Ford Escort en el aparcamiento de la iglesia de la Fuente de Nuestra Fortaleza. Todavía hacía un frío del demonio. El aire pellizcaba y mordía las mejillas. Si respiraba por la boca le dolían la garganta y los pulmones. Si respiraba por la nariz se le helaban los delgados pelillos de las fosas nasales. Se tapó la boca con la bufanda y miró el reloj. Como máximo media hora, después el coche no arrancaría. Era un gran aparcamiento, con capacidad para cuatrocientos coches, como mínimo. Su Escort, rojo pálido, parecía pequeño y miserable al lado del Volvo 740 de Sven-Erik Stålnacke. Había un coche patrulla al lado del Volvo. Por lo demás, sólo había unos diez coches en el aparcamiento, completamente cubiertos por la nieve. Los de la científica debían de haberse ido. Se puso a subir la estrecha cuesta de Sandstensberget hacia la iglesia. La escarcha parecía haberse helado en los abedules, y arriba del todo se levantaba la imponente Iglesia de Cristal hacia el oscuro cielo de la noche, rodeada de estrellas y planetas. Era como un enorme cubo de hielo reluciendo por la luz de la aurora boreal.

«Vaya presuntuosa construcción de mierda —pensó mientras se esforzaba en subir la cuesta—. Sería mejor que esta rica congregación enviara un poco de dinero a los de Aldeas Infantiles. Pero seguro que es más divertido cantar los salmos en una iglesia moderna que cavar pozos en África.»

A lo lejos vio a su compañero, Sven-Erik Stålnacke, el policía Tommy Rantakyrö y el inspector Fred Olsson, delante de la entrada de la iglesia. Sven-Erik, con la cabeza descubierta, como siempre, estaba completamente quieto y un poco echado hacia atrás, con las manos bien metidas en los calientes bolsillos de su anorak. Los dos hombres más jóvenes se movían a su lado intranquilos, como cachorros inquietos. No les podía oír pero, por el vaho que salía de sus bocas como blancas burbujas, parecía que Rantakyrö y Olsson conversaban entusiasmados. Los cachorros la saludaron con ladridos alegres en cuanto la vieron.

—Hola —aulló Tommy Rantakyrö—. ¿Qué tal por ahí?

—Por aquí bien —respondió de buen humor.

—Primero saludamos a la barriga y un cuarto de hora más tarde llegas tú —añadió Fred Olsson.

Anna-Maria se echó a reír.

Se encontró con la seria mirada de Sven-Erik. En su gran bigote de morsa se habían formado pequeños carámbanos de hielo.

—Gracias por venir —dijo—. Espero que hayas desayunado, porque esto no es muy apetitoso que digamos. ¿Entramos?

—¿Queréis que os esperemos?

Fred Olsson pisoteaba la nieve una y otra vez. Su mirada iba constantemente de Sven-Erik a Anna-Maria. Sven-Erik iba a sustituir a Anna-Maria, de manera que formalmente ahora él era el jefe, pero cuando Anna-Maria estaba presente no se sabía bien quién mandaba.

Anna-Maria se quedó con la boca cerrada y fijó la mirada en Sven-Erik. Ella estaba allí sólo en calidad de acompañante.

—Iría bien que os quedaseis —respondió Sven-Erik—, para que no entre nadie antes de que retiren el cuerpo. Pero podéis entrar si tenéis frío.

—No, joder, nos quedaremos fuera. Sólo quería saberlo —aseguró Fred Olsson.

—Claro —sonrió Tommy Rantakyrö con los labios azules—. Somos hombres y los hombres no tienen frío.

Sven-Erik entró justo detrás de Anna-Maria, cerrando el pesado portón de la iglesia. Pasaron por el guardarropa que estaba a media luz. Las largas filas de perchas vacías sonaban como una campana átona, tocada por el movimiento que se producía cuando el frío se encontraba con el calor de dentro del edificio. Dos puertas giratorias daban a la nave de la iglesia. Inconscientemente, Sven-Erik bajó la voz cuando entraron.

—Fue la hermana de Viktor Strandgård la que llamó a jefatura a eso de las tres. Lo encontró muerto y llamó desde el teléfono que hay en la oficina de la congregación.

—¿Dónde está? ¿En comisaría?

—No. No tenemos ni idea. Dije en jefatura que la buscaran. En la iglesia no había nadie cuando Tommy y Fred llegaron aquí.

—¿Qué dijeron los de la científica?

—Mirar pero no tocar.

El cuerpo estaba en medio del pasillo que iba al altar. Anna-Maria se quedó parada un momento antes de llegar allí.

—¡Me cago en la puta...! —le salió de dentro.

—Ya te lo he dicho —respondió Sven-Erik, que estaba justo detrás de ella.

Anna-Maria sacó una pequeña grabadora del bolsillo interior de su anorak. Dudó un momento. Tenía la costumbre de hablar en lugar de tomar apuntes. Pero no era su trabajo. Quizá debería estar callada y simplemente hacerle compañía a Sven-Erik. «Venga ya y deja de complicar las cosas», se ordenó a sí misma poniendo en marcha la grabadora sin mirar a su compañero.

—Son las cinco y treinta y cinco —dijo en el micrófono—. Es el dieciséis de febrero, no, el diecisiete. Estoy en la iglesia de la Fuente de Nuestra Fortaleza, mirando a alguien que, por lo que yo sé hasta el momento, es Viktor Strandgård, solían llamarlo el Chico del Paraíso. El muerto está tumbado en el pasillo central de la iglesia. Parece haber sido destripado a fondo, porque huele a demonios y la alfombra que hay debajo del cuerpo está mojada. Probablemente la mancha es de sangre, pero es un poco difícil saberlo porque está sobre una alfombra roja. La ropa también está ensangrentada y no se puede ver mucho de la herida del vientre, aunque parece que una pequeña parte del intestino está a punto de salírsele, pero que lo explique el médico después. Lleva vaqueros y un jersey. Los zapatos están secos por la parte inferior y la alfombra no está mojada debajo de los zapatos. Le han sacado los ojos...

Anna-Maria se interrumpió y apagó la grabadora. Caminó alrededor del cuerpo y se inclinó sobre la cara. Estuvo a punto de decir que era un cadáver bello, pero había límites para lo que podía decir en voz alta delante de Sven-Erik. La cara del muerto la hizo pensar en el rey Edipo. Había visto una representación en vídeo cuando iba al instituto. Le había afectado especialmente la escena en que él se sacaba los ojos, y ahora aquella imagen se le aparecía con una fuerza especial. Volvió a tener ganas de orinar. Y no podía olvidarse del coche. Lo mejor sería darse prisa. Puso en marcha la grabadora.

—Le han sacado los ojos y tiene el pelo ensangrentado. Debe de tener una herida en la cabeza. Herida de corte en la parte derecha del cuello, pero ahí no hay sangre, y le faltan las manos...

Anna-Maria se volvió con gesto interrogante hacia Sven-Erik, que señalaba entre dos hileras de sillas. Ella se agachó trabajosamente y miró a lo largo del suelo entre las sillas.

—Vaya, una mano está a tres metros entre las sillas. Pero ¿y la otra?

Sven-Erik se encogió de hombros.

—No hay sillas volcadas —continuó—. No hay señales de lucha, ¿qué dices tú, Sven-Erik?

—No —respondió, aunque no le gustaba que grabaran su voz.

—¿Quién ha venido de la científica?

—Simon Larsson.

«Bien —pensó—. Tendrán buenas imágenes.»

—Por lo demás, la iglesia está en orden —continuó—. Es la primera vez que estoy aquí dentro. Cientos de bombillas esmeriladas en las partes de las paredes que no son de cristal. ¿Qué altura debe de haber hasta el techo? Seguro que más de diez metros. Enormes claraboyas. Las sillas azules están perfectamente alineadas. ¿Cuánta gente debe de caber aquí? ¿Dos mil?

—Además del coro —respondió Sven-Erik.

Éste iba por la nave, paseando la mirada por las superficies como si pasara un aspirador.

Anna-Maria se volvió y observó el coro que se levantaba detrás de ella. Los cañones del órgano se alzaban hacia las alturas, encontrando su reflejo en las claraboyas. Era una vista impresionante.

—No hay mucho más que decir. —Anna-Maria tardó en seguir, como si un pensamiento quisiera salir de su conciencia a través de algún hueco entre las sílabas de sus palabras—. Hay algo... algo que hace que me sienta frustrada cuando veo esto. Además de que sea el cadáver más maltratado que he visto...

—¡Eh! El fiscal jefe en funciones está subiendo la cuesta —dijo Tommy Rantakyrö asomando la cabeza por el hueco de la puerta.

—¿Y quién cojones lo ha llamado? —preguntó Sven-Erik con resquemor, pero Tommy ya había desaparecido.

Anna-Maria lo miró. Hacía cuatro años, cuando la hicieron jefa del grupo, Sven-Erik apenas habló con ella durante seis meses. Se había sentido profundamente ofendido cuando le dieron a ella el puesto que él había solicitado. Y ahora que se sentía a gusto siendo su mano derecha, no quería dar el paso definitivo. Se recordó a sí misma que debería animarlo en otra ocasión, pero ahora tenía que arreglárselas él solo. En el mismo momento en que el fiscal jefe en funciones, Carl von Post, atravesaba las puertas de la iglesia como una tormenta, ella le echó una mirada de ánimo a Sven-Erik.

—¿Qué cojones significa todo esto? —gritó Von Post.

Se quitó bruscamente la gorra de piel, y la mano, por una antigua costumbre, se le fue hacia la melena de león. Caminaba con enérgicas zancadas. El corto paseo desde el aparcamiento había sido suficiente para que los pies se le helaran dentro de sus bonitos zapatos de Church's. Dio unos pasos hacia Anna-Maria y Sven-Erik, pero retrocedió cuando vio el cuerpo sobre el suelo.

—Joder —gritó mirándose intranquilo los zapatos, para comprobar si se los había manchado—. ¿Por qué no me ha llamado nadie? —continuó dirigiéndose hacia Sven-Erik—. A partir de este momento tomo el mando de la investigación preliminar y puede contar con una seria conversación con el comisario de lo criminal sobre por qué me ha mantenido al margen.

—Nadie lo ha mantenido al margen. No sabíamos qué había pasado y en realidad todavía no sabemos nada —intentó responder Sven-Erik.

—¡Tonterías! —cortó el fiscal—. Y usted, ¿qué hace aquí?

Lo último iba dirigido a Anna-Maria, que tenía la mirada fija en los brazos mutilados de Viktor Strandgård.

—Fui yo quien la llamó —aclaró Sven-Erik.

—Vaya —dijo Von Post entre dientes—. Así que la llamaste a ella pero a mí no.

Sven-Erik se quedó callado y Carl von Post miró a Anna-Maria, que levantó la vista y tranquilamente hizo frente a su mirada.

Carl von Post apretó los dientes hasta que le dolieron las mandíbulas. Siempre había tenido dificultades con aquella policía enana. Parecía tener a sus compañeros del departamento de investigación cogidos por las pelotas y él no se explicaba por qué. Y el aspecto que tenía. Como mucho, un metro cincuenta descalza, con una jodida cara de caballo que le cubría aproximadamente la mitad del cuerpo. Y encima ahora estaba como para que la llevaran al circo con aquella enorme barriga. Parecía un cubo ridículo, tan ancha como alta. El resultado inevitable de generaciones de endogamia en las pequeñas poblaciones de las aisladas tierras laponas.

Sacudió la mano como para obviar sus duras palabras y empezó con otro tema.

—¿Cómo está, Anna-Maria? —preguntó con una sonrisa dulce y considerada.

—Bien —contestó ella, inexpresiva—. ¿Y usted?

—Cuento con tener a la prensa tras los talones dentro de una hora, más o menos. Va a ser una bomba, así que explíqueme lo que saben hasta el momento, tanto del asesinato como del muerto. En principio, yo sólo sé que era un religioso famoso.

Carl von Post se sentó en una de las sillas azules y empezó a quitarse los guantes.

—Sven-Erik puede explicarle —respondió Anna-Maria, escueta pero no desagradable—. Yo hago trabajo de oficina de momento. Acompañé a Sven-Erik porque me lo pidió y porque cuatro ojos ven más que dos..., bueno, ya sabe. Y ahora tengo que ir a mear. Si me disculpan.

Notó satisfecha la forzada sonrisa en la cara de Von Post cuando se dirigía hacia el servicio. Era curioso que la palabra «mear» lo ofendiera. Se apostaba algo a que su mujer dirigía la meada hacia la porcelana para que el ruido del chorrito no pudiera llegar hasta las sonrosadas orejas del pobre fiscal. Mierda de tío.

—Bueno —dijo Sven-Erik cuando desapareció Anna-Maria—, puede verlo usted mismo, porque mucho más no sabemos. Alguien lo ha matado. Y bien matado, se podría decir. El asesinado es Viktor Strandgård, o el Chico del Paraíso, como lo llamaban. Era la atracción principal de esta gran congregación. Hace nueve años sufrió un tremendo accidente. Murió en el hospital. Se le paró el corazón y todo eso, pero lo reanimaron y entonces explicó lo que le había ocurrido durante la operación y la reanimación. Cosas como que el médico había perdido las gafas y otras por el estilo. Dijo que había estado en el cielo. Que había visto ángeles y a Jesús. Bueno, y después una de las enfermeras que estaba en la operación y la mujer que lo había atropellado, se redimieron, y de pronto toda Kiruna se convirtió en un encuentro parecido a los de la Iglesia Maranata. Las tres iglesias libres más importantes se unieron en una nueva iglesia, la Fuente de Nuestra Fortaleza. La congregación creció y en los últimos años han construido esta iglesia, han puesto en marcha una escuela, una guardería y han tenido grandes encuentros de renovación religiosa. Les entra el dinero a raudales y viene gente de todo el mundo. Viktor Strandgård trabaja, bueno, trabajaba, quiero decir, a jornada completa en la congregación y había publicado un *best seller*...

—*El Cielo, ida y vuelta.*

—Exacto. Es su becerro de oro. Han escrito sobre él tanto en el *Expressen* como en el *Aftonbladet*, así que seguro que ahora volverán a escribir. Y la tele.

—Exacto —asintió Von Post levantándose con expresión impaciente—. No quiero que salga nada a la prensa. Me hago cargo de los contactos con ellos y quiero que regularmente me informe de lo que surja en los interrogatorios. ¿Entiende? Se me debe informar de todo. Cuando los periodistas empiecen a llamar, les puede decir que daré una conferencia de prensa en la escalera de la iglesia hoy, a las doce del mediodía. ¿Qué es lo próximo en su agenda?

—Tenemos que buscar a la hermana, ella fue la que lo encontró, y después deberemos hablar con los tres pastores. El forense viene en coche desde Luleå, así que debe de estar al llegar.

—Bien. Quiero un informe del motivo de la muerte, y un posible desarrollo de los acontecimientos a las once y media. A esa hora debe estar disponible para contestar al teléfono. Eso es todo. Si ustedes han acabado, voy a dar una vuelta por aquí.

—Venga, anímate —le dijo Anna-Maria Mella a Sven-Erik Stålnacke—. De todas formas, es mejor esto que estar interrogando a motoristas.

Su Ford Escort no se puso en marcha y Sven-Erik la llevó hasta su casa.

«Así aprovecho —pensó—. Necesita que lo animen para no perder la ilusión por el trabajo.»

—Es esa puta rata apestosa —respondió Sven-Erik con mala cara—. En cuanto tengo algo que ver con él, siento como si lo quisiera mandar todo al carajo y escaquearme el día entero, hasta la hora de irme a casa.

—Pues no pienses en él. Piensa en Viktor Strandgård. El loco de mierda que lo ha matado anda suelto y tú lo vas a encontrar. Deja que ese cabrito meta la bulla que quiera. De cualquier manera, los demás sabemos quién hace el trabajo.

—Y ¿cómo dejo de pensar en él? Lo tengo siempre encima.

—Ya lo sé.

Miró a través de la ventanilla del coche. A lo largo de las calles, las casas estaban todavía sumidas en la oscuridad. Sólo en alguna que otra ventana estaba encendida la luz. Aquí y allá seguían colgadas las estrellas de Navidad de papel color naranja. Ese año nadie había muerto quemado en casa. Naturalmente, sí había habido peleas y otras desgracias, pero no más de lo normal. Se sentía un poco indispuesta. No era raro. Llevaba levantada más de una hora y aún no había comido nada. Se dio cuenta de que estaba perdiendo la concentración en lo que le explicaba Sven-Erik e intentó esforzarse para no perder el hilo. Le había preguntado cómo lograba ella colaborar con Von Post.

—Lo cierto es que nunca hemos tenido mucho que ver —respondió.

—Joder, Anna-Maria, necesitaría que me ayudaras. Va a haber mucha presión sobre los que trabajamos en este caso y encima de todo el tinglado, el tirano ese. Es ahora cuando se necesita el apoyo de un compañero.

—Eso es chantaje —respondió Anna-Maria, y no pudo por menos que echarse a reír.

—Haré lo que haga falta. Chantajear y amenazar. Además, es bueno que te muevas un poco. Por lo menos podrías hablar con la hermana cuando la encontremos. Sólo ayúdame a ponerme en marcha.

—Claro que sí. Llámame cuando la encontréis.

Sven-Erik se inclinó hacia el volante y echó una mirada al cielo.

—¡Vaya luna! —exclamó con satisfacción—. Sería un buen momento para ir a cazar zorros.

En el bufete de abogados Meijer & Ditzinger, Rebecka Martinsson le cogió el auricular a Maria Taube.

La «voz de dibujos animados», había dicho Maria; en su vida sólo había una persona así. Le vino a la mente la imagen de la cara de un muñeco.

—Rebecka Martinsson —respondió.

—Hola, soy Sanna. No sé si ya has oído las noticias, pero Viktor ha muerto.

—Sí, lo acabo de oír. Lo siento.

Inconscientemente, Rebecka cogió un lápiz de la mesa y escribió: «¡Di no! ¡NO!» en un post-it amarillo.

Al otro lado de la línea, Sanna Strandgård respiró profundamente.

—Ya sé que no tenemos mucho contacto pero todavía eres mi mejor amiga. No sabía a quién llamar. Fui yo la que encontró a Viktor en la iglesia y... Pero quizás estés ocupada.

«¿Ocupada? —pensó Rebecka, sintiendo aumentar su confusión lo mismo que sube el mercurio en un termómetro caliente—. ¿Qué pregunta era ésa? ¿Es que Sanna podía pensar que alguien respondería a eso afirmativamente?»

—Por supuesto que no estoy ocupada si me llamas para eso —respondió suavemente, cubriéndose los ojos con la mano—. ¿Así que lo encontraste tú?

—Es horrible —la voz de Sanna era baja y uniforme—. Fui a la iglesia a las tres de la mañana. Aquella noche iba a venir a cenar a casa conmigo y las niñas pero no apareció y pensé que se habría olvidado. Ya sabes cómo es cuando está solo en la iglesia, se olvida del tiempo y del espacio. Le suelo decir que sólo se puede ser un cristiano así si se es joven, varón y no se tiene la responsabilidad de unos hijos. Yo, para rezar, tengo que aprovechar cuando voy al baño.

Se quedó callada un momento y Rebecka se preguntó si Sanna había decidido hablar de Viktor como si éste aún viviera.

—Pero me desperté a medianoche y sentí dentro de mí que había ocurrido algo.

Se interrumpió y empezó a tararear un salmo. «El Señor protege...»

Rebecka fijó la mirada en el titilante texto de la pantalla que tenía delante, pero las letras se separaban, se reagrupaban y creaban una imagen de la cara angelical de Viktor Strandgård cubierta de sangre.

Sanna Strandgård volvió a hablar. Su voz era tan débil como una ramita en septiembre. Rebecka reconocía aquella voz. El agua fría y negra se arremolinaba debajo de la plana superficie.

—Le habían cortado las manos. Y tenía los ojos... Todo era tan extraño... Cuando le di la vuelta tenía la parte de atrás de la cabeza totalmente... Creo que me estoy volviendo loca. Y la policía me está buscando. Vinieron a casa esta mañana, temprano, pero les dije a las niñas que se estuvieran calladas y no abrimos. La policía seguro que se cree que soy yo quien mató a mi propio hermano. Después cogí a las niñas y me fui de allí. Tengo miedo de venirme abajo. Pero eso no es lo peor.

—¿No? —preguntó Rebecka.

—Sara venía conmigo cuando lo encontré. Bueno, Lova también pero estaba durmiendo en el trineo, fuera de la iglesia. Y Sara está conmocionada. No habla. Intento hablar con ella, pero no hace más que mirar por la ventana y ponerse el pelo detrás de las orejas.

Rebecka sintió un retortijón en el vientre.

—Por Dios, Sanna. Busca ayuda. Llama a atención psicológica y pide que te atiendan de urgencia. Tanto tú como las niñas podéis necesitar apoyo justo ahora. Sé que puede parecer dramático, pero...

—No puedo y tú lo sabes —gimió Sanna—. Mis padres van a decir que estoy loca e intentarán quitarme a las niñas. Ya sabes cómo son. Y la congregación está completamente en contra de psicólogos, de hospitales y de todas esas cosas. No lo entenderían nunca. No me atrevo a hablar con la policía, no harán más que empeorarlo todo. Y no quiero contestar al teléfono porque a lo mejor es un periodista. Ya fue bastante pesado al principio de la renovación de fe, cuando llamaba todo el mundo diciendo que Viktor alucinaba y que estaba loco.

—Pero debes comprender que no puedes esconderte —le suplicó Rebecka.

—No puedo más, no puedo más —dijo Sanna como para sí misma—. Perdóname por haberte llamado, Rebecka. Sigue trabajando.

Rebecka soltó para sí: «Me cago en la puta.»

—Voy para allí —suspiró—. Tienes que ir a la policía. Voy para allí y te acompañaré. ¿De acuerdo?

—De acuerdo —susurró Sanna.

—¿Puedes conducir? ¿Puedes ir hasta la casa de mi abuela, en Kurravaara?

—Le puedo pedir a un amigo que me lleve.

—Bien. Allí no hay nadie en invierno. Llévate a Sara y a Lova. Ya sabes dónde está la llave. Enciende el fuego. Llegaré por la tarde. ¿Aguantarás hasta entonces?

Rebecka se quedó mirando fijamente el teléfono después de haber colgado el auricular. Se sentía vacía y confusa.

—Joder, es increíble —le dijo, rendida, a Maria Taube—. Ni siquiera necesita pedírmelo.

Rebecka se miró el reloj de pulsera y cerró los ojos. Respiró profundamente a la vez que levantaba la cabeza, expulsaba el aire por la boca y bajaba los hombros. Maria le había dicho que hiciera eso. Antes de negociaciones y de reuniones importantes. O cuando estuviera trabajando por la noche con un *deadline* que cumplir.

—¿Cómo estás? —preguntó Maria.

—Creo que no quiero hacerme esa pregunta.

Rebecka sacudió la cabeza y posó la mirada en la ventana para evadirse de los preocupados ojos de Maria. Se mordía los labios por dentro. Había dejado de llover.

—Bonita, no deberías trabajar tan duro —dijo Maria suavemente—. A veces es bueno aflojar las riendas y gritar un poco.

Rebecka se apretó las rodillas con las manos.

«Aflojar las riendas —pensó—. ¿Qué pasa si una descubre que nunca deja de caer? Y ¿qué pasa si una no puede dejar de gritar? De pronto tienes cincuenta años. Hasta las cejas de drogas. Internada en un manicomio. Y con un grito que no calla nunca dentro de la cabeza.»

—Era la hermana de Viktor Strandgård —dijo, sorprendiéndose a sí misma de lo calmada que parecía—. Por lo visto, lo encontró en la iglesia. Parece que ella y sus hijas necesitan ayuda inmediatamente, así que cojo unos días y me voy para allá. Me llevo el ordenador y trabajaré desde allí.

—¿Ese Viktor Strandgård era bastante importante en Kiruna, verdad? —preguntó Maria.

Rebecka asintió con la cabeza.

—Había tenido una experiencia cercana a la muerte y, después de eso, hubo una explosión religiosa allí arriba.

—Lo recuerdo —respondió Maria—. Escribieron de ello los periódicos sensacionalistas de la tarde. Había estado en el Cielo y explicó que uno no se hacía daño si se caía, por ejemplo, porque el suelo te acogía como en un abrazo. Me pareció estupendo.

—Mmm —continuó Rebecka—. Y dijo que lo habían enviado de nuevo a la Tierra para explicar que Dios tenía grandes planes para la cristiandad de Kiruna. Iba a haber una gran renovación religiosa que se extendería desde el norte por todo el mundo. Si las congregaciones se unían y creían, ocurrirían milagros y prodigios.

—¿En qué creían?

—En la fuerza de Dios. En las visiones. Al final lo que ocurrió fue que los que creían todo eso se unieron y formaron una nueva congregación, la Iglesia de la Fuente de Nuestra Fortaleza. Y a partir de ahí, la roja Kiruna se convirtió en una comunidad religiosa. Viktor escribió un libro que fue traducido a un montón de idiomas. Dejó de estudiar y se puso a predicar. La congregación construyó una nueva iglesia, la Iglesia de Cristal, que debía recordar al templo y a las esculturas de hielo que construyen en Jukkasjärvi cada invierno.

Sobre todo no tenía que recordar a la iglesia de Kiruna, cuyo interior es muy oscuro.

—Y tú, ¿qué? ¿Estuviste en todo eso?

—Yo pertenecía a la Iglesia de la Misión antes del accidente de Viktor. Así que estuve desde el principio.

—¿Y ahora? —preguntó Maria.

—Ahora soy una infiel —sonrió Rebecka sin alegría—. Los pastores y el Consejo de Ancianos me invitaron a que dejara la congregación.

—¿Por qué?

—Es una larga historia.

—De acuerdo —aceptó Maria—. ¿Qué crees que va a decir Måns cuando le digas con tan poco tiempo de antelación que te vas unos días?

—Nada. Sólo me matará, me descuartizará y echará mi cuerpo como comida a los peces de la bahía de Nybro. Tengo que hablar con él en cuanto llegue, pero primero voy a llamar a la policía de Kiruna para que no detengan a Sanna, porque no lo superaría.

El fiscal jefe en funciones, Carl von Post, estaba en la puerta de la iglesia, observando a las personas que recogían el cuerpo de Viktor Strandgård. El forense y médico jefe, Lars Pohjanen, como era habitual, fumaba un cigarrillo a la vez que murmuraba unas palabras a su asistente, Anna Granlund, y a los dos recios hombres de la camilla.

—Intentad recogerle el pelo para que no se os enrede con la cremallera. Poned plástico alrededor de toda la camilla e id con cuidado cuando la levantéis para que los intestinos se queden dentro del cuerpo. Anna, busca una bolsa de papel para la mano.

«Un asesinato —pensó Von Post—. Y un asesinato de cojones. No la triste historia de un alcohólico que al final mata a su mujer borracha, más o menos por error, tras una semana de embriaguez. Una muerte horripilante. Aún mejor. El horripilante asesinato de un famoso.»

Y era todo suyo. Le pertenecía. Era sólo cuestión de coger el timón, dejar que el mundo entero encendiera los focos y... a navegar hasta la fama. Después se podría ir de aquella cueva. Nunca pensó en quedarse pero, al finalizar los estudios, las notas sólo le habían alcanzado para un puesto en los juzgados de Gällivare. Luego le salió el trabajo de la fiscalía. Había pedido plaza en Estocolmo un montón de veces pero nunca se la habían concedido. Sin darse cuenta, habían pasado los años.

Dio un paso hacia un lado y dejó pasar a los chicos que llevaban la camilla con el cuerpo en la bolsa gris, perfectamente cerrada. El médico jefe, Lars Pohjanen, iba detrás, arrastrando los pies, con los hombros un poco encogidos, como si tuviera frío, y mirando hacia el suelo. El cigarrillo le colgaba todavía de la comisura de los labios. El pelo, como siempre, peinado sobre la calva brillante, le caía lacio por detrás de las orejas. Su asistente, Anna Granlund, lo seguía. Apretó los labios cuando vio a Von Post. Éste los saludó cuando salían.

—¿Y? —preguntó con tono exigente.

Pohjanen parecía que no entendía nada.

—¿Qué puede decir hasta el momento? —preguntó Von Post con impaciencia.

Pohjanen cogió el cigarrillo entre el pulgar y el índice, y le dio una buena calada antes de permitirle abandonar sus delgados labios.

—Bueno, aún no he hecho la autopsia —respondió despacio.

Carl von Post sintió que el pulso se le aceleraba de golpe. No iba a permitir que nadie pusiera ninguna traba.

—Pero ya debe de haber observado algo. Quiero información inmediata, completa y constante.

Chasqueó los dedos como para ilustrar la rapidez con la que la información debía llegarle.

Anna Granlund lo miró y pensó que ella les hacía lo mismo a sus perros.

Pohjanen estaba quieto, mirando al suelo. Su respiración, sonora y rápida, sólo callaba cuando se llevaba el cigarrillo a los labios y se concentraba en tragarse el humo. Carl von Post se encontró con la mirada de Anna Granlund.

«Mírame bien —pensó—. Hace un año en la fiesta de Navidad la mirada que me echaste era bien diferente. Dios santo, estoy rodeado de tullidos y de idiotizados. Pohjanen está peor ahora que antes de la operación y la convalecencia.»

—¡Eh! —exclamó cuando le pareció que el forense había estado callado lo suficiente.

Lars Pohjanen volvió la cara y se encontró con las alzadas cejas del fiscal.

—Lo que sé por ahora —dijo con su voz rota, que no era mucho más que un susurro con sonido ampliado— es, en primer lugar, que está muerto; y, en segundo lugar, que la muerte probablemente ha sido ocasionada por una violencia externa. Es todo, así que ya nos puede dejar pasar.

El fiscal vio que la comisura de los labios de Anna Granlund se desplazaba hacia abajo en un intento de dominar una sonrisa cuando pasaban delante de él.

—¿Y cuándo me dará el informe de la autopsia? —resopló Von Post, que le iba pisando los talones mientras el otro se dirigía hacia la salida.

—Cuando hayamos acabado —respondió Pohjanen, dejando que la puerta de la iglesia se cerrara en la cara del fiscal jefe en funciones.

Von Post levantó la mano derecha y frenó la puerta giratoria, a la vez que se vio forzado a buscar el móvil, que había empezado a vibrar, con la izquierda.

Era la chica de la centralita de la policía.

—Tengo a una tal Rebecka Martinsson en la línea y

dice que sabe dónde está la hermana de Viktor Strandgård y que quiere reservar hora para un interrogatorio. Tommy Rantakyrö y Fred Olsson están buscándola, así que no sabía si pasársela a ellos o a usted.

—Has hecho bien, pásamela.

Von Post dio un vistazo a la entrada de la iglesia mientras esperaba que le pasaran la llamada. Era obvio que el arquitecto había tenido una idea muy clara en la cabeza: la alfombra roja, tejida a mano, cubría todo el camino hasta el altar y el coro; a ambos lados se alineaban sillas azules con un dibujo en forma de ola en el respaldo. Un símbolo que hacía inevitable pensar en el relato bíblico que narraba cómo el mar Rojo se abrió para Moisés. Echó a andar por aquel camino.

—Hola —dijo una mujer al teléfono.

Él contestó con su cargo y nombre, y ella respondió:

—Soy Rebecka Martinsson. Llamo en nombre de Sanna Strandgård. Tengo entendido que querían hablar con ella en relación al asesinato.

—Sí, y usted tiene información sobre dónde la podemos encontrar.

—No exactamente —continuó la amable y casi demasiado bien articulada voz—. Dado que Sanna Strandgård quiere que la acompañe durante la declaración y por el momento yo estoy en Estocolmo, pensé consultar con el que dirige la investigación preliminar si le va bien que vayamos esta noche o si es mejor mañana.

—No.

—¿Perdone?

—No —repitió Von Post sin importarle demostrar su irritación—. No me va bien esta noche ni tampoco mañana. No sé si lo entiende, Rebecka o como se llame, pero lo cierto es que aquí estamos llevando a cabo la investigación de un asesinato, de la cual yo soy el responsable y quiero hablar con Sanna Strandgård ahora. Le aconsejaría a su amiga que no se esconda; estoy dispuesto a declararla prófuga y emitir una orden de busca y captura. Y en cuanto a usted, sepa que ayudar a un prófugo de la ley es un delito. Si le juzgan a uno por eso, puede acabar en la cárcel. Así que ahora quiero que me diga dónde se encuentra Sanna Strandgård.

Al otro lado de la línea se hizo un silencio que duró unos segundos. Después se oyó de nuevo la voz de la joven. Ahora hablaba tremendamente despacio, casi adormilada y con un claro autocontrol.

—Siento que haya habido un malentendido. No le estoy llamando para pedirle permiso para ir con Sanna Strandgård a un interrogatorio, sino para informarle de que tiene la intención de prestar declaración en la policía y que esto podrá ser esta noche como muy pronto. Sanna Strandgård y yo no somos amigas. Yo soy abogada en el bufete de Meijer & Ditzinger, si es que el nombre resulta conocido ahí arriba...

—Claro que sí, lo cierto es que yo nací...

—E iría con mucho cuidado antes de amenazar a nadie —lo interrumpió la mujer—. Intentar asustarme para que diga dónde se encuentra Sanna Strandgård raya la prevaricación y si la ponen en busca y captura sin ser sospechosa de ningún delito y porque espera a que llegue su representante jurídico para ir a declarar, le garantizo que habrá una denuncia contra usted ante el Defensor del Pueblo.

Antes de que Von Post tuviera tiempo de contestar, Rebecka Martinsson continuó con un tono que de repente se había vuelto amistoso.

—Meijer & Ditzinger no tiene ningún interés en

causar problemas o pelearse. Solemos llevarnos muy bien con la fiscalía. Al menos por la experiencia que tenemos aquí en Estocolmo. Me presento como aval para garantizar que Sanna Strandgård irá a declarar según lo acordado. Digamos esta noche, a eso de las ocho, en la comisaría.

Después, colgó.

—Joder —gritó Carl von Post cuando se dio cuenta de que había pisado sangre y algo pegajoso que prefería no saber qué era.

Se restregó los zapatos en la alfombra que había camino de la puerta que daba al exterior. De aquella tía engreída se ocuparía cuando apareciera esta noche. Pero ahora era el momento de arreglarse para la conferencia de prensa. Se pasó la mano por la cara. Tenía que afeitarse. Dentro de tres días se enfrentaría a la prensa con barba incipiente para tener el aspecto del hombre cansado que lo da todo por la caza del asesino. Pero hoy había que llegar completamente afeitado y un poco despeinado. Lo adorarían. No podía ser de otra manera.

El abogado Måns Wenngren, socio de Meijer & Ditzinger, estaba sentado tras su escritorio mirando enojado a Rebecka Martinsson. Le molestaba toda su actitud. Rebecka no tenía una postura a la defensiva, con los brazos cruzados sobre el pecho. Por el contrario, los brazos le colgaban a los lados, como si estuviera guardando cola para comprar un helado. Le había explicado lo que pasaba y esperaba respuesta. Tenía la mirada fija en el grabado de madera japonés con motivos eróticos que colgaba en la pared. Un hombre joven, tan joven que todavía llevaba el pelo largo, de rodillas delante de una prostituta, los dos enseñando el sexo. Otras mujeres evitaban mirar aquel grabado que tenía doscientos años. A menudo, Måns Wenngren veía que sus ojos buscaban inconscientemente el cuadro como perros curiosos olfateando. Pero nunca olfateaban mucho rato. Las miradas inmediatamente bajaban o se dirigían hacia otro lugar del despacho.

—¿Cuántos días estarás fuera? —preguntó—. Tienes derecho a dos días de fiesta con sueldo por cuestiones familiares. ¿Es suficiente?

—No —respondió Rebecka Martinsson—. No es familia mía. Se puede decir que soy una vieja amiga de la familia.

Por su forma de hablar, Måns Wenngren tenía la sensación de que mentía.

—No puedo decir con seguridad el tiempo que estaré fuera. Lo siento —añadió Rebecka mirándolo tranquilamente a los ojos—. Todavía me quedan muchos días de vacaciones y...

Se interrumpió.

—¿... y qué? —completó su jefe—. Espero que no vayas a decirme que tienes horas extras, Rebecka, porque entonces sí que me sentiré decepcionado. Lo he dicho antes y te lo vuelvo a decir, que si vosotros, los asesores, os dais cuenta de que no tenéis tiempo para hacer el trabajo en horario normal, podéis dejar algunos casos. Todas las horas extras son voluntarias y sin remuneración. De lo contrario, podría dejar que estuvieras fuera un año entero y con sueldo.

Esto último lo añadió con una conciliadora risa pero, cuando no recibió por respuesta ni siquiera la insinuación de una sonrisa, recuperó de inmediato su expresión de desagrado.

Rebecka observó a su jefe en silencio antes de contestar. Éste había empezado a hojear unos papeles que tenía delante para demostrarle que la audiencia había finalizado. El correo del día estaba en un pulcro montón. Había algunas cosas del diseñador danés Georg Jensen expuestas a lo largo del lado corto del escritorio. No había fotos. Ella sabía que había estado casado y que tenía dos hijos mayores. Pero eso era todo. Nunca los nombraba. Tampoco nadie hablaba de ellos. En el bufete se iban sabiendo las cosas poco a poco. A los socios y a los abogados de más edad ciertamente les encantaba chismorrear, pero eran lo suficientemente sabios como para hacerlo entre ellos, no con los abogados jóvenes. Las secretarias eran tan prudentes que nunca revelarían nada que fuera secreto. Pero de vez en cuando ocurría que se emborrachaban en alguna fiesta y explicaban lo que no debían y, poco a poco, uno se iba iniciando. Sabía que Måns bebía demasiado, pero eso lo sabía casi todo el mundo que se lo cruzara por la calle. Lo cierto era que tenía buen aspecto, con el pelo oscuro y rizado, y los ojos azules como los de un husky. Aunque empezaba a vérsele algo ajado, con bolsas bajo los ojos y un poco de sobrepeso, todavía era uno de los mejores del país en litigios fiscales. Tanto en fraudes fiscales como en delitos administrativos. Y mientras entrara dinero, sus socios lo dejaban beber cuanto quisiera. Lo que contaba era la facturación. Hacer que alguien dejara de beber le costaría demasiado al bufete. Clínicas de desintoxicación y baja por enfermedad. Eso significaba, ante todo, ingresos perdidos. Probablemente le pasaba lo mismo que a mucha gente: la vida privada era lo primero que se descomponía cuando alguien bebía demasiado.

Todavía se sentía humillada cuando pensaba en la penúltima fiesta de Navidad del bufete. Måns había bailado y coqueteado con todas las abogadas a lo largo de la noche. Al final de la fiesta se dirigió hacia ella. Agotado, bebido y lleno de autocompasión, le puso una mano en la nuca y le soltó un incoherente discurso que desembocó en un patético intento de llevársela a casa, o quizá simplemente al despacho, qué más daba. De todas formas, a partir de ese momento ella supo lo que significaba para él. El último asalto. El último empujón cuando has estado en todas partes y estás a medio milímetro de caer inconsciente. Desde entonces, la relación entre ella y Måns era fría. Él ya no se reía y hablaba sin reservas con ella como hacía con otras. Ella se comunicaba con él principalmente a través del correo electrónico y notas que le dejaba sobre la mesa cuando él no estaba. Ese año no había ido a la fiesta de Navidad.

—Entonces diremos que son vacaciones —añadió sin levantar la comisura de los labios—. Y me llevaré el ordenador para trabajar desde allí todo lo que pueda.

—Bueno, a mí me da lo mismo —dijo Måns con notable hastío en la voz—. Son tus compañeros los que tendrán más trabajo. Le daré Wickman Industrimontage AB a otro.

Rebecka se obligó a no cruzar las manos. Qué cabrón de mierda. La estaba castigando. Wickman Industrimontage AB era su cliente. Los había localizado ella, había conseguido una buena relación con ellos y, en cuanto la declaración de impuestos paralela estuviera solventada, empezaría a preparar el cambio generacional de la empresa. Además, la apreciaban.

—Haz lo que te parezca oportuno, Måns —respondió con un imperceptible encogimiento de hombros recorriendo con los ojos los flecos desgastados de la alfombra keshan—. Ya tienes mi correo electrónico por si hiciera falta.

Måns Wenngren sintió el impulso de ir hacia ella, cogerla de los pelos, echarle la nuca hacia atrás y obligarla a que lo mirara. O simplemente darle un guantazo.

Ella se dio la vuelta para abandonar el despacho.

—¿Y cómo vas a ir allí arriba? —le preguntó antes de que a ella le diera tiempo de cruzar la puerta—. ¿Hay aviones hasta Kiruna o te vas con algún rebaño de renos desde Umeå?

—Hay aviones —respondió con un tono de voz neutral, como si él hubiera hecho la pregunta completamente en serio.

La inspectora jefa Anna-Maria Mella se reclinó en su silla mirando con apatía los informes que había esparcidos delante de ella. Ropa vieja. Investigaciones que siempre habían estado allí. Robos de coches y robos en tiendas sin resolver desde hacía años. Toqueteó el informe que tenía más cerca. Maltrato doméstico, grave, pero la mujer retiró la denuncia asegurando que se había caído por la escalera.

«Fue un caso jodido», pensó Anna-Maria, recordando las desagradables fotos que se tomaron en el hospital.

Cogió otra carpeta. Robo de ruedas en una empresa del polígono industrial. Un testigo vio a alguien cortar la tela metálica y cargar las ruedas en su Toyota Hilux, pero en un posterior interrogatorio el testigo, de pronto, no recordaba nada. Estaba claro que fue amenazado.

Anna-Maria suspiró. No había dinero para la protección de testigos u otros refuerzos por el robo de unas cuantas ruedas. Tecleó Toyota Hilux en el ordenador y memorizó el nombre del propietario. Chulillos de barrio que cogen lo que quieren. La probabilidad de que en un futuro se topara con él por alguna razón era grande. Hizo una pregunta múltiple sobre el propietario.

Juzgado por maltrato y posesión ilegal de armas. Unos cuantos resultados encontrados en el registro de sospechosos.

«Venga, vamos —se ordenó a sí misma—. Deja ya de navegar y de abrir y cerrar carpetas.»

Dejó a un lado el expediente del robo de ruedas. No la llevaba a ningún sitio. El fiscal haría bien en cerrar el caso. Oyó el sonido de un vaso de plástico al caer en la máquina de café y el ruidoso gruñido del aparato llenándolo de triste café instantáneo. Por un momento creyó que era Sven-Erik y que entraría en su despacho con alguna noticia sobre Viktor Strandgård, pero, por los pasos que desaparecían por el pasillo, intuyó que se trataba de otra persona.

«No pienses en eso», se dijo casi en voz alta, cogiendo otra carpeta del montón.

Levantó inmediatamente la vista del texto y sin querer la paseó por el escritorio. Le echó una mirada lánguida a la taza con té frío. Actualmente, sólo pensar en el café le producía náuseas, pero tampoco le gustaba mucho el té. Siempre se le quedaba frío. Y la coca-cola le provocaba flatulencias.

Cuando sonó el teléfono levantó el auricular. Pensó que podría ser Sven-Erik pero era Lars Pohjanen, el médico forense.

—Ya estoy listo con el informe preliminar de la autopsia —dijo con su cascada voz—. ¿Quieres venir?

—Bueno, es que Sven-Erik es quien lleva el caso —respondió indecisa—. Y Von Post.

Pohjanen dijo con cierta brusquedad en la voz:

—Bueno, no pienso ir detrás de Sven-Erik por toda la ciudad y el señor fiscal puede leer el informe. Así que hago las maletas y me voy a Luleå.

—No, joder. Ya voy —dijo Anna-Maria justo cuando oyó que la conversación terminaba al otro lado del hilo con un clic.

«Espero que ese viejo gruñón haya oído lo que le he dicho —pensó mientras se ponía las botas de piel acabadas en punta, típicas de la zona—. Seguro que ya se ha ido cuando yo llegue al hospital.»

Encontró a Lars Pohjanen en la sala de fumadores del personal de conserjería. Estaba hundido en un moteado sofá verde de los años setenta. Tenía los ojos cerrados y sólo el cigarrillo encendido en su mano indicaba que estaba despierto, o por lo menos, con vida.

—Vaya —dijo sin abrir los ojos—. Así que no te interesa el fallecido Viktor Strandgård. Hubiera creído todo lo contrario de ti, Mella.

—Hasta el parto voy a estar cambiando papeles de sitio —dijo desde la puerta—. Pero será mejor que hable contigo antes de que te vayas, si no lo hace nadie más.

Se echó a reír con ganas y luego le entró la tos. Cuando se le pasó, la miró fijamente con sus penetrantes ojos azules.

—Vas a soñar con él por las noches, Mella. Ven y hablemos de ello. Si no, tendrás que ir con el cochecito del niño a interrogar sospechosos durante toda tu baja por maternidad. ¿Vamos?

Hizo un exagerado gesto invitándola a que fuera con él hasta la sala de autopsias.

Era una sala muy pulcra. Suelo enlosado, tres mesas de acero inoxidable, cajones rojos de plástico clasificados por orden de tamaño debajo del banco de trabajo, dos lavabos donde Anna Granlund comprobaba constantemente que las toallas estuvieran inmaculadas. La mesa de disección estaba limpia y seca. En otra habitación estaba en marcha un lavavajillas. Lo único que recordaba la muerte era la larga línea de tarros de plástico transparente con etiquetas de identificación que contenían trozos grises y amarronados de cerebro y órganos internos en formalina, con los cuales posteriormente se harían pruebas. Y el cuerpo de Viktor Strandgård. Estaba tumbado de espaldas en una de las mesas de autopsia. Un corte le abría la cabeza de oreja a oreja y el cuero cabelludo había sido separado hasta la frente, dejando a la vista el cráneo. Tenía dos grandes heridas en el abdomen que estaban cosidas con gruesas suturas. Una la había hecho la asistente forense, para explorar los órganos internos. También había unas cuantas heridas cortas que Anna-Maria ya había visto otras veces. Heridas de cuchillo. El cuerpo estaba limpio, cosido y enjuagado, pálido a la luz de los fluorescentes. A Anna-Maria le afectaba ver aquel esbelto cuerpo desnudo sobre el frío banco de acero. Ella llevaba un anorak.

Lars Pohjanen se puso una bata verde de operaciones, metió los pies en sus gastados zuecos con restos fragmentarios del color blanco original y se puso unos delgados y flexibles guantes de látex.

—¿Cómo están los críos? —preguntó.

—Jenny y Petter están bien. Marcus sufre de enamoramiento y se pasa el día en la cama con los auriculares puestos, provocándose una sordera.

—Pobre —dijo Pohjanen con sinceridad y se dio la vuelta hacia Viktor Strandgård.

Anna-Maria se preguntó si se referiría a Marcus o a Viktor Strandgård.

—¿Puedo? —preguntó sacando la grabadora del bolsillo—. Así pueden oírlo luego los demás.

Pohjanen se encogió de hombros pero se lo permitió. Anna-Maria puso en marcha el aparato.

—Cronológicamente —dijo—. Primero violencia con algo romo en la parte posterior de la cabeza. Tú y yo no estamos en condiciones de darle la vuelta, pero aquí puedes verlo.

Sacó una imagen hecha con escáner y la sujetó a una pantalla de radiografías. Anna-Maria la miró en silencio, pensando en la ecografía en blanco y negro que había visto de su hijo.

—Aquí puedes ver la grieta del cráneo. Y el hematoma subdural. Aquí.

El médico jefe señaló con el dedo la zona oscura de la imagen.

—Es posible que se le hubiera podido salvar la vida si sólo hubiera recibido el golpe en la cabeza, aunque quizá no —dijo—. Tu asesino es probablemente diestro —continuó Pohjanen—. Bueno, después de que le dieran el golpe en la cabeza, le asestaron estas dos cuchilladas en el vientre y en el pecho —dijo señalando las dos heridas en el cuerpo de Viktor Strandgård—. Es imposible decir nada de la altura del autor de los hechos teniendo en cuenta el golpe en la cabeza y, lamentablemente, tampoco las cuchilladas aportan ninguna pista. Han sido asestadas desde arriba, así que yo opino que Viktor Strandgård estaba de rodillas cuando las recibió. Eso o el asesino era un gigante, como un jugador de baloncesto americano. Pero probablemente lo que ocurrió es que primero Strandgård recibió el golpe en la cabeza. ¡Zas! —El médico jefe se dio una palmada en la despejada coronilla para ilustrar el impacto.

—El golpe le hace caer de rodillas, aunque no hay arañazos ni hematomas porque la alfombra era bastante blanda. Después, el asesino le clavó el cuchillo dos veces. Por eso entró inclinado desde arriba. Por tanto, es difícil definir la altura del asesino.

—¿Así que murió del golpe y de las dos cuchilladas? —preguntó Anna-Maria.

—Exacto —continuó Pohjanen, ahogando la tos—. Esta herida de cuchillo pasa a través de la caja torácica, divide la séptima costilla por la parte izquierda, abre el pericardio...

—En cristiano.

—... la envoltura del corazón y el ventrículo derecho, es decir, la cámara intraventricular. Produce una hemorragia en la envoltura del corazón y en la pleura del pulmón derecho. La otra cuchillada pasa a través del hígado, lo que da lugar a una hemorragia en la cavidad abdominal y el peritoneo.

—¿Murió en el acto?

Pohjanen se encogió de hombros.

—¿Y el resto de las heridas? —preguntó Anna-Maria.

—Han sido hechas después de la muerte. Mira toda esta costra en las heridas en el cuerpo. Los cortes han sido hechos desde delante y después del momento de la muerte. Opino que Viktor Strandgård estaba tumbado de espaldas cuando se las hicieron. Aquí tienes este corte largo que abrió el abdomen —dijo señalando la larga y rosada herida en el vientre, que ahora estaba cosida con puntos descuidados.

—¿Y los ojos? —preguntó Anna-Maria, observando

los huecos abiertos en la cara de Viktor Strandgård.

—Mira esto —dijo Pohjanen poniendo una radiografía en la pantalla—. Aquí. ¿Ves la esquirla que se ha desprendido del cráneo justo en la cavidad ocular? Y aquí. Apenas se veía en las imágenes, pero después limpié los huecos de los ojos un poco y miré el cráneo. Las marcas de rascadas en el cráneo, en los cantos de las cavidades oculares. El asesino ha metido el cuchillo en los ojos y lo ha hecho rotar. Se puede decir que los ha perforado hasta sacarlos.

—¿Por qué cojones lo habrá hecho? —se le escapó a Anna-Maria—. ¿Y las manos?

—También separadas del cuerpo después de que hubiera ocurrido la muerte. Una estaba todavía en el lugar.

—¿Huellas?

—Quizá en los muñones, pero lo dirán los de Linköping. Aunque yo no tendría muchas esperanzas. Hay un par de buenas marcas en las muñecas pero, por lo que yo sé, no hay huellas. Creo que los de Linköping dirán que el que cortó las manos llevaba guantes.

Anna-Maria sintió que se desanimaba. Dentro de sí notó un fuerte deseo de apresar al asesino. De pronto se dio cuenta de que si ella no estaba en la investigación preliminar, dentro de unos años el caso pasaría a la tumba del archivo por falta de resultados. Pohjanen tenía razón. Acabaría soñando con Viktor Strandgård.

—¿Qué clase de cuchillo utilizó? —preguntó.

—Uno grande de caza. Demasiado ancho para ser un cuchillo de cocina. Sin sierra.

—¿Y el objeto romo con el que le dieron en la parte de atrás de la cabeza?

—Puede ser cualquier cosa —respondió Pohjanen—. Una pala, una piedra grande...

—¿No es raro que le dieran un golpe por detrás con algo y que después lo acuchillaran por delante? —preguntó Anna-Maria.

—Sí, pero tú eres la policía —contestó Lars Pohjanen.

—Quizá fueran varios —pensó Anna-Maria en voz alta—. ¿Algo más?

—No por el momento. Nada de drogas. Nada de alcohol. Y no había comido desde hacía días.

—¿Qué? ¿Hacía días?

Anna-Maria pensó que ella tenía que comer una vez cada dos horas.

—No estaba deshidratado, así que no tenía gastroenteritis ni padecía anorexia, pero parece que sólo había ingerido alimentos líquidos. El laboratorio dirá qué tenía en el estómago. Ya puedes apagar la grabadora.

Le entregó una copia del informe de la autopsia preliminar. Anna-Maria apagó el aparato.

—No me gusta adivinar —dijo Pohjanen carraspeando—. No cuando se puede documentar.

Señaló con la cabeza la grabadora que, de inmediato, desapareció en el bolsillo de Anna-Maria.

—Pero los cortes de las muñecas estaban bastante bien hechos —añadió—. Quizás estés buscando a un cazador, Mella.

—Así que estás aquí —se oyó decir a una voz desde la puerta.

Era Sven-Erik Stålnacke.

—Sí —respondió Anna-Maria, descubriendo cómo le incomodaba el miedo a que su compañero creyera que actuaba a sus espaldas—. Pohjanen llamó y estaba a punto de irse, así que...

Se quedó callada, irritada por haber empezado a dar explicaciones y a excusarse.

—No pasa nada —dijo Sven-Erik, contento—. Ya me lo explicarás en el coche. Tenemos problemas con los pastores. Joder, te he buscado por todas partes. Al final le pregunté a Sonja, la de la centralita, quién te había llamado. Tienes que venir.

Anna-Maria miró a Pohjanen con gesto interrogante, y él se encogió de hombros, a la vez que levantaba las cejas como para decir que ellos ya estaban listos.

—Al Luleå le dieron una buena paliza los del Färjestad —dijo sonriendo Sven-Erik a modo de saludo al jefe médico, aficionado al hockey sobre hielo, a la vez que se llevaba de allí a Anna-Maria.

—Eso, sí, recuérdamelo, no te prives —suspiró Lars Pohjanen, buscando el paquete de cigarrillos en el bolsillo.

El avión a Kiruna iba casi lleno. Rebaños de turistas extranjeros que irían en trineos tirados por perros y dormirían en cabañas hechas de piel de reno en el hotel de hielo de Jukkasjärvi, se apretujaban junto a cansados hombres de negocios que volvían a casa con frutas y periódicos conseguidos gratuitamente.

Rebecka se hundió en su asiento y se abrochó el cinturón de seguridad. El murmullo de las voces, el sonido de las instrucciones que se encendían y apagaban en la parte superior y el rugir de los motores la indujeron a un intranquilo sueño. Durmió todo el viaje.

En el sueño se vio corriendo por un campo lleno de moras de los pantanos. En un caluroso día de agosto. El calor del sol hace que salga la humedad del musgo. El sudor mezclado con el aceite antimosquitos le cae por la frente, hasta los ojos. Le escuecen. Los ojos se le llenan de lágrimas. Una oscura nube de picor le va invadiendo la nariz y los oídos. No puede ver. Hay alguien detrás. Muy cerca. Y como siempre en sus sueños, las piernas no la quieren sostener. No tienen fuerza ninguna y aquello es una ciénaga. Los pies se le hunden cada vez más en la turba y alguien, o algo, la persigue. Ya no puede levantar los pies. Se hunde en la pantanosa ciénaga. Intenta llamar a su madre pero de su garganta sólo sale un débil gemido. Y entonces siente una mano pesada que se posa sobre su hombro.

—Perdone, ¿la he asustado?

Rebecka abrió los ojos y vio a una azafata inclinada sobre ella. La azafata sonrió un poco insegura y le apartó la mano del hombro.

—Estamos preparándonos para aterrizar en el aeropuerto de Kiruna. Tiene que poner recto el respaldo del asiento.

Rebecka se llevó la mano a la boca. ¿Se le había caído la baba? O aún peor, ¿había gritado? No se atrevía a mirar a la persona que tenía al lado, así que volvió la cabeza hacia la oscuridad de la ventana. Estaba allí abajo. La ciudad. Como una joya brillante en el fondo de un pozo, resplandecía con sus luces, rodeada del oscuro mundo de las montañas. Se le encogieron el estómago y el corazón.

«Mi ciudad», pensó con una extraña combinación de nostalgia, alegría, ira y miedo al volverla a ver.

Veinte minutos más tarde conducía un Audi de alquiler hacia Kurravaara. El pueblo estaba a quince kilómetros de Kiruna. De niña, muchas veces había hecho el camino en trineo desde Kiruna hasta el pueblo. Era un trineo al que se le daba impulso con el pie. Lo recordaba con alegría. Especialmente al final del invierno, cuando el camino estaba cubierto de un hielo grueso y brillante que nadie podía eliminar con arena, sal o gravilla.

A su alrededor, la luna lucía por encima del bosque vestido de blanco, y la nieve amontonada formaba una valla a lo largo de toda la carretera.

«No hay derecho —pensó—. No debería haber permitido que me quitaran todo esto. Antes de irme, juro que volveré a ir en trineo.

»¿Desde cuándo debería haber actuado de forma distinta? —se preguntó mientras el coche avanzaba por el bosque—. Si pudiera volver a aquel tiempo, ¿tendría que volver hasta el primer verano? ¿O aún más atrás? Entonces tendría que ser en primavera. Cuando conocí a Thomas Söderberg. Cuando vino al instituto Hjalmar Lundbohm. Ya entonces debería haber actuado de forma diferente. Debería haberlo descubierto. No haber sido una inocente de mierda. Las otras chicas de mi clase fueron todas mucho más listas. ¿Por qué no las convenció a ellas?»

—Hola a todos, os quiero presentar a Thomas Söderberg. Es el nuevo pastor de la Iglesia de la Misión. Lo he invitado como representante de las iglesias libres.

La que habla es Margareta Fransson. La profesora de religión.

«Siempre sonríe —piensa Rebecka—. ¿Por qué? No es una sonrisa alegre, sino sumisa y mansa. Compra toda su ropa en Una Mano que Ayuda, una tienda sin ánimo de lucro que vende productos de colectivos de mujeres de países subdesarrollados.»

—Ya han estado aquí Evert Aronsson, pastor de la Iglesia Sueca, y Andreas Gault, sacerdote de la Iglesia católica —añadió Margareta Fransson.

—Yo opino que debería venir un budista o un musulmán, o algo así —replica Nina Eriksson—. ¿Por qué sólo vienen cristianos?

Nina Eriksson es la portavoz y líder de la clase. Su voz fuerte y dura se oye en toda la sala. Muchos apoyan lo que ha dicho asintiendo con un sonido gutural.

—La oferta en Kiruna no es muy grande —se disculpa Margareta Fransson débilmente.

Y después le cede la palabra al pastor Thomas Söderberg.

Es guapo, así de simple. Tiene el pelo rizado y castaño, y las pestañas largas y oscuras. Ríe y bromea pero de vez en cuando se pone muy serio. Es joven para ser sacerdote, o pastor, como él dice. Y va vestido con vaqueros y camisa. Dibuja en la pizarra. Dibuja un puente. Dice que Jesús ha dado la vida por ellos. Ha construido un puente hacia Dios. Ya que Dios amaba al mundo, entregó a su único hijo. Se dirige a la clase diciendo «tú», aunque habla con veinticuatro personas a la vez. Quiere que elijan la vida. Que digan «sí». Y tiene respuesta a todas las preguntas que le hacen al final. Algunas preguntas hacen que se quede callado un momento. Arruga las cejas y asiente pensativo. Como si fuera la primera vez que alguien se las plantea. Como si fuera algo que le hiciera pensar. Algún tiempo después, Rebecka se entera de que distaba mucho de ser la primera vez que oía aquellas preguntas. Que las respuestas ya hacía mucho que estaban preparadas. Pero de ese modo el que pregunta se siente especial.

Acaba la visita con una invitación al curso de verano de la iglesia de la Misión de Gällivare. Tres semanas de trabajo y estudios de la Biblia, sin sueldo, pero con la estancia gratis y pensión completa.

—Atrévete a ser curioso —les anima—. No puedes saber que la fe cristiana no es para ti si antes no te informas de lo que en verdad significa.

Rebecka cree que la mira directamente a ella cuando habla. Ella también lo mira directamente. Puede sentir el fuego.

El camino hasta la casa de la abuela estaba despejado de nieve. Había luz en el primer piso. Rebecka cogió su maleta y la bolsa de plástico de Konsum con comida. De paso, había ido a comprar. Igual no hacía falta, pero nunca se sabía. Cerró el coche con llave.

«Ahora soy así —pensó—. Lo cierro todo.»

—Hola —gritó cuando llegó a la puerta.

No recibió respuesta pero probablemente Sanna y las niñas habían cerrado la puerta de la escalera y por eso no la oían.

Dejó lo que llevaba en las manos y dio una vuelta por la planta baja sin encender las luces. Olía a casa vieja. Suelo de linóleo y humedad. Sin ventilar. Los muebles parecían fantasmas cansados apoyados contra la pared, en la oscuridad, tapados con las sábanas blancas de la abuela, hechas a mano.

Subió con cuidado las escaleras, con miedo a caerse, ya que la nieve deshecha debajo de las suelas hacía que los zapatos resbalaran.

—Hola —gritó mirando hacia arriba, sin recibir respuesta tampoco esta vez.

Rebecka abrió la puerta del piso de arriba y entró en el estrecho y oscuro recibidor. Cuando se agachó para bajarse la cremallera de las botas, algo negro fue directamente hacia su cara. Dio un grito y cayó hacia atrás. Un par de ladridos y unos ojos negros y alegres dieron forma a la bonita cabeza de una perra. La lengua rosada aprovechó la ocasión para familiarizarse con su cara. Dos ladridos más y la perra la volvió a lamer.

—*Chapi*, ¡ven aquí!

Una niña de unos cuatro años apareció en el vano de la puerta. La perra hizo una pequeña pirueta encima de Rebecka, fue correteando hasta la niña, le dio un lametazo y volvió de nuevo hacia Rebecka. Pero Rebecka ya se había puesto en pie, así que la perra metió el hocico dentro de la bolsa de la comida.

—Tú tienes que ser Lova —dijo Rebecka, encendiendo la luz del recibidor a la vez que con el pie apartaba a la perra de la bolsa de Konsum.

La luz iluminó a la niña. Iba envuelta en un edredón y Rebecka se dio cuenta de que en la casa hacía frío.

—¿Quién eres tú? —preguntó Lova.

—Me llamo Rebecka —respondió, escueta—. Vamos a la cocina.

Se quedó en el umbral, en un estado de muda sorpresa, mirando la cocina. Las sillas estaban volcadas y las alfombras de trapo de la abuela estaban arrugadas debajo de la mesa de la cocina. *Chapi* se acercó corriendo con una sábana en la boca que, probablemente, estaba sobre los muebles de la habitación. Gruñía mientras la sacudía juguetona. Olía muy fuerte a jabón. Cuando Rebecka miró con más detalle, vio el suelo lleno de detergente.

—Pero ¿qué ha pasado aquí? —exclamó—. ¿Dónde están tu madre y tu hermana?

—Me he lavado —confesó Lova—. Y *Chapi* también.

Del gran envoltorio en el que estaba arrebujada, salió una pequeña mano que toqueteó un brillante botón del abrigo de Rebecka. Rebecka apartó impaciente la mano de la niña.

—¿Dónde están tu madre y tu hermana? —preguntó de nuevo.

Lova señaló el sofá de la recámara. Allí había una niña de unos once años, vestida con una larga piel gris de oveja, quizá de Sanna. Apartó sus pequeños ojos de un ejemplar de la revista *Hemmets Journal* y se mostró con la boca cerrada y los labios apretados. Rebecka sintió un nudo en el pecho.

«Sara —pensó—. Se ha hecho mayor. Y es igual que Sanna. El mismo pelo rubio, pero lo tiene lacio, como Viktor.»

—Hola —la saludó Rebecka—. ¿Qué ha estado haciendo tu hermana? ¿Dónde está Sanna?

Sara se encogió de hombros para demostrar que no era asunto suyo saber lo que hacía su hermana.

—Mamá está enfadada —dijo Lova cogiendo a Rebecka de la manga del abrigo—. Está en la burbuja. Está tumbada ahí dentro —dijo señalando la puerta del dormitorio.

—¿Quién eres tú? —preguntó Sara, desconfiada.

—Me llamo Rebecka y ésta es mi casa. En parte, por lo menos.

Se volvió hacia Lova.

—¿Qué quieres decir con lo de la burbuja?

—Cuando está en la burbuja no contesta y no mira —aclaró Lova, volviendo a toquetear los botones de Rebecka.

—¡Oh, Dios mío! —suspiró Rebecka. Se quitó el abrigo y lo colgó en una percha del recibidor.

Realmente hacía frío en la casa. Tenía que encender el fuego.

—Conozco a vuestra madre —dijo Rebecka poniendo bien la sillas—. Mis abuelos vivían aquí. ¿También tienes jabón en el pelo?

Miró los mechones pegajosos de Lova. La perra se sentó intentando lamerse el lomo. Rebecka se agachó y llamó a la perra de la misma forma en que solía hacerlo su abuela.

—¡Chis!

La perra fue inmediatamente hacia ella y, para mostrar sumisión, intentó lamerle la boca. Era una perra husky mestiza. Tenía el pelo grueso y negro como una especie de marco alrededor de su femenina y pequeña cabeza. Los ojos eran brillantes, negros y alegres. Rebecka le pasó las manos por el pelo y luego se olió los dedos. Olía a detergente.

—Bonita —le dijo a Sara—. ¿Es tuya?

Sara no respondió.

—Dos terceras partes son de Sara y una tercera parte es mía —respondió Lova como el que tiene una lección bien aprendida.

—Ahora quiero hablar con Sanna —dijo Rebecka levantándose.

Lova la cogió de la mano y la llevó hasta la habitación. El piso de arriba se componía sólo de una gran cocina con una recámara y una habitación. Ésta había sido el dormitorio de los niños. Los abuelos dormían en la recámara. Sanna estaba tumbada en una de las camas, con las piernas recogidas, de manera que las rodillas casi le tocaban la barbilla. Tenía la cara vuelta hacia la pared y sólo llevaba puesta una camiseta y unas bragas floreadas de algodón. El pelo largo y rubio de ángel se extendía sobre la almohada.

—Hola, Sanna —dijo Rebecka débilmente.

La mujer de la cama no respondió, pero respiraba.

Lova cogió una manta que estaba doblada a los pies de la cama y se la puso a su madre por encima.

—Está en la burbuja —susurró.

—Entiendo —dijo Rebecka, conteniéndose.

Pinchó a Sanna en la espalda con el dedo índice.

—Ven aquí —dijo Rebecka, llevándose a Lova a la cocina.

Chapi las seguía después de comprender que no le pasaba nada a su ama, que estaba tumbada en la cama, quieta y callada.

—¿Habéis comido? —preguntó Rebecka.

—No —respondió Lova.

—Tú y yo nos conocemos desde que eras pequeña —le explicó Rebecka a Sara.

—Yo no soy pequeña —gritó Lova—. Tengo cuatro años.

—Vamos a hacer una cosa —decidió Rebecka—. Vamos a limpiar la cocina, voy a preparar comida, vamos a calentar agua en el fuego y vamos a lavar a Lova y a *Chapi*.

—Y necesito otro jersey —dijo Lova—. ¡Mira!

Abrió el edredón y apareció con una camiseta llena de detergente.

—Y necesitas un jersey —suspiró Rebecka cansada.

Una hora más tarde Lova y Sara estaban comiendo salchichas con puré de patatas. Lova llevaba unos vaqueros de los primos de Rebecka y un descolorido jersey rojo pálido, con Astérix y Obélix en la parte delantera. *Chapi* estaba sentada a los pies de las niñas, esperando pacientemente su ración. En la cocina chisporroteaba el fuego.

Rebecka le echó un vistazo al reloj. Las siete ya. Ella y Sanna tenían que ir a la comisaría. La tensión le encogió el estómago.

Sara se reía del jersey de Lova.

—Hueles mal —le dijo.

—No es eso —suspiró Rebecka—. La ropa huele un poco rara cuando ha estado doblada en un cajón durante mucho tiempo. Pero su ropa aún está peor, así que eso es lo que hay. Dadle a *Chapi* las salchichas que sobren.

Dejó a las niñas en la cocina, fue hasta la habitación y cerró la puerta tras de sí.

—Sanna —llamó.

Sanna no se movió. Estaba en la misma postura que antes, con la vista clavada en la pared.

Rebecka se acercó a la cama y se quedó de pie, con los brazos cruzados.

—Sé que me estás oyendo —dijo con voz dura—. No soy la misma persona que antes, Sanna. Me he vuelto más mala y más impaciente. No pienso sentarme y pasarte la mano por el pelo y preguntarte qué te pasa. Levántate inmediatamente y vístete. Si no, llevo a tus hijas al servicio de urgencias de la asistencia social y les digo que, por el momento, no te puedes hacer cargo de ellas. Después cojo el primer avión que me lleve de nuevo a Estocolmo.

Ninguna respuesta. Ningún movimiento.

—De acuerdo —dijo Rebecka al cabo de un momento.

Respiró hondo, como para dejar claro que ya había esperado bastante. Se dio la vuelta y se dirigió hacia la puerta que daba a la cocina.

«Bueno, pues eso es todo —pensó—. Voy a llamar a la policía y les voy a decir dónde está. Que se la lleven a rastras.»

Justo acababa de poner la mano en el pomo de la puerta cuando oyó que Sanna se sentaba en la cama.

—Rebecka —dijo.

Rebecka tardó un segundo. Luego se dio la vuelta y se apoyó en la puerta. Volvió a cruzar los brazos sobre el pecho. Como una madre, con la expresión de «¿Qué es lo que quieres en realidad?».

Y Sanna permanecía como una niña pequeña, mordiéndose el labio inferior, suplicando con los ojos.

—Perdón —murmuró con voz ronca—. Ya sé que soy la peor madre del mundo y la peor amiga. ¿Me odias?

—Tienes tres minutos para vestirte y salir a la cocina a comer —le ordenó Rebecka, y cruzó la puerta.

Sven-Erik Stålnacke había aparcado el coche delante del servicio de urgencias. Anna-Maria se apoyó en la puerta mientras él buscaba la llave en uno de los bolsillos de su chaqueta. No era fácil respirar profundamente cuando el aire pinchaba como agujas, pero tenía que relajarse. El vientre se le había puesto duro como una bola de nieve en el corto paseo desde la sala de autopsias hasta el coche.

—En la Fuente de Nuestra Fortaleza hay tres pastores —dijo Sven-Erik, buscando en otro bolsillo—. Han accedido a recibir a la policía para que los interroguemos. No podrán estar más de una hora. Y no piensan dejarse interrogar de uno en uno, sino los tres a la vez. Dicen que quieren colaborar pero...

—... pero no quieren colaborar —añadió Anna-Maria.

—Exacto, y ¿qué cojones hacemos? —preguntó Sven-Erik—. ¿Vamos a tener que ir de duros o qué?

—No, porque toda la congregación se cerraría como una ostra. Pero me pregunto por qué no quieren hablar con nosotros de uno en uno.

—Ni idea. Aunque uno de ellos me lo explicó, Gunnar Isaksson, pero no entendí ni una palabra de lo que decía. Se lo puedes preguntar cuando los veas. Joder,

Anna-Maria, los debería haber sacado de la cama esta mañana bien temprano.

—No —respondió Anna-Maria sacudiendo la cabeza—. No podías hacer otra cosa.

La aurora boreal reinaba todavía en el cielo con sus velos blancos y verdes.

—Es increíble —dijo echando la cabeza hacia atrás—. Ha habido aurora boreal todo el invierno. ¿Habías visto algo así antes?

—No. Son esas tormentas solares —respondió Sven-Erik—. Es bonito pero dentro de poco nos enteraremos de que también producen cáncer. En realidad deberíamos ir por ahí con una sombrilla de esas metalizadas para prevenir la radiación.

—Estarías guapo —se rió Anna-Maria.

Se sentaron en el coche.

—A propósito —continuó Sven-Erik—, ¿cómo está Pohjanen?

—No sé. No era momento de preguntarle.

—No, claro.

«Que le pregunte él mismo», pensó Anna-Maria, huraña.

Sven-Erik aparcó al pie de la iglesia y subieron andando la cuesta. Los montones de nieve a los lados del camino habían desaparecido y por todas partes había huellas de gente y de perros. Habían estado inspeccionando la zona en busca del arma homicida. Se esperaba que quien hubiera matado a Viktor Strandgård se hubiera deshecho del arma cerca de la iglesia o quizá que la hubiera enterrado debajo de uno de los montones de nieve. Pero no habían encontrado nada.

—Imagina que no encontramos el arma —dijo Sven-Erik aminorando el paso cuando se dio cuenta de que a Anna-Maria le faltaba el aliento—. Actualmente, ¿se puede juzgar a alguien por asesinato sin pruebas técnicas?

—Bueno, acuérdate de Christer Pettersson* —dijo resollando Anna-Maria.

Sven-Erik se echó a reír ruidosamente.

—Sí, es un ejemplo para consolarse.

—¿Aún no habéis encontrado a la hermana?

—No. Von Post ha dicho que ha conseguido que venga a declarar a las ocho, así que veremos lo que sacamos.

Anna-Maria Mella y Sven-Erik Stålnacke entraron en la iglesia de la Fuente de Nuestra Fortaleza a las cinco y diez de la tarde. Los tres pastores estaban sentados en la primera fila de la iglesia mirando hacia el altar. Había además otras personas en la nave. Una mujer de mediana edad utilizaba un pesado aspirador que hacía un ruido tremendo al pasar sobre las alfombras. A Anna-Maria le pareció que estaba muy delgada con sus anticuados vaqueros y una sudadera de algodón color lila que le llegaba casi hasta las rodillas. De vez en cuando la mujer tenía que arrodillarse para recoger alguna basura demasiado grande y evitar que entrara por el tubo del aspirador. Había otra mujer de mediana edad, con una elegante y pulcra falda, una blusa muy bien planchada y una americana a juego. Recorría las filas de sillas poniendo una hoja en cada asiento. La tercera persona era un hombre joven. Iba de un lugar a otro de la nave, aparentemente

* Sospechoso del asesinato del primer ministro sueco Olof Palme. *(N. de los t.)*

sin rumbo y parecía hablar solo. En la mano llevaba una Biblia. De vez en cuando se quedaba parado delante de una silla, alargaba la mano, como si estuviera charlando enojado con el mueble, pero su boca permanecía cerrada. O se quedaba parado con la Biblia levantada hacia arriba, recitando una serie de frases incomprensibles para Sven-Erik y Anna-Maria. Cuando pasaron cerca de él, les echó una mirada. La alfombra manchada de sangre seguía en el pasillo de la iglesia, pero alguien había movido las sillas, de manera que se podía pasar sin pisar la zona donde había estado el cuerpo.

—Bueno, aquí tenemos a la trinidad —dijo Sven-Erik en un intento de romper el hielo cuando los tres pastores se levantaron con expresión seria para saludarlos.

Ninguno de los tres sonrió.

Cuando se sentaron, Anna-Maria escribió sus nombres con algunos datos en su cuaderno de notas, de manera que pudiera recordar después quién era quién y lo que habían dicho. Lo de la grabadora era impensable. Ya iba a ser bastante difícil hacerles hablar.

«Thomas Söderberg —escribió—. Moreno, guapo, con gafas modernas. Unos cuarenta. Vesa Larsson, unos cuarenta, el único que no lleva traje ni corbata. Camisa de franela y chaleco de piel. Gunnar Isaksson. Gordo, con barba. Unos cincuenta.»

Se fijó en la forma de estrechar la mano de aquellos hombres. Thomas Söderberg se la había apretado y la mantuvo así un momento mientras la miraba a los ojos con firmeza. Estaba acostumbrado a inspirar confianza. Se preguntó cómo reaccionaría si la policía decidía que había dicho algo sospechoso. El traje que llevaba parecía caro.

El apretón de manos de Vesa Larsson era blando. No estaba acostumbrado a saludar así. Cuando sus manos se encontraron, en realidad él ya había saludado con un discreto gesto de cabeza y su mirada estaba sobre Sven-Erik.

Gunnar Isaksson casi le había roto la mano con el apretón. Y no con una fuerza inconsciente, como la que a veces se observaba en algunos hombres.

«Tiene miedo de parecer débil», pensó Anna-Maria.

—Antes de empezar me gustaría saber por qué queréis que os preguntemos a los tres a la vez —inquirió Anna-Maria como introducción.

—Es tremendo lo que ha ocurrido —respondió Vesa Larsson tras un momento de silencio—. Pero sentimos firmemente que la congregación debe permanecer unida en estos momentos. Sobre todo los pastores. Hay una fuerza que intenta sembrar la discordia y no pensamos darle la mínima oportunidad.

—Entiendo —respondió Sven-Erik en un tono con el que claramente reconocía que no entendía nada en absoluto.

Anna-Maria miró a Sven-Erik, que cerró la boca, pensativo, haciendo que su gran bigote pareciera una escoba debajo de la nariz.

Vesa Larsson se toqueteaba un botón del chaleco de piel, mirando de soslayo a Thomas Söderberg. Éste no le devolvía la mirada, sino que asentía con la cabeza, como para sí.

«Vaya —pensó Anna-Maria—. La respuesta de Vesa ha sido aprobada por el pastor Söderberg. No es difícil ver quién es el jefe de la manada.»

—¿Cómo está organizada la congregación? —preguntó Anna-Maria.

—Arriba de todo está Dios —respondió Gunnar Isaksson alzando la voz y señalando convencido hacia el techo—. Después la congregación tiene tres pastores, nosotros, y cinco hermanos en el Consejo de Ancianos. Si fuéramos una empresa, se podría decir que Dios es el propietario; nosotros tres, los directores; y el Consejo de Ancianos, el consejo de administración.

—Creía que querían preguntarnos sobre Viktor Strandgård —interrumpió Thomas Söderberg.

—Ya llegaremos a eso, ya llegaremos —aseguró Sven-Erik casi como en un susurro.

El joven de la Biblia se había parado al lado de una silla y salmodiaba en voz alta, esgrimiendo una mano hacia la silla vacía. Sven-Erik parecía asombrado.

—¿Puedo preguntar qué hace? —dijo haciendo un gesto con el pulgar en dirección al hombre.

—Está rezando por el encuentro de esta noche —aclaró Thomas Söderberg—. Esa forma de orar puede parecer extraña si no estás acostumbrado, pero no es magia, lo prometo.

—Es importante que la sala de la iglesia esté preparada espiritualmente —aclaró el pastor Gunnar Isaksson mientras se mesaba su poblada y bien arreglada barba.

—Entiendo —respondió Sven-Erik, buscando la mirada de Anna-Maria.

Ahora tenía el bigote en un ángulo de casi noventa grados respecto a la cara.

—Bueno, a ver si me explican algo de Viktor Strandgård —dijo Anna-Maria—. ¿Cómo era como persona? Vesa Larsson, ¿qué le parecía a usted?

El pastor sufría aparentemente, y tragó saliva antes de responder.

—Era entregado, humilde, querido por toda la congregación. Dejaba que Dios lo utilizara, sencillamente. Se puede decir que, a pesar de su elevada posición en la comunidad, también servía en cosas prácticas. Estaba en la lista de la limpieza, así que se le podía ver pasando el trapo del polvo por las sillas. Pegaba carteles antes de los encuentros...

—... cuidaba a los niños —completó Gunnar Isaksson—. Bueno, tenemos un programa rotativo, de manera que los que tienen niños pequeños pueden escuchar la palabra de Dios de forma directa.

—Sí, como ayer —continuó Vesa Larsson—. Después del encuentro no fue a tomar café en el local, sino que se quedó aquí para volver a poner las sillas en su sitio. Es lo malo de no tener bancos de iglesia, que si no se ponen las sillas en línea recta, enseguida parece que todo esté en desorden.

—Tiene que ser un trabajo tremendo —se sorprendió Anna-Maria—. Hay un montón de sillas. ¿No se quedó nadie a ayudarlo?

—No. Dijo que quería estar solo —respondió Vesa Larsson—. Normalmente no se cierra con llave si hay alguna persona dentro, así que alguien tuvo que...

Se interrumpió y sacudió la cabeza.

—Parece que Viktor Strandgård era un alma bondadosa —dijo Anna-Maria.

—Sí, sí que lo era —dijo Thomas Söderberg, sonriendo tristemente.

—¿Saben si tenía enemigos o estaba a malas con alguien? —preguntó Sven-Erik.

—No, con nadie —respondió Vesa Larsson.

—¿Parecía preocupado por algo? ¿Intranquilo? —continuó Sven-Erik.

—No —volvió a contestar Vesa Larsson.

—Teniendo en cuenta que trabajaba a jornada completa aquí, ¿cuáles eran sus obligaciones para con la congregación? —inquirió Sven-Erik.

—Trabajar al servicio de Dios —respondió Gunnar Isaksson pomposamente, poniendo énfasis en la palabra «Dios».

—Y trabajando para Dios también hacía ganar dinero a la congregación —dijo Anna-Maria, tensa—. ¿Adónde iba a parar el dinero de su libro? ¿A quién irá ahora, después de muerto?

Gunnar Isaksson y Vesa Larsson se volvieron hacia su compañero, Thomas Söderberg.

—¿Qué puede importar eso en la investigación del asesinato? —preguntó Thomas Söderberg con voz amable.

—Bueno, simplemente conteste a la pregunta —exigió Sven-Erik suavemente, pero con una cara que no permitía que le llevaran la contraria.

—Hace tiempo que Viktor Strandgård cedió los derechos del libro a la congregación. Tras su muerte, los ingresos continuarán yendo al mismo sitio. Es decir, no habrá ninguna diferencia.

—¿Cuántos ejemplares del libro se han vendido? —preguntó Anna-Maria.

—Más de un millón, incluyendo las traducciones —respondió el pastor Söderberg escueto—. Pero todavía no entiendo...

—¿Venden otras cosas? —interrumpió Sven-Erik—. ¿Fotos o así?

—Esto es una congregación y no un club de fans de Viktor Strandgård —respondió Thomas Söderberg con aridez—. No vendemos retratos, pero sí, ha habido otros ingresos, por ejemplo, de la venta de cintas de vídeo.

—¿Qué clase de cintas?

Anna-Maria cambió de postura. Le habían entrado ganas de orinar.

—Grabaciones de nuestros sermones, de Viktor Strandgård o de predicadores invitados. Encuentros y misas —respondió el pastor Söderberg mientras se quitaba las gafas y se sacaba un pañuelo pequeño y blanco del bolsillo del pantalón.

—¿Graban los encuentros en vídeo? —preguntó Anna-Maria volviendo a cambiar de postura en la silla.

—Sí —respondió Vesa Larsson, ya que Thomas Söderberg parecía demasiado ocupado en limpiarse las gafas para contestar.

—Ayer tuvieron un encuentro —afirmó Anna-Maria— y Viktor Strandgård estuvo presente. ¿Está ese encuentro grabado en vídeo?

—Sí —respondió el pastor Larsson.

—Queremos que nos den esa cinta —exigió Sven-Erik—. Y si hay previsto otro encuentro esta noche, también nos gustaría que nos dieran la cinta. Bueno, todas las grabaciones de los últimos meses; o ¿qué dices tú, Anna-Maria?

—Sí, eso es —respondió, escueta.

Cuando cesó el ruido del aspirador miraron hacia arriba. La mujer que estaba limpiando lo había desconectado y se dirigió hacia la dama bien vestida. Susurraron algo entre ellas, mirando hacia los pastores. El joven se había sentado en una de las sillas y hojeaba la Biblia. Sus labios se movían incesantemente. Cuando la mujer bien vestida vio que los pastores y la policía habían hecho una pausa en la conversación, aprovechó la ocasión y se dirigió hacia ellos.

—¿Puedo interrumpir? —dijo amablemente y continuó, ya que nadie se lo impidió—. Para el encuentro de esta noche, ¿qué vamos a hacer con...?

Se quedó callada haciendo un gesto con la mano derecha hacia el ensangrentado lugar donde había estado el cuerpo de Viktor Strandgård.

—Dado que el suelo no está barnizado, no creo que se puedan borrar todas las huellas... Quizá se podría enrollar la alfombra y poner algo encima hasta que nos traigan una nueva.

—De acuerdo —respondió Gunnar Isaksson.

—No, por favor, Ann-Gull —interrumpió el pastor Söderberg a la vez que miraba rápidamente a Gunnar Isaksson—. Yo lo arreglaré dentro de un momento. Déjalo así, por ahora. La policía acabará enseguida ¿no es cierto?

Lo último iba dirigido a Anna-Maria y a Sven-Erik. Al ver que éstos no contestaban, Thomas Söderberg sonrió a la mujer, con lo que parecía dar por acabada la conversación. Ella desapareció como un espíritu servicial, en dirección a la otra mujer. Al cabo de un momento volvió a oírse el aspirador.

Los pastores y la policía se quedaron sentados en silencio, observándose unos a otros.

«Típico —pensó Anna-Maria, enojada—. Suelo de madera sin tratar, gruesa alfombra hecha a mano, sillas sueltas en lugar de bancos. Es muy bonito, pero estoy segura de que no es fácil mantener esto limpio. Menos mal que hay tantas mujeres sumisas que le hacen la limpieza gratis a Dios.»

—La verdad es que no tenemos demasiado tiempo —dijo Thomas Söderberg. Su voz había perdido toda la amabilidad.

—Tenemos una misa esta noche y, como comprenderán, debemos preparar un montón de cosas —añadió al ver que ninguno de los policías le respondía.

—Bueno —aclaró Sven-Erik, como si tuvieran todo el tiempo del mundo—. Si Viktor Strandgård no tenía enemigos, sí que tendría amigos. ¿Quiénes estaban más cerca de Viktor Strandgård?

—Dios —respondió el pastor Isaksson con una sonrisa triunfal.

—Su familia, naturalmente, su madre y su padre —rectificó Thomas Söderberg, ignorando el comentario de su compañero—. El padre de Viktor, Olof Strandgård, es el presidente del Partido Demócrata Cristiano y comisionado municipal. La congregación tiene bastantes representantes en el concejo municipal, sobre todo del Partido Demócrata Cristiano, que es el partido con más adeptos entre la clase media de Kiruna. Nuestra influencia en el municipio es cada vez más grande y tendremos la mayoría absoluta en las próximas elecciones. También esperamos que la policía no haga nada que pueda dañar la confianza que hemos alcanzado entre nuestros electores. Después está la hermana de Viktor, Sanna Strandgård. ¿Han hablado con ella?

—No, todavía no —respondió Sven-Erik.

—Vayan con cuidado cuando lo hagan; es una persona muy frágil —informó el pastor Söderberg—. También debo incluirme entre sus allegados.

—¿Era su confesor? —preguntó Sven-Erik.

—Bueno —contestó Thomas Söderberg sonriendo de nuevo—. No lo llamamos así. Más bien, mentor espiritual.

—¿Saben si Viktor Strandgård estaba a punto de descubrir algo antes de morir? —inquirió Anna-Maria—. ¿Sobre sí mismo, quizás? ¿O sobre la congregación?

—No —respondió Thomas Söderberg tras un segundo de silencio—. ¿Qué podría ser?

—Perdonadme —dijo Anna-Maria levantándose—. Tengo que ir al baño.

Abandonó a los hombres y se dirigió hacia los aseos, al final de la iglesia. Orinó un poco pero siguió sentada, descansando la mirada sobre las blancas paredes alicatadas. Había una idea que le volvía una y otra vez a la cabeza. Durante los años que había trabajado como policía había aprendido a notar las señales de la tensión. Todas, desde sudores a mareos. Normalmente, la gente se pone nerviosa cuando habla con la policía. Pero cuando empezaba a intentar esconder esa tensión, era cuando convenía poner atención.

Y había un síntoma de tensión que sólo se presentaba una vez. Aparecía una única vez. Y ella acababa de notarlo. Justo después de haber preguntado si Viktor Strandgård estaba a punto de descubrir algo antes de morir. Uno de los tres pastores, no pudo darse cuenta de quién, había respirado hondo. Una única vez. Una inspiración.

—Bueno, joder —dijo en voz alta pero para sí misma, sorprendiéndose de lo bien que le sentaba soltar tacos en secreto dentro de la iglesia—. Puede ser que no signifique una mierda. La gente respira. Lo que está claro es que no son trigo limpio. A ver qué directiva de una organización lo es. Ni la policía. Y seguro que esta pandilla tampoco. Pero eso no les convierte en asesinos —continuó Anna-Maria mientras accionaba el mando de la cisterna.

Pero había algo más. Por ejemplo, ¿por qué contestó Vesa Larsson que no había nada que preocupara a Viktor Strandgård si Thomas Söderberg era su «mentor espiritual» y, por tanto, quien lo conocía mejor?

Cuando Sven-Erik y Anna-Maria abandonaron la iglesia e iban camino del aparcamiento, la mujer que estaba pasando el aspirador salió corriendo tras ellos. Llevaba calcetines de deporte y zuecos, por lo que iba bajando la cuesta a veces corriendo y a veces resbalando.

—He oído que preguntaban si tenía enemigos —dijo resollando.

—Sí, ¿por qué?

—Sí que los tenía —dijo aferrándose convulsivamente al brazo de Sven-Erik—. Y ahora que está muerto, el enemigo será más fuerte. Yo siento cómo me acosa a mí también.

Soltó a Sven-Erik y se abrazó a sí misma en un intento infructuoso de protegerse del incisivo frío. No se había puesto ropa de abrigo. Dobló un poco las rodillas para mantener el equilibrio en la cuesta. La mínima inclinación de los zuecos hacia atrás la hacía resbalar.

—¿Acosada? —preguntó Anna-Maria.

—Por los demonios —dijo la mujer—. Quieren que vuelva a fumar. Antes yo estaba poseída por el demonio del tabaco, pero Viktor Strandgård puso sus manos sobre mí y me liberó.

—Tomamos nota —dijo la policía, y reemprendió la marcha hacia el coche.

Sven-Erik se quedó allí y sacó un bloc de notas del bolsillo interior de su anorak.

—Él fue quien mató a Viktor —dijo la mujer.

—¿Quién? —preguntó Sven-Erik.

—El príncipe de los demonios —susurró—. Satán. Intenta abrirse paso.

Sven-Erik se volvió a guardar el bloc de notas y cogió las frías manos de la mujer entre las suyas.

—Gracias —le dijo—. Ahora será mejor que entre para que no se quede helada.

—Sólo quería decírselo —les gritó la mujer cuando se alejaban.

Dentro de la iglesia los pastores discutían en voz alta.

—No se puede hacer de esa manera —gritó Gunnar Isaksson, indignado, mientras seguía los pasos de Thomas Söderberg alrededor de la mancha de sangre que había en el suelo. Söderberg iba apartando las sillas para que la oscura huella de la muerte de Viktor Strandgård quedara en medio, como en el centro de una pista de circo.

—Claro que sí —respondió Thomas Söderberg, tranquilo. Volviéndose hacia la mujer bien vestida añadió—: Quita la alfombra del pasillo pero deja que la mancha de sangre que hay debajo siga ahí. Compra tres rosas y ponlas sobre el suelo. Cambiaremos la disposición. Yo predicaré al lado del lugar donde murió. Las sillas deben ponerse alrededor.

—Tendrás oyentes por todos lados —gritó Gunnar Isaksson—. ¿Es que la gente va a estar mirándote la espalda?

Thomas Söderberg se acercó al hombre bajo y grueso y le puso las manos sobre los hombros.

«Mierdecilla —pensó—. No tienes retórica suficiente para hablar desde una palestra. Necesitas un teatro. Una plaza. Tienes que tener a todo el mundo delante y un atrio donde agarrarte por si las cosas se ponen feas. Pero no puedo dejar que tu incapacidad sea un impedimento para mí.»

—¿Recuerdas lo que dijimos, hermano? —preguntó Thomas Söderberg a Gunnar Isaksson—. Tenemos que mantenernos unidos. Te prometo que esto saldrá bien. La gente tiene que poder llorar, rezar, gritar a Dios y nosotros esta noche vamos a triunfar. Dile a tu mujer que traiga una flor y la ponga en el lugar donde estaba tendido su cuerpo.

«Va a haber un ambiente increíble», pensó Thomas Söderberg.

Tenía que acordarse de decirle a más gente que llevara flores para ponerlas en el suelo. Sería como el lugar donde asesinaron a Olof Palme.

El pastor Vesa Larsson estaba sentado inclinado hacia adelante, en el mismo lugar donde estaba cuando hablaron con la policía. No participaba en la acalorada discusión, sino que se tapaba el rostro con las manos. Probablemente lloraba, pero era difícil saberlo.

Rebecka y Sanna iban en el coche en dirección a la ciudad. Los pinos cargados de nieve pasaban deprisa a la luz de los focos. El violento silencio que reinaba era como una habitación que iba encogiéndose por momentos. Las paredes y el techo se movían hacia dentro y hacia abajo. A cada minuto que pasaba se hacía más difícil respirar con libertad. Conducía Rebecka. Sus ojos iban del velocímetro a la carretera. El tremendo frío hacía que el firme no estuviera resbaladizo en absoluto, a pesar de estar cubierto de nieve apisonada.

Sanna iba sentada con la mejilla apoyada en el frío cristal de la ventanilla, enroscándose un mechón de pelo en un dedo.

—¿No puedes decir algo? —preguntó al cabo de un rato.

—No estoy acostumbrada a conducir por carretera —respondió Rebecka—. No puedo hablar y conducir a la vez.

Ella misma se dio cuenta de que su mentira se traslucía tan bien como la suciedad bajo el agua. Pero daba lo mismo. Quizás ésa era su intención. Miró el reloj. Las ocho menos cuarto.

«No te vayas a pelear ahora —se ordenó—. Has subido a Sanna al barco, así que ahora haz el favor de llevarla a puerto.»

—¿Crees que las niñas estarán bien?

—No tienen más remedio —respondió Sanna, acomodándose en el asiento—. Y estaremos de vuelta pronto, ¿no? No me atrevo a pedir ayuda a nadie. Cuantos menos sepan dónde estoy, mejor.

—¿Por qué?

—Tengo miedo a los periodistas. Sé cómo son. Y luego mis padres... Bueno, vamos a hablar de otra cosa.

—¿Quieres hablar de Viktor? ¿De lo que pasó?

—No. Dentro de un momento se lo explicaré a la policía. Hablemos de ti, así me tranquilizaré. ¿Cómo te van las cosas? ¿De verdad hace siete años que no nos veíamos?

—Mmm —respondió Rebecka—. Pero hemos hablado por teléfono alguna que otra vez.

—Y pensar que todavía tenéis la casa de Kurravaara.

—Sí, mis tíos, Affe e Inga-Lill, dicen que no tienen dinero para comprarme mi parte. Creo que están enfadados porque son los únicos que la cuidan e invierten en ella. Claro que, por otra parte, también son ellos los únicos que la disfrutan. Yo la vendería. A ellos o a cualquiera, me da lo mismo.

Se quedó pensando en lo que acababa de decir. ¿No disfrutaba ella de la casa de la abuela o de la cabaña de Jiekajärvi? ¿Qué importaba que nunca fuera allí? Simplemente con recordar la cabaña, que poseía un refugio, lejos de la civilización, en un lugar desierto, más allá de los bosques y de los pantanos, ¿no era alegría suficiente?

—Ahora eres tan..., ¿cómo lo podría decir? Tan encantadora —dijo Sanna—. Y se te ve tan segura, de alguna manera. Siempre he creído que eras guapa, pero ahora pareces sacada de una serie de televisión. Y llevas el pelo muy bonito también. El mío lo dejo crecer a lo salvaje hasta que me lo corto yo misma.

Con toda la intención, Sanna se metió los dedos entre sus rizos, gruesos y rubios.

«Ya lo sé, Sanna —pensó Rebecka, enojada—. Ya sé que eres la más guapa del mundo. Y eso sin necesidad de que te gastes el dinero en ropa o en peluquerías.»

—Cuéntame algo —pidió Sanna, quejumbrosa—. Me siento tan tremendamente avergonzada, pero ya te he pedido perdón. Y estoy completamente paralizada de miedo. Mira qué frías tengo las manos.

Se quitó la manopla de piel de oveja y alargó la mano hacia Rebecka.

«Está loca —pensó Rebecka enojada, con las manos apretando el volante—. Me cago en la hostia, está completamente chiflada.»

«*Nota mi mano, Rebecka, está temblando. Está completamente fría. Te quiero tanto, Rebecka. Si fueras un chico, me enamoraría de ti, ¿lo sabes?*»

—Tienes una perra muy bonita —comentó, Rebecka esforzándose por mantener la voz tranquila.

Sanna retiró la mano.

—Sí —respondió—. *Chapi*. Las niñas la adoran. Nos la dio un chico sami que conocemos. Su dueño no la cuidaba. Por lo menos cuando bebía, y siempre estaba bebido. Pero no logró echarla a perder. Es tan alegre y obediente. Y la verdad es que adora a Sara, ¿te has dado cuenta? Siempre le pone la cabeza en las rodillas. Es divertido porque las niñas han tenido muy mala suerte con las mascotas este último año.

—No me digas.

—O no era mala suerte. A veces son muy irresponsables. No sé lo que es. Esta primavera se escapó el conejo que teníamos porque Sara se olvidó de cerrar bien la puerta de la jaula. Y no hubo manera de que reconociera que había sido culpa suya. Después nos hicimos con un gato. Y desapareció en otoño. Claro que esta vez no tuvo la culpa Sara. Eso es lo que pasa con los gatos callejeros. Lo atropellarían o algo así. Hemos tenido jerbos, que también han desaparecido. No me atrevo a pensar dónde estarán ahora. Seguro que viven detrás de las paredes o debajo del suelo comiéndose la casa, lentos pero seguros. Sara y Lova me tienen loca. Como ahora que Lova se ha rebozado en detergente, a ella y a la perra. Y Sara se la queda mirando sin hacer nada. Yo es que no puedo más. Lova siempre está haciendo cochinadas así. Bueno, vale, vamos a hablar de algo más divertido.

—Mira qué aurora boreal tan formidable —dijo Rebecka, acercando la cabeza al volante para ver mejor el cielo.

—Sí, ha sido increíble todo el invierno. Debe de haber tormenta en el sol, por eso pasa esto. ¿No echas de menos estar aquí?

—No, quizá, no sé.

Rebecka se echó a reír.

A lo lejos se veía la Iglesia de Cristal. Parecía flotar como una nave espacial sobre la luz de la calle. Cada vez se veían más casas. La carretera se convirtió en una calzada y Rebecka apagó las luces largas.

—¿Estás a gusto allá abajo? —preguntó Sanna.

—No hago más que trabajar —respondió Rebecka.

—¿Y la gente?

—No sé. No me siento cómoda entre ellos, si es eso lo que quieres saber. Siempre siento que vengo de una familia sencilla. Puedes aprender las reglas de urbanidad, como mirar hacia donde se tiene que mirar cuando se brinda y dar las gracias por escrito a los anfitriones cuando has estado en una fiesta, pero no puedes esconder quién eres en realidad. Así que te sientes siempre un poco apartada. Y cultivas cierto resentimiento hacia la gente bien. Además, no se sabe qué opinión tienen de ti. Son igual de agradables con todo el mundo, tanto si les caes bien como si no. Aquí en casa por lo menos se sabe cómo es la gente.

—¿Lo sabemos? —preguntó Sanna.

Se quedaron calladas, ensimismadas en sus pensamientos. Pasaron por delante del jardín de la iglesia y se aproximaron a la gasolinera de Statoil.

—¿Compramos algo de beber? —preguntó Rebecka.

Sanna asintió con la cabeza y Rebecka giró hacia la gasolinera. Se quedaron sentadas en el coche, sin decir nada. Ninguna hizo gesto alguno de salir del coche para ir a comprar y ninguna miraba a la otra.

—No deberías haberte ido nunca —dijo Sanna con voz triste.

—Tú sabes por qué me fui —respondió Rebecka mientras volvía la cabeza hacia su ventanilla, de manera que Sanna no le pudiera ver la cara.

—Creo que fuiste el único amor de Viktor, ¿lo sabes? —estalló Sanna—. Creo que nunca pudo olvidarte. Si te hubieras quedado...

Rebecka se dio la vuelta. Sintió que la ira la atravesaba como la llama de un soldador. Estaba temblando, tiritando, y las palabras que le venían a la boca eran confusas e imprecisas. Pero le salieron. No pudo contenerse.

—Espera un momento —gritó—. Y cállate de una puta vez, que vamos a aclarar unas cuantas cosas.

Una mujer que llevaba a un perro labrador con exceso de peso sujeto con una correa se quedó parada cuando oyó el grito de Rebecka y miró curiosa hacia el interior del coche.

—No tengo ni idea de lo que estás hablando —continuó Rebecka sin bajar la voz—. Viktor nunca me quiso, ni siquiera estuvo enamorado de mí. No quiero oírte hablar más de esto en la vida. No pienso asumir ningún tipo de culpa por no haber sido su pareja. Y la verdad es que no pienso asumir tampoco el hecho de que lo asesinaran. Joder, tía, tú estás loca si es eso en lo que estás pensando en estos momentos. Vive, si quieres, en tu universo paralelo, pero a mí déjame fuera.

Se quedó callada. Primero golpeó la ventanilla con las dos manos. Después se golpeó la cabeza. La mujer del perro, asustada, dio un paso hacia atrás y desapareció.

«Dios mío. Debo calmarme —pensó Rebecka—. No puedo conducir así. Me voy a salir de la calzada.»

—No quería decir eso —se quejó Sanna—. Yo no he pensado nunca que tú tuvieras la culpa de nada. Si alguien tiene la culpa, ésa soy yo.

—¿Qué dices? ¿De que asesinaran a Viktor?

Algo se detuvo en el interior de Rebecka. Aguzó el oído.

—De todo —murmuró Sanna—. De que tú te tuvieras que ir. ¡De todo!

—Vale ya —resopló Rebecka, llena de una nueva ira que le arrebató los temblores que sufría su cuerpo y que convirtió sus huesos en hierro y hielo—. No pienso quedarme aquí consolándote y diciéndote que nada fue culpa tuya. Ya lo he hecho cien veces. Yo era una persona adulta, hice lo que me pareció mejor y asumí las consecuencias.

—Sí —asintió Sanna, sumisa.

Rebecka puso el coche en marcha y salió dando

bandazos hacia la avenida Malm. Sanna se tapó la boca con las manos cuando un coche que venía en dirección contraria pitó furiosamente. Desde la avenida Hjalmar Lundbohm vieron las oficinas iluminadas de la empresa LKAB, delante de la mina. A Rebecka le pareció que no eran tan grandes como las recordaba. El edificio siempre le había parecido enorme cuando vivía en aquella ciudad. Pasaron por delante de la fachada de obra vista del Ayuntamiento, con su curiosa torre del reloj levantándose hacia el cielo como un esqueleto negro de acero.

«Lo que pienso es verdad —se dijo Rebecka—. Nunca estuvo enamorado de mí, pero puedo entender que todos creyeran que sí. Dejamos que lo creyeran, Viktor y yo. Todo empezó el primer verano. En el curso de la iglesia, con Thomas Söderberg, en Gällivare.»

Al final son once jóvenes los que van a empezar el curso de verano de la iglesia. Durante tres semanas trabajarán, vivirán y estudiarán la Biblia juntos. El pastor Thomas Söderberg y su esposa, Maja, son quienes lo dirigen. Maja está embarazada. Tiene el pelo largo y brillante, y siempre va sin maquillar. Es bonita y alegre. A veces, Rebecka ve que se aparta y se sujeta los riñones con las manos. A veces, Thomas la abraza y le dice:

—*Podemos hacerlo sin ti. Ve a acostarte y descansa un poco.*

Entonces ella lo mira con alivio y agradecimiento. Es un trabajo duro ser esposa sin sueldo de un pastor.

La hermana de Maja, Magdalena, también está allí, ayudando. Es de movimientos rápidos, como un ratón alegre. Sabe tocar la guitarra y les enseña a cantar himnos.

Viktor y Sanna Strandgård están entre los once. Llaman la atención. Se parecen mucho. Los dos tienen el pelo largo y rubio. El de Sanna es rizado. Su nariz chata y sus grandes ojos hacen que su cara tenga la expresión de una muñeca.

Tendrá cara de niña aunque tenga ochenta años. Con diecisiete ya tiene una hija pequeña, Sara, de tres meses.

—Jesús y yo tenemos una interesante relación de amor —dice Sanna con una sonrisa ladeada.

Sanna y Thomas Söderberg tienen formas diferentes de sentir la fe. Thomas pone su fe a prueba en diferentes situaciones.

—La palabra «fe» —dice— es lo mismo que confiar y estar convencido de algo. Si digo: «Creo en ti, Rebecka», quiero decir que estoy convencido de que vas a colmar las esperanzas que tengo depositadas en ti.

—No sé —protesta Sanna—. Yo opino que creer es precisamente creer. No saber. Dudar a veces pero invertir en la relación con Dios. Escuchar su susurro en el bosque.

Viktor se inclina hacia adelante y le alborota el pelo a su hermana mayor.

—Es en tu cabeza donde hay susurros y murmullos, Sanna —le dice riéndose.

Él no tiene fe pero le gusta discutir. Suele llevar su rubio pelo recogido en una coleta. Tiene una piel tan transparente que casi parece azulada. Las otras chicas lo miran, pero enseguida se le ocurrirá la manera de mantenerlas a distancia. Está jugando con Rebecka.

Rebecka no es tonta. Ya se ha dado cuenta de que sus miradas no significan nada y que a ella no le está permitido responder a las ligeras caricias que le hace en el pelo o en la mano. Aprende a quedarse quieta, sentada, con la fantasía de ser objeto de su anhelo. De ese juego no sale sin premio. *La admiración que le profesa Viktor le da cierto estatus entre las otras chicas del grupo. Las ha desplazado y ello hace que le tengan respeto.*

Al principio, Thomas y los estudiantes tienen opiniones diferentes en cuanto a la Biblia. Los jóvenes no pueden entender algunas cosas. ¿Por qué la homosexualidad es pecado? ¿Cómo se puede estar seguro de que la fe cristiana sea la verdadera? ¿Qué pasa con los mahometanos, por ejemplo? ¿Irán al infierno? ¿Por qué no se pueden tener relaciones sexuales antes del matrimonio?

Thomas escucha y da explicaciones. «Uno tiene que escoger —dice—. O se cree en todo el contenido de la Biblia o se eligen unas cuantas cosas y se cree en ellas. Pero ¿qué clase de fe es ésa? Ésa es una fe diluida y desdentada.»

Las claras noches de verano se sientan en el embarcadero, al lado del mar, matando los mosquitos que aterrizan en sus brazos y piernas. Discuten y reflexionan. Sanna se siente segura con su Dios. Rebecka tiene la impresión de ir contracorriente.

—Es porque has recibido la llamada —le explica Sanna—. Él te quiere a ti. Si no lo aceptas, te habrás perdido para siempre. No puedes aplazar la decisión para el futuro porque nunca más sentirás este anhelo.

Cuando han transcurrido las tres semanas, todos los participantes, menos dos, se entregan a Dios. Entre los nuevos redimidos están Viktor y Rebecka.

—Y tú y Viktor, ¿qué? —pregunta Thomas a Rebecka cuando el curso de verano de la iglesia casi ha terminado—. ¿Qué hay entre vosotros?

Van paseando hasta el supermercado ICA-Renen a comprar leche. Rebecka aspira el agradable olor a asfalto caliente. Está contenta de que Thomas quiera acompañarle. Lo normal es tener que compartirlo con los demás.

—No sé —responde Rebecka eludiendo explicar la verdad—. A lo mejor está interesado en mí, pero en estos momentos no tengo tiempo para nada más que Dios. Quiero dedicarme a Él al cien por cien durante un tiempo.

Al pasar por delante de un abedul, ella rompe una pequeña rama. Las delgadas y verdes hojas huelen a la alegría del verano. Se mete una hoja en la boca y la mastica.

Thomas coge también una hoja y se la mete en la boca. Sonríe.

—Eres una chica sensata, Rebecka. Dios tiene grandes planes para ti, lo sé. Es una época muy bonita cuando uno se acaba de enamorar de Dios. Es bueno que aproveches este momento.

Oyó la voz de Sanna, primero a lo lejos, después cerca. Sintió la mano de Sanna en la parte superior de su brazo.

—Mira —gimió Sanna—. Oh, no.

Habían llegado a la comisaría. Rebecka había aparcado el coche. Primero no se dio cuenta de lo que estaba viendo Sanna. Después descubrió a una periodista que había ido corriendo hasta su coche con el micrófono en ristre. Detrás de la reportera había un hombre. Éste levantó la cámara contra ellas como si fuera una oscura arma.

En la Iglesia de Cristal, Karin, la mujer del pastor Gunnar Isaksson, aparentaba rezar con los ojos medio cerrados. Faltaba una hora para el encuentro de la noche. Delante, en el escenario, el coro de gospel ensayaba. Treinta jóvenes, mujeres y hombres. Pantalón negro, jersey lila y, en la parte delantera, una pastilla de color amarillo y naranja y la palabra «Joy».

Antes, aquella nave le gustaba tanto que le dolía. La acústica era divina. Como ahora. Las vocales alargadas serpenteaban hacia el techo y después caían hasta una profundidad donde sólo llegaban los barítonos. La cálida luz. La noche polar de fuera, los enormes ventanales de cristal. Una burbuja de la fuerza de Dios en medio de la oscuridad y el frío.

Los guitarras y el del bajo afinaban los instrumentos. Hubo un ruido sordo cuando el técnico de las luces encendió los focos del escenario. Los chicos que se encargaban del sonido se estaban peleando con un micrófono que no quería funcionar. Hablaban a través de él sin que se oyera nada y, de pronto, salió un sonido metálico y penetrante.

Le picaban los brazos. Esa mañana la erupción estaba hinchada y roja. Se preguntaba si no tendría psoriasis. Que no lo viera Gunnar. No le apetecía oírlo.

Habían cambiado la disposición de los asientos de la sala de la iglesia. Las sillas estaban puestas alrededor del lugar donde había estado el cuerpo de Viktor. Era como un auténtico circo. Miró a su marido, sentado en la primera fila, su robusta nuca le sobresalía por el blanco cuello de la camisa. A su lado estaba Thomas Söderberg intentando concentrarse en el sermón de la noche. Ella vio que Gunnar se obligaba a fijar la vista en la Biblia, decidido a no estorbar. Después olvidaría lo que quería decir y se perdería en su discurso. Con la mano derecha trazaba en el aire unos dibujos circulares.

Después de Navidad había decidido adelgazar. Hoy se había saltado la comida principal. Mientras ella, sentada a la mesa de la cocina, le daba vueltas a los espaguetis de su plato con el tenedor, él, de pie, se comió tres peras junto al fregadero. Con sus anchas espaldas, inclinado sobre la pila. Sorbiendo y engullendo, el sonido del jugo de la pera al gotear. Con la mano izquierda se sujetaba la corbata contra el cuerpo.

Miró el reloj. Dentro de un cuarto de hora abandonaría su lugar al lado de Thomas Söderberg, se iría a hurtadillas hasta el coche y se acercaría hasta el Empes, para comerse una hamburguesa a escondidas. Volvería con la boca llena de chicles.

«Miéntele a alguien a quien le importe —quería gritar—. A mí me es igual.»

Al principio era otro hombre. Hacía una sustitución como conserje de la escuela de Berga, donde ella trabajaba como profesora de segundo ciclo. Ella había ido a la universidad y aquello a él le parecía muy bien. Fue un cortejo clamoroso, manifiesto. Él se inventaba recados que hacer en la sala de profesores cuando ella estaba libre. Bromas y risas y una serie sin fin de chistes malos.

Y detrás de todo aquello, una inseguridad que a ella la conmovió. Los comentarios de los compañeros, que estaban fascinados. Cómo la alababa cuando ella se cortaba el pelo o estrenaba una blusa. Lo vio con los niños en el patio. Los niños lo adoraban. Un conserje que era buena persona. ¿Qué le importaba a ella que no le gustara leer?

Fue después, al quedarse a la sombra de Thomas Söderberg y Vesa Larsson, cuando se dio cuenta de que él no sabía imponerse.

Pero ya era tarde. Empezó a ir con él a la iglesia baptista. En aquel tiempo era una congregación a punto de sucumbir. No, mentira, ya había sucumbido. La gente que iba a misa parecía ir para descansar un rato camino de la tumba. Signe Persson, con su fino y transparente pelo, peinado con cuidado. El cuero cabelludo le brillaba debajo, rosado con manchas marrones. Arvid Kalla, en un tiempo obrero de LKAB. Ahora, medio dormido en el banco de la iglesia, con sus enormes puños impotentes sobre las rodillas.

Lógicamente, no tenían dinero para permitirse un pastor, y apenas había para calentar la iglesia. Gunnar Isaksson cuidaba de la congregación como un empresario. Reparaba y mantenía lo que se podía pagar. Suspiraba cuando no se podía. Por ejemplo, la humedad de la entrada. La pared se abultaba como un vientre hinchado. El papel se caía constantemente. La idea era que los feligreses se turnaran para hacer el sermón cuando se celebraba la misa, cada dos domingos. Pero dado que nadie se apuntaba voluntariamente, siempre lo hacía Gunnar Isaksson.

Su sermón era fácil de seguir. Pasaba de una cosa a otra hablando de la iglesia libre, un tema que conocía desde que era joven. Sin embargo, la base siempre era la misma, con las obligadas alusiones al «espíritu santo», «mi vida empieza de nuevo» y «el agua nos cae directamente del manantial». El sermón, siempre y sin excepción, terminaba con el tema del despertar de la fe para unos oyentes que ya hacía tiempo habían sido redimidos.

Era un consuelo que los sermones no fueran mucho mejores en las demás iglesias de la ciudad. El templo de Dios de Kiruna era una cabaña a punto de derrumbarse donde el olor a cerrado se había quedado para siempre.

Gunnar se levantó y fue hacia la salida. Por respeto, aminoró la marcha cuando pasó por delante del lugar donde había estado el cuerpo de Viktor Strandgård. Ya había muchas flores y tarjetas. A ella le sonrió haciéndole un guiño, una señal que parecía significar que sólo iba al baño o a intercambiar unas palabras con alguien en la entrada.

No era tonto. En absoluto. Si no, no hubiera llegado hasta allí. A la cima de esa congregación, junto a Thomas Söderberg y Vesa Larsson. Sin haber estudiado para pastor. Sin talento como pescador de almas. Hacía falta cierta capacidad para eso.

Recordaba cuando Gunnar le explicó que había un nuevo pastor, con su mujer, en la congregación de la Misión. Una pareja joven.

Unas semanas más tarde, Thomas Söderberg fue a una misa en la iglesia baptista. Se sentó en la segunda fila y asintió con la cabeza al sermón de Gunnar, con una sonrisa de ánimo, reflexionando seriamente. Su mujer, Maja, estaba a su lado, como una alumna modelo.

Después se quedaron a tomar café. Fuera había una oscuridad invernal. Nubes cargadas de nieve. Días que se acababan antes de que les diera tiempo a llegar.

Maja le hablaba alto, despacio y directamente al oído, a Arvid Kalla. Le pidió también la receta de los panecillos dulces a Edit Svonni.

Thomas Söderberg y Gunnar charlaban con entusiasmo con dos hermanos mayores de la iglesia. Había un intercambio que iba desde serios asentimientos de cabeza a grandes carcajadas, como un baile bien ensayado. La hermandad.

Y la pregunta obligada a la gente que venía del sur: «¿Estáis a gusto con el frío y la oscuridad?» La respuesta, como si de una sola boca se tratara: «Estamos la mar de bien. No echamos de menos en absoluto el barro y la lluvia. La próxima Navidad la celebraremos con la familia en Kiruna.»

Eso era todo lo necesario. Que no pareciera que habían sido desterrados a un lugar distante, más allá de la frontera de lo soportable. Nada de quejas ante la adversidad del cortante viento y la oscuridad que se asentaba en los sentidos. Las respuestas hicieron que las caras de los feligreses se relajaran.

Cuando se fueron, Gunnar le dijo:

—Gente agradable. El chico tiene muchas ideas.

Fue la última vez que llamó «chico» a Thomas Söderberg, que tenía diez años menos que él.

Dos semanas más tarde se encontró con Thomas Söderberg por la ciudad. Ella iba con el cochecito, luchando contra el viento y la nieve. Andreas tenía dos meses y medio e iba durmiendo. Paseaban por las calles de Kiruna. A Anna, de dos años, la arrastraba en un trineo, como un bulto que se quejaba todo el tiempo de frío en las manos y los pies.

Ella se sentía desgraciada. El cansancio le iba en aumento, lo mismo que crece la masa del pan. En cualquier momento podía reventar y venirse abajo. Odiaba a Gunnar. Constantemente perdía la paciencia con Anna. Sólo tenía ganas de llorar.

Thomas apareció detrás de ella. Le pasó el brazo izquierdo por el hombro en cuanto llegó a su altura. Durante un segundo, justo al andar juntos, sintió su abrazo. Fue un medio abrazo, un poco demasiado largo. Ella volvió la cara y lo vio sonriéndole abiertamente. Se saludaron como si fueran viejos amigos. Saludó a Anna, que se pegó a las piernas de su madre, negándose a contestar. Echó un vistazo a Andreas, que dormía como un ángel envuelto en su edredón.

—Intento convencer a Maja para tener niños —confesó—, pero... —No acabó la frase. Respiró hondo y dejó que la sonrisa desapareciera. Después recuperó su buen humor de siempre—. La verdad es que la comprendo —dijo—. Luego sois vosotras las que tenéis que hacer todo el trabajo. Será cuando Dios quiera.

Andreas se movió en el cochecito. Se había hecho la hora de volver a casa, a darle el pecho. Quería invitar a Thomas a comer pero no se atrevió a decírselo. Él la acompañó una parte del camino. Era fácil hablar con él. Aparecieron nuevos temas de conversación, de manera espontánea, que se unieron a los antiguos como en cadena. Sin darse cuenta estaban en el cruce donde debían separarse.

—Quisiera hacer algo más por Dios —dijo—, pero con los niños no tengo ni tiempo ni energía más que para ellos.

La nieve volaba a su alrededor como una nube de afiladas flechas. Hizo que él parpadeara. Un arcángel de pelo oscuro y rizado con un anorak azul, aparentemente barato, hecho de crujiente tela sintética. Los vaqueros metidos en las botas altas y puntiagudas. El gorro de lana hecho a mano, con dibujos incas. Se preguntó si se lo habría hecho Maja, la que no quería tener hijos.

—Pero, Karin —dijo—, ¿no entiendes que estás haciendo justo lo que Dios quiere. Cuidar de los niños. Ahora eso es lo más importante. Tiene planes para ti, pero justo ahora... justo ahora debes estar con Anna y con Andreas.

Medio año después Thomas lideraba su primer curso de verano de la iglesia. Le seguían los jóvenes recién redimidos, como un grupo de pequeños patitos meciéndose detrás de él. Con su sello de padre espiritual. Uno de ellos era Viktor Strandgård.

Ella, Gunnar, Vesa Larsson y su mujer, Astrid, fueron invitados a compartir la alegría cuando celebraron el bautismo. Gunnar asistió tragándose su amarga envidia. Se dio cuenta de que era mejor jugar con el equipo ganador. A la vez, no hacía más que comparar, siempre anhelando brillar por sí mismo. Su mirada tenía un resplandor de astucia.

Ella tampoco estaba libre de culpa. Lo cierto es que le había dicho a su marido mil veces:

—No dejes que Thomas se te adelante. No tiene por qué decidirlo todo.

Se había convencido a sí misma de que estaba apoyando a su marido, pero, en realidad, ¿no quería que él fuera otro?

Thomas Söderberg se levantó y fue hacia el coro. Vestía un traje negro. Habitualmente llevaba corbatas de alegres colores, casi atrevidas. Aquella noche llevaba una discreta de color gris. Parecía un cierre de interrogación bajo la americana.

«Lleva la riqueza de manera tan desenvuelta como

antes llevaba la..., no pobreza —pensó ella—... la falta de dinero. Dos personas con el sueldo de un pastor. Pero no parecía afectarles. Ni siquiera cuando tuvieron hijos.»

Después las cosas cambiaron. Ahora estaba allí, con aquel bonito traje de lana, hablando con el coro. Explicando que lo sucedido era horrible. Una de las chicas se puso a llorar ruidosamente. Los que estaban a su lado le pasaron el brazo por los hombros.

—Se puede llorar así —dijo Thomas—. Hay que vivir el duelo, pero —y aquí respiró hondo haciendo una pausa entre cada palabra—, no es bueno perder, no es bueno echar marcha atrás, no es bueno retroceder.

—Hola, Karin, ¿dónde tienes a Gunnar?

Maja, la mujer de Thomas Söderberg, se sentó a su lado. Pelo brillante, de color arena. Un discreto maquillaje. Nada de pintalabios. Nada de sombra en los ojos. Sólo un poco de rímel y colorete. No porque Thomas tuviera nada en contra de que las mujeres se maquillaran, pero Karin suponía que prefería que su mujer no se pusiera nada. Hacía unos años que Maja quiso cortarse el pelo muy corto, pero Thomas se opuso rotundamente.

—Hace un momento que estaba aquí. Volverá enseguida.

Maja asintió.

—Y ¿dónde están Vesa y Astrid? —preguntó.

«Vaya control esta noche», pensó Karin con una ceja levantada y sacudiendo la cabeza como respuesta negativa.

—Es tremendamente importante que ahora estemos unidos —dijo Maja a media voz.

Karin se quedó mirando la rosa roja que Maja tenía sobre las rodillas.

—¿La vas a poner junto a las otras?

Maja asintió.

—Pero espero a que empiece el encuentro. No puedo entender lo que ha pasado. Es tan irreal.

«Sí, es irreal —pensó Karin—. ¿Cómo va a funcionar todo esto sin Viktor?»

Viktor, que se negaba a cortarse el pelo y a ponerse traje. Que no aceptaba un aumento de sueldo y que hacía que Thomas mandara ese dinero a Médicos sin Fronteras. Recordaba cuando asistió a un congreso en Estocolmo hacía siete años. Lo sorprendida que estaba cuando vio a un montón de jóvenes con el mismo aspecto que Viktor. En el metro y en las cafeterías. Con gorras horribles hechas con tricotosa o a ganchillo. Con bolsas de tela al hombro. Vaqueros que les colgaban de las estrechas caderas. Chaquetas de ante de los años sesenta. La forma de andar desdeñosa. Una especie de antimoda reservada a los guapos y a los seguros de sí mismos.

Viktor había formado parte de la corte de Thomas Söderberg, pero nunca había sido el espejo de Thomas. Prácticamente todo lo contrario. Sin propiedades ni ambiciones. Casto. Aunque esto último quizá se debía a que Rebecka Martinsson le rompió el corazón con su locura. Era difícil saberlo.

Maja se inclinó hacia ella. Le susurró al oído:

—Bueno, aquí viene Astrid, pero ¿dónde está Vesa?

La esposa del pastor Vesa Larsson, Astrid, cruzó las puertas de la Iglesia de Cristal. En el escenario, Thomas Söderberg dirigía el coro para abrir el encuentro de la noche.

La marcha rápida por la cuesta desde el aparcamiento hizo que la blusa se le pegara a las axilas. Menos mal que llevaba la chaqueta encima. Se pasó rápidamente los dedos índices por debajo de los ojos por si se le había corrido el rímel. Una vez se había visto en una de las grabaciones de vídeo de la congregación. Nevaba cuando ella entró en la iglesia y, en la filmación, parecía un oso panda domesticado mientras hacía la colecta. Después de eso siempre se miraba en el espejo de la entrada, pero en aquellos momentos la iglesia estaba llena de gente y ella iba muy estresada.

Delante, en el centro de un círculo, había un montón de flores y de tarjetas.

«Viktor está muerto», pensó.

Intentó sentir que aquello era real.

«Viktor está muerto de verdad.»

Vio a Karin y a Maja. Maja la saludó efusiva con la mano. No había ninguna posibilidad de librarse de ella. Habría que ir para allá. Llevaban trajes oscuros. Ella había estado buscando en el armario y estuvo probándose ropa durante una hora. Todos sus trajes eran rojos, rosa o amarillos. Tenía un solo traje oscuro. Azul marino. Pero no se podía subir la cremallera. Al final, se puso una chaqueta de punto larga que la hacía más delgada y le disimulaba los muslos y el trasero. Cuando vio a Karin y a Maja se sintió desaliñada. Desaliñada y sudada.

—¿Dónde está Vesa? —susurró Maja antes de que le diera tiempo a sentarse.

Sonrisa amable. Ojos peligrosos.

—Enfermo —respondió—. Tiene la gripe.

Se dio cuenta de que no la creían. Maja cerró de nuevo la boca y respiró profundamente por la nariz.

Tenían razón. Sintió en todo su ser que no quería estar allí, pero se hundió todo lo que pudo en la silla al lado de Maja.

Thomas había acabado la oración con el coro y se dirigió hacia ellas.

«Ahora tendré que disculparme también con él», pensó.

Le molestó que Thomas posara una mano sobre el brazo de Maja y a ella, como saludo, la mirara rápidamente sonriéndole con amabilidad. Después le preguntó por Vesa. Astrid volvió a responder:

—Enfermo. Tiene la gripe.

Él la miró compasivamente.

«Pobre de mí, tener un marido tan débil», pensó.

—Si estás preocupada por él, vete a casa —dijo Thomas.

Ella sacudió la cabeza, sumisa.

Pronunció la palabra para sí: «preocupada».

No, debería haberse preocupado hacía años, pero entonces estaba muy ocupada con la construcción de la casa y los críos. Y cuando descubrió que tenía motivos para preocuparse, era demasiado tarde y hora de empezar a sentir pena. Superar la pena de verse abandonada en su matrimonio. Aprender a vivir con la vergüenza de no servir para Vesa.

Era aquella vergüenza. Era aquello lo que la hacía sentarse al lado de Maja aunque no quería hacerlo. Lo que la hacía ponerse delante del frigorífico a mordisquear bollos congelados cuando los críos estaban en la escuela.

Claro que aún tenían relaciones sexuales, aunque raras veces. Y era en la oscuridad. En silencio.

Y esta mañana. Los críos se habían ido a la escuela. Vesa había dormido en el taller. Cuando le llevó el café lo encontró sentado en el borde de la cama y con el pijama de franela. Sin afeitar y con los ojos cansados. Una línea profunda en la comisura de los labios. Con las bonitas y alargadas manos de artista descansando sobre las rodillas. El suelo alrededor de la cama estaba cubierto de libros. Caros libros de arte de gruesas y brillantes páginas. Varios sobre la pintura de iconos. Varios libros de bolsillo de su propia editorial. Al principio, Vesa había hecho las cubiertas hasta que, un buen día, decidió que no tenía tiempo.

Puso la bandeja con el café y las tostadas en el suelo. Después se subió a la cama y se arrodilló detrás de él. Las caderas de él entre sus muslos. Dejó resbalar el albornoz y apretó el pecho y la mejilla contra su espalda a la vez que las manos se deslizaban por sus duros hombros.

—Astrid —dijo él.

Molesto y atormentado, completó su nombre con excusas y sentimientos de culpabilidad.

Ella huyó a la cocina. Puso en marcha la radio y el lavavajillas. Cogió a *Balú*, lo puso sobre sus rodillas y lloró sobre el pelo del perro.

Thomas Söderberg se inclinó hacia las tres mujeres y bajó la voz.

—¿Habéis sabido algo de Sanna? —preguntó.

Astrid, Karin y Maja negaron con el mismo gesto de la cabeza.

—Pregúntale a Curt Bäckström —dijo Astrid—. Siempre va detrás de ella.

Las esposas de los pastores volvieron la cabeza como si se tratara de un periscopio. Maja fue la primera que vio a Curt. Lo saludó con la mano, haciéndole señales hasta que él, a su pesar, se levantó y fue hacia ellos arrastrando los pies.

Karin lo miró. Siempre parecía angustiado. Andaba

lentamente. Casi de lado. Como si acercarse de frente fuera demasiado agresivo. Miraba por el rabillo del ojo y los esquivaba si intentaban mirarlo directamente.

—¿Sabes dónde está Sanna? —preguntó Thomas Söderberg.

Curt negó con la cabeza. Para mayor seguridad, también dijo:

—No.

Estaba claro que mentía. Se le veía el miedo en los ojos a la vez que parecían decididos. No pensaba descubrir su secreto.

«Como un perro que ha encontrado un hueso en el bosque», pensó Karin.

Curt los miró por debajo del flequillo. Arrugó la nariz. Como si Thomas, de pronto, hubiera gritado «suelta» a la vez que le pegaba en el hocico.

Thomas Söderberg parecía molesto. Movió el cuerpo como si quisiera quitarse de encima a las esposas de los pastores.

—Sólo quiero saber si está bien —dijo—. No le puede ocurrir nada.

Curt asintió con la cabeza y paseó la mirada por la nave que empezaba a llenarse de gente. Levantó la Biblia que llevaba en la mano y se la apretó contra el pecho.

—Quiero testimoniar —dijo en voz baja—. Dios tiene algo que decir.

Thomas Söderberg asintió.

—Si ves a Sanna, dile que he preguntado por ella —dijo.

Astrid miró a Thomas Söderberg.

«Y si ves a Dios —pensó—, dile que siempre pregunto por Él.»

El jefe de Rebecka Martinsson, el abogado Måns Wenngren, llegó de madrugada a casa. Se había pasado la noche en el Sophie's, invitando a beber a jóvenes damas junto al representante de un cliente, una empresa de informática que había empezado a cotizar en Bolsa hacía poco, especializada en tecnologías de la información. Era agradable tener que tratar con clientes así. Agradecidos por cada corona que consiguieran ahorrar en impuestos. Los clientes que eran denunciados por delitos contables o fiscales pocas veces tenían ganas de salir a pasar el rato con su abogado. Preferían quedarse en casa, emborrachándose.

Después de que cerraran el Sophie's, Måns le enseñó a una de las jóvenes damas, Marika, su bonito despacho, y más tarde la puso en un taxi con dinero en la mano y él se subió en otro.

Cuando entró en el oscuro piso de la calle Flora, pensó, como era habitual, que debería cambiarse a un piso más pequeño. No era extraño que sintiera lo mismo cada vez que entraba en casa. ¿Cómo cojones se iba a sentir cuando la casa estaba tan desierta?

Tiró el abrigo de cachemira sobre una silla y encendió todas las luces camino de la sala de estar. Como casi nunca llegaba a casa antes de las once de la noche, el vídeo lo tenía siempre programado para grabar las noticias. Lo puso en marcha y mientras sonaba la sintonía de las noticias del canal TV4 fue hasta la cocina y abrió el frigorífico.

Ritva había hecho la compra. Bien. Limpiar aquel piso debía de ser el trabajo más fácil que tenía, además de controlar que siempre hubiera comida fresca en casa. Él nunca desordenaba nada, menos en las raras ocasiones en que invitaba a gente. La comida que compraba Ritva seguía intacta cuando era reemplazada. Se imaginaba que ella llevaba la comida pasada a casa, para su familia, antes de que le diera tiempo a estropearse. Había orden y eso era lo que él quería. Abrió un cartón de leche y bebió de él directamente mientras escuchaba las noticias de las que informaban en la sala de estar. El asesinato de Viktor Strandgård era la noticia más importante de la noche.

«Por eso Rebecka se ha ido a Kiruna», pensó Måns Wenngren volviendo a la sala. Se hundió en el sofá, delante del televisor, con el cartón de leche en la mano.

«El conocido religioso Viktor Strandgård fue hallado asesinado la pasada madrugada en la iglesia de la Fuente de Nuestra Fortaleza, de Kiruna», dijo la presentadora del noticiero.

Era una mujer de mediana edad bien vestida que había estado casada con un conocido de Måns.

—Hola, Beata, ¿cómo va todo? —dijo Måns levantando el cartón de leche hacia la pantalla del televisor a modo de brindis, y echó otro trago.

«Según fuentes policiales, fue la hermana de Viktor Strandgård quien lo encontró en la iglesia y las mismas fuentes informan de que el asesinato fue brutal», añadió la locutora.

—Todo esto ya lo sabemos, Beata, venga ya —dijo Måns.

De pronto se dio cuenta de lo ebrio que estaba. Tenía la cabeza embotada y decidió darse una ducha después de las noticias.

Pasaron un reportaje. Una voz de hombre hablaba mientras se veían las imágenes. Primero una toma azul claro de invierno de la imponente Iglesia de Cristal, arriba, en la montaña. Después imágenes de la policía quitando nieve alrededor de la iglesia. También había tomas del encuentro de la congregación cantando himnos y una corta presentación de quién era Viktor Strandgård.

«No existe duda alguna de que lo ocurrido ha despertado profundo dolor en Kiruna —continuó la voz del periodista—. *Prueba de ello han sido las reacciones que se han producido cuando la hermana de Viktor Strandgård, Sanna Strandgård, ha ido a declarar esta noche a la comisaría, en compañía de su abogada.»*

En la imagen se veía ahora un aparcamiento cubierto de nieve. Una jadeante y joven reportera iba corriendo hacia las dos mujeres que bajaban de un Audi rojo. El pelo de la periodista le salía del gorro como la cola de un zorro. Parecía una versión joven y enérgica de la actriz Claire Wikholm. Era de noche pero se podía distinguir en el fondo una fachada roja de obra vista, sin mayor interés. No podía ser otra cosa que una comisaría. Una de las mujeres que salió del Audi llevaba la cabeza baja y no se le veía más que un largo abrigo de piel de oveja y un gorro de la misma piel, calado hasta los ojos. La otra mujer era Rebecka Martinsson. Måns subió el volumen y se echó hacia adelante en el sofá.

—Me cago en...

Rebecka le acababa de decir que iba allí porque conocía a los familiares, pensó. Lo de que era la abogada de la hermana tenía que ser un error.

Observó la cara seria de Rebecka cuando, a paso rápido, se dirigía hacia la entrada de la comisaría con un brazo sobre los hombros de la otra mujer, que tenía que ser la hermana de Viktor Strandgård. Con el brazo que tenía libre intentaba apartar a la mujer del micrófono que corría detrás de ellas.

—*¿Es verdad que le han sacado los ojos?* —preguntó la periodista con un claro acento de Luleå—. *¿Cómo te sientes, Sanna?* —continuó cuando vio que no le respondían—. *¿Es verdad que tus hijas iban contigo cuando lo encontraste en la iglesia?*

Ya en la puerta de la comisaría, la de la coleta de zorro les cortó el paso con decisión.

—Dios mío, qué chica —suspiró Måns—. ¿Qué es esto? ¿Periodismo amarillo americano a la lapona?

—*¿Creéis que es un asesinato ritual?* —preguntó la reportera.

La cámara enfocó de cerca el perfil de la cara enrojecida de la otra mujer. Sanna Strandgård, asustada, se la tapó con las manos. Los ojos color gris arena de Rebecka fulminaron primero la cámara y después a la periodista.

—*Apártate* —le dijo, áspera.

La orden y la expresión de la cara de Rebecka le trajeron un desagradable recuerdo a Måns. Fue en una fiesta de Navidad de la empresa, hacía dos años. Intentó hablar y ser agradable, y ella le echó una mirada como si él fuera lo que se encuentra al limpiar el váter. Si no recordaba mal, ella había dicho exactamente lo mismo con la misma áspera voz:

«*Apártate.*»

Después de aquello había mantenido las distancias. Lo último que quería era que se sintiera molesta y se despidiera. Y tampoco quería que se imaginara nada. Si no quería nada, pues no había más que hablar.

De pronto, todo ocurría a mucha velocidad en la pantalla. Måns prestó más atención con el dedo preparado sobre la tecla de pausa en el mando a distancia. Rebecka levantó el brazo para pasar y, al instante, la periodista desapareció de la imagen. Rebecka y Sanna Strandgård casi le pasaron por encima y continuaron su camino hacia la comisaría. La cámara las siguió enfocándoles las espaldas, y se oyó la voz de la enojada reportera diciendo antes de cortar la conexión:

—¡Ay, mi brazo!, joder. ¿Has podido grabarlo?

Se oyó de nuevo la voz del periodista del canal TV4.

—*La abogada trabaja en el conocido bufete Meijer & Ditzinger, pero nadie de allí ha querido comentar los acontecimientos de esta noche.*

Måns parecía impresionado. Habían sacado una foto de archivo de la fachada del edificio donde se encontraba el bufete. Apretó la tecla de pausa.

—¡Los cojones! —maldijo, levantándose del sofá tan deprisa que se salpicó de leche la camisa y los pantalones.

«Pero ¿qué coño está haciendo? —pensó—. ¿Está actuando realmente como la abogada de aquella Sanna Strandgård sin que lo sepan en el bufete? Tiene que ser un malentendido. Es imposible que sea tan inconsciente.»

Cogió su móvil y marcó un número. Sin respuesta. Se apretó la punta de la nariz con el índice y el pulgar intentando aclarar las ideas. Mientras se dirigía hacia el recibidor a buscar el ordenador portátil, marcó otro número de teléfono. Tampoco recibió respuesta. Estaba jadeante y sudoroso. Puso de cualquier manera el ordenador encima de la mesa del salón y accionó de nuevo el vídeo. En imagen ahora salía el fiscal jefe en funciones, Carl von Post, delante de la iglesia de la Fuente de Nuestra Fortaleza.

—Maldito sea —se quejó Måns, que intentaba abrir el ordenador a la vez que sujetaba el móvil entre el hombro y la oreja.

Sentía las manos torpes e inseguras.

Måns encontró el manos libres y pudo llamar a la vez que tecleaba en el ordenador. En todos los números que marcó sonaba la señal, pero nadie descolgó el teléfono. Seguramente los teléfonos habían estado bastante ocupados durante la noche después de las noticias. Con toda probabilidad los demás accionistas se preguntarían cómo cojones una de sus adjuntas en derecho fiscal estaba allí arriba apaleando periodistas, uno tras otro. Examinó su teléfono y vio que tenía quince mensajes. Quince.

Carl von Post miró directamente a Måns desde la pantalla del televisor e informó de cómo iba la investigación. Eran los comentarios obligados acerca de los trabajos que se estaban realizando: llamar a las puertas, interrogar a los miembros de la congregación y buscar el arma homicida. El fiscal iba elegantemente vestido con un abrigo gris de lana, con guantes y bufanda a juego.

—Jodido pijillo —comentó Måns Wenngren sin darse cuenta de que Von Post iba vestido casi exactamente como él mismo.

En esos momentos alguien levantó el auricular. Era el marido de una de las socias del bufete, y no estaba muy contento. Esta mujer se había vuelto a casar con un hombre mucho más joven que ella, el cual vivía muy bien a su costa, mientras aparentaba estudiar o no se sabía qué coño hacía.

«Joder, a ver si para de quejarse», pensó Måns.

Cuando la compañera cogió el auricular hubo una conversación muy corta.

—¿Podríamos vernos de inmediato? —dijo Måns irritado—. ¿Qué quieres decir con que es de madrugada?

Se miró el Breitling. Las cuatro y cuarto.

—De acuerdo —respondió—. Pues nos vemos a las siete. Una reunión temprana para desayunar. A ver si conseguimos que vayan los demás.

Cuando acabó la conversación envió un correo a Rebecka Martinsson. Ella tampoco había contestado al teléfono. Cerró el ordenador y cuando se levantó notó que tenía los pantalones pegajosos. Se los miró y descubrió la leche que se había salpicado encima.

—Jodida niñata —gruñó mientras se quitaba los pantalones—. Jodida niñata.

ATARDECIÓ

Y AMANECIÓ: DÍA SEGUNDO

La inspectora jefa, Anna-Maria Mella, está durmiendo intranquila a la hora del lobo. Las nubes se han tumbado en el cielo y en la habitación reina la oscuridad. Es como si el mismo Dios hubiera ahuecado su mano sobre la ciudad como un niño la ahueca para un insecto volador. Nadie que se meta en el juego podrá salir de él.

Anna-Maria mueve la cabeza de un lado a otro para escapar de las voces y las caras de ayer, que han entrado en su sueño. El niño, enojado, le da patadas en el vientre.

En su sueño, el fiscal Carl von Post inclina la cabeza sobre Sanna Strandgård intentando obligarla a darle una respuesta que ella no tiene. La presiona y la amenaza diciendo que va a interrogar a sus hijas si no le contesta. Y cuanto más le pregunta, ella más se encierra en sí misma. Al final parece como si no recordara nada en absoluto.

—¿Qué hacía en la iglesia en mitad de la noche? ¿Qué le hizo ir hasta allí? Algo tendrá que recordar. ¿Vio a alguien allí? ¿Recuerda cuando llamó a la policía? ¿Estaba enfadada con su hermano?

Sanna esconde la cara entre las manos.

—No me acuerdo. No sé. Vino a verme por la noche. De pronto Viktor estaba al lado de mi cama. Parecía triste. Cuando se disolvió su imagen, supe que algo había ocurrido...

—¿Se disolvió?

Parece como si el fiscal no supiera si echarse a reír o darle una bofetada.

—Espere un momento. ¿Recibió la visita de un fantasma y comprendió que algo le había pasado a su hermano?

Anna-Maria lamenta que su querido Robert se haya despertado. Éste se apoya en el codo y le acaricia el pelo.

—Shhh, Mia-Mia —le dice para tranquilizarla. Una y otra vez repite su nombre y le acaricia el pelo color paja hasta que ella, de pronto, respira muy hondo y se relaja. Su cara se suaviza y deja de gemir. Cuando su respiración vuelve a ser tranquila y regular, él se duerme de nuevo.

Los que conocen a Carl von Post suponen que aquella noche dormirá tranquilo, satisfecho con la atención que se le ha prestado, y que tendrá felices sueños con lo que le tiene preparado el futuro en su cálido regazo. Seguro que está durmiendo en su cama con una sonrisa de satisfacción.

Pero incluso Carl von Post no hace más que dar vueltas. Aprieta las mandíbulas y los dientes hasta hacerlos rechinar. Así es su sueño siempre. Los acontecimientos del día no lo han salvado.

Y Rebecka Martinsson duerme profundamente en el sofá cama de la cocina, en casa de sus abuelos paternos. Su respiración es tranquila y regular. *Chapi* se ha tumbado a su lado y Rebecka duerme abrazada al caliente cuerpo del animal, con la nariz enterrada en su lanoso pelo negro. No hay ruidos del mundo de fuera. Nada de coches ni aviones. Nada de trasnochadores vocingleros y nada de fuertes lluvias de invierno golpeando contra los cristales de las ventanas. Dentro de la habitación, Lova murmura algo en sueños y se aprieta contra Sanna. La casa cruje también, y hace algún que otro ruido, como si se diera la vuelta en el sueño del invierno.

MARTES, 18 DE FEBRERO

Poco antes de las seis, *Chapi* despertó a Rebecka apretando el hocico contra su cara.

—Hola, pequeñita —susurró Rebecka—. ¿Qué quieres? ¿Tienes ganas de salir a hacer pis?

Buscó la lámpara de noche y la encendió. La perra corrió hacia la puerta de salida, gimoteó un poco y volvió hacia Rebecka, apretando de nuevo el hocico contra su cara.

—Ya voy, ya voy.

Se sentó en el borde de la cama y se envolvió en el edredón. En la cocina hacía frío.

«Todo lo de aquí dentro me recuerda a mi abuela —pensó—. Es como si acabara de dormir con ella en el sofá de la cocina y me pudiera quedar calentita en la cama mientras ella enciende el fuego y hace café.»

Podía ver a Theresia Martinsson sentada junto a la mesa de alas abatibles, enrollando el cigarrillo de la mañana. La abuela usaba papel de periódico en lugar de papel de fumar, que era caro. De una página del ejemplar del día anterior del *Norrbottenskuriren* cortaba el margen con mucho cuidado. Era ancho y no tenía letras, muy adecuado para su propósito. Ponía un pellizco de tabaco y enrollaba un delgado cigarrillo entre los pulgares y los índices. Llevaba el pelo plateado muy recogido bajo un pañuelo e iba vestida con una bata de tela sintética a cuadros azules y negros. Las vacas la llamaban desde el establo. «Hola, *pikku-piika* —solía responderles con una sonrisa—. ¿Ya estáis despiertas?»

Pikku-piika, en su idioma, significaba pequeña criada. *Chapi* ladró impaciente.

—Vale, vale. Ya voy —respondió Rebecka—. Sólo voy a encender el fuego.

Con los calcetines de lana con los que había dormido y envuelta en el edredón fue hasta la vieja cocina y abrió la trampilla. *Chapi* se sentó junto a la puerta a esperar. De vez en cuando gemía ligeramente para que no se olvidaran de ella.

Rebecka cogió un cuchillo típico de la zona de Mora y con mano hábil cortó unas astillas de un leño que estaba al lado de la cocina. Puso dos troncos encima de unas cortezas de abedul y de las astillas, y encendió el fuego, que prendió con rapidez. Metió un poco de leña de abedul, que duraría más que la de pino, y cerró la portezuela.

«Debería dedicar más tiempo a pensar en mi abuela —se dijo—. ¿Quién ha decidido que es mejor concentrarse en el presente? Tengo muchos rincones en la memoria donde vive mi abuela, pero no paso ningún tiempo con ella allí. ¿Y qué puede ofrecerme el presente?»

Chapi volvió a ladrar haciendo una pirueta delante de la puerta. Rebecka se puso la ropa. Estaba helada y eso hacía que sus movimientos fueran precipitados y torpes. Metió los pies en un par de botas de invierno que había en el recibidor.

—Tendrás que darte prisa —le dijo a *Chapi*.

Al salir encendió la luz de fuera y la del establo.

Hacía menos frío. El termómetro indicaba quince grados bajo cero y el cielo estaba pegado al suelo, no dejaba pasar la luz de los cuerpos celestes. *Chapi* se agachó un poco alejada y Rebecka miró a su alrededor. La finca estaba limpia de nieve hasta la puerta del establo. También la habían quitado de alrededor de la casa y la habían puesto contra las paredes para aislarla del frío.

«¿Quién la habrá quitado? —pensó Rebecka—. ¿Puede ser Sivving Fjällborg? ¿Es que sigue quitando la nieve de la finca a la abuela aunque ella ya no esté? Debe de tener unos setenta años.»

Intentó mirar a través de la oscuridad, hacia la casa de Sivving, al otro lado del camino. Cuando se hiciera más claro iría a ver si todavía ponía «Fjällborg» en el buzón.

Fue andando por el camino que iba al establo. La luz de fuera brillaba sobre las rosas que formaba el hielo en los cristales de las ventanas. Al otro lado estaba el invernadero de la abuela. Había varios cristales rotos que, con mirada tuerta, observaban a Rebecka como quejándose.

«Deberías estar aquí —le dijeron—. Deberías cuidar de la casa y del jardín. Mira, se ha caído la masilla. Imagina cómo estarán las tejas de la casa debajo de la nieve. Se han roto y han saltado. La abuela tenía mucho cuidado. Era muy trabajadora.»

Como si *Chapi* hubiera leído sus tristes pensamientos, fue hacia Rebecka corriendo a través de la oscuridad y la saludó con un afectuoso ladrido.

—Shhhh. Vas a despertar a todo el pueblo —dijo Rebecka.

De inmediato se oyeron a lo lejos y como respuesta unos ladridos. La perra se quedó escuchando atentamente.

—Ni se te ocurra —le advirtió Rebecka.

«Quizá debería haber cogido la correa.»

Chapi le echó una alegre mirada y decidió que Rebecka servía como compañera de juegos. Metió el hocico en la blanda nieve, lo sacó y luego sacudió la cabeza. Después invitó a Rebecka a jugar, primero dejando caer las patas anteriores en el suelo y luego agachando la parte delantera del cuerpo.

«Venga, vamos», decían sus brillantes ojos negros.

—Ahora verás —gritó alegre Rebecka, yendo hacia la perra.

Se resbaló inmediatamente. *Chapi* fue corriendo hacia ella, le saltó por encima como un perro de circo, dio la vuelta sobre sí misma y medio segundo más tarde estaba con su lengua rosada colgando de la sonriente boca, animando a Rebecka a que se levantara y a que lo intentara de nuevo. Rebecka se echó a reír y volvió a lanzarse hacia la perra. *Chapi* voló por encima del montón de nieve y Rebecka trepó detrás. Se hundieron en la capa de un metro de nieve virgen que había allí.

—Me rindo —jadeó Rebecka al cabo de diez minutos.

Se sentó. Le ardían las mejillas y estaba cubierta de nieve.

Cuando regresaron vieron que Sanna se había levantado y estaba haciendo café. Rebecka se desnudó. La ropa de abrigo enseguida se mojaba con la nieve casi deshecha y la más cercana al cuerpo estaba empapada de sudor. En el cajón de una cómoda encontró una camiseta, un polar de la marca Helly-Hansen y un par de calzoncillos largos de su tío Affe.

—¡Qué guapa! —comentó Sanna riéndose—. Es divertido ver que enseguida te pones a la moda de aquí.

—Unos pantalones auténticos del norte no le sientan mal a nadie —respondió Rebecka moviendo el trasero en los abolsados calzoncillos.

—Dios mío, qué delgada estás —exclamó Sanna.

Rebecka metió de inmediato el trasero y se sirvió el café, dándole la espalda.

—Es que parece que estés deshidratada —continuó Sanna—. Deberías comer y beber mejor.

Su voz era dulce y preocupada.

—Sí, sí —suspiró al ver que Rebecka seguía callada—. Una tiene suerte de que a la mayor parte de los chicos les guste un poco de culo y de pechera. Aunque naturalmente a mí me parece bonito ser así de plana.

«Qué suerte tengo —pensó Rebecka, sarcástica—. Que por lo menos a ti te parezca guapa.»

Su silencio hizo que Sanna se sintiera insegura en su cháchara.

—Cómo soy —dijo—. Parezco una madraza. Dentro de poco te preguntaré qué vitaminas estás tomando.

—¿Te importa que ponga las noticias? —le dijo Rebecka.

Sin esperar respuesta fue hacia el televisor y lo encendió. La imagen era borrosa. Probablemente había nieve sobre la antena.

A una corta noticia sobre una malversación de fondos de la Unión Europea, le siguió la del asesinato de Viktor Strandgård. La voz del periodista explicó cómo iba el trabajo de búsqueda del asesino y luego continuó con la habitual investigación; añadió que la policía aún no tenía a ningún sospechoso del asesinato. Las imágenes se sucedían unas a otras. Policías con perros registrando la zona alrededor de la Iglesia de Cristal, en busca del arma homicida; el fiscal jefe en funciones, Carl von Post, explicando que se estaba llamando a las puertas, interrogando a los miembros de la congregación y a los que habían asistido a los servicios religiosos. Después se vio en la imagen el Audi rojo que había alquilado Rebecka.

—Oh, no —exclamó Sanna, poniendo bruscamente la taza de café sobre la mesa.

«Esta noche también la hermana de Viktor Strandgård, que encontró el cuerpo en el lugar donde fue asesinado, entró en la comisaría de forma algo dramática para hacer una declaración.»

Todo el incidente fue grabado, pero en la versión de las noticias de la mañana prácticamente habían quitado el sonido, menos la palabra apagada de Rebecka: *«Apártate.»* También dijeron que la reportera había denunciado a la abogada por maltrato, antes de que el periodista del estudio dijera unas palabras sobre el pronóstico del tiempo que ofrecerían después de la pausa.

—Pero no se ha visto lo pesada que se puso la reportera —dijo Sanna, sorprendida.

Rebecka sintió que el estómago le quemaba.

—¿Qué pasa? —preguntó Sanna.

«¿Qué le digo? —pensó Rebecka hundiéndose en la silla junto a la mesa de la cocina—. Que tengo miedo de perder el trabajo. Que me van a hacer el vacío hasta que me despida yo misma. Si ella acaba de perder a su hermano. Le debería preguntar de nuevo por Viktor. Preguntarle si quiere hablar de ello. Lo único que quiero es no involucrarme en su vida y volver a cargar con sus sufrimientos. Quiero irme a casa. Quiero sentarme delante del ordenador y escribir informes sobre impuestos especiales, sobre el beneficio conseguido rebajando los gastos de las pensiones.»

—En realidad, ¿qué crees que pasó, Sanna? —le preguntó—. Quiero decir, con Viktor. Me dijiste que estaba completamente mutilado. ¿Quién pudo haber hecho una cosa así?

Sanna se revolvió en la silla, incómoda.

—No sé. Ya se lo dije a la policía. De verdad que no lo sé.

—¿No tuviste miedo cuando lo encontraste?

—No lo pensé.

—¿En qué pensaste?

—No sé —respondió Sanna, poniéndose las manos sobre la coronilla como para protegerse a sí misma—. Creo que grité, pero tampoco estoy segura.

—Le dijiste a la policía que Viktor te despertó, que por eso fuiste hasta allí.

Sanna levantó la mirada para observar directamente a Rebecka.

—¿De verdad te parece que sea una cosa rara? ¿Has empezado a creer que todo ha acabado sólo porque las funciones corporales se detengan? Estaba al lado de mi cama, Rebecka. Parecía tremendamente triste y vi que no era sólo físicamente. Supe que algo había ocurrido.

«No, no me parece que sea tan raro —pensó Rebecka—. Siempre ha visto más que los demás. Un cuarto de hora antes de que llegara una visita inesperada, Sanna solía preparar el café. "Ya viene Viktor", decía.»

—Pero de todas formas... —continuó Rebecka.

—Por favor —rogó Sanna—. De verdad que no quiero hablar de eso. No me atrevo. Aún no. Tengo que reponerme. Por las niñas. Gracias por haber venido. Y eso que tienes una carrera profesional. Quizás creas que hemos perdido el contacto, pero yo pienso en ti muy a menudo. Me da fuerza saber que estás, allí donde estés.

Ahora fue Rebecka la que se revolvió en la silla.

«Vale ya —pensó—. Antes significaba mucho saber lo que opinaba de mí. Que dijera que yo era importante en su vida. Pero ahora es como si estuviera tejiendo una tela de araña alrededor de mi cuerpo.»

Chapi fue la primera en reconocer el ruido de la moto e interrumpió con un ladrido. Levantó las orejas y dirigió la mirada hacia la ventana.

—¿Esperas a alguien? —preguntó Rebecka.

No estaba segura de dónde procedía el ruido, pero le pareció que sonaba como si alguien hubiera parado la moto y la dejara con el motor en marcha, un poco alejada de la casa. Sanna inclinó la frente contra el cristal de la ventana y ahuecó las manos a los lados de los ojos para poder ver algo más que su propia cara reflejada.

—Oh, no —exclamó con una sonrisa molesta—. Es Curt Bäckström. Fue el que nos trajo hasta aquí. Creo que le gusto un poco y es bastante guapo. Se parece a Elvis, de alguna manera. Quizá te podría interesar, Rebecka.

—Vale ya —respondió Rebecka, tensa.

—¿Qué pasa? ¿Qué he dicho?

—Desde que te conozco has hecho siempre lo mismo. Te pasas la vida atrayendo a los chiflados y después opinas que pueden ser para mí. Gracias, pero no.

—Perdona —respondió Sanna, ofendida—. Siento que la gente que yo conozco y con la que salgo no tenga la clase o el nivel adecuado para ti. Y ¿cómo le puedes llamar chiflado si no lo conoces?

Rebecka fue hasta la ventana para poder ver el patio.

—Ahí está con su moto, casi en mitad de la noche, guardando la casa donde vives, sin subir —dijo—. *I rest my case.*

—Pues no es culpa mía si le gusto a ciertos hombres —continuó Sanna—. ¿O quizá crees, como Thomas, que soy una puta?

—No, sólo quiero que hagas el puto favor de no comentar mi aspecto ni me ofrezcas a tus admiradores.

Rebecka cogió de mal talante su maleta y se metió en el baño. Cerró la puerta con un golpe de manera que el pequeño cartelito con el texto «Aquí es» se quedó balanceándose.

—Dile que suba —gritó desde dentro—. No se puede quedar ahí fuera como un perro abandonado con el frío que hace.

«Dios mío —pensó mientras cerraba la puerta—. Los chiflados admiradores de Sanna y el libertino estilo de vestirse que tiene. Ya no son problema mío. Pero eso hacía que Thomas Söderberg se indignara. Y entonces, cuando Sanna y yo compartíamos piso, de alguna extraña manera era mi responsabilidad.»

—Me gustaría que hablaras con Sanna sobre su forma de vestir —le dice Thomas Söderberg a Rebecka.

Está insatisfecho con ella. Lo nota en cada poro de su cuerpo y es como si la presionaran contra el suelo. Cuando él sonríe, el cielo se abre y puede sentir el amor de Dios a pesar de que no pueda oír su voz. Pero cuando a Thomas se le pone esa expresión de decepción en los ojos es como si todo se apagara para ella. Se queda como una habitación vacía.

—Ya lo he intentado —se defiende—. Le he dicho que debe pensar en cómo se viste. Que no se ponga esos jerséis tan escotados. Que utilice sujetador y que lleve faldas más largas. Y lo entiende pero..., bueno, es como si por la mañana no se diera cuenta de lo que se pone. Y yo no estoy allí para vigilarla cuando se viste. Así que es como si se olvidara de todo. Después se encuentra una con ella en la ciudad y parece...

Duda y rechaza la palabra «puta». A Thomas no le gustaría que pronunciara esa palabra.

—... y parece no sé qué —continúa—. Si se le pregunta qué es lo que se ha puesto, se mira a sí misma sorprendida. No lo hace a propósito.

—No me importa si lo hace a propósito —responde Thomas Söderberg duramente—. Mientras no se vista de forma decente no puedo dejar que tenga un papel importante en nuestra congregación. ¿Cómo voy a dejarla testimoniar, cantar en el coro o dirigir la oración cuando sé que el noventa por ciento de los hombres que están escuchando, van a estar mirándole los pezones que le sobresalen por debajo del jersey y que en lo único que estarán pensando es en meterle la mano entre las piernas?

Se queda callado, mirando a través de la ventana. Están sentados en la sala de oraciones, detrás de la nave de la iglesia de la Misión. La luz nítida del sol de finales de invierno entra a través de las ventanas, altas y estrechas. La iglesia está en un bloque de viviendas proyectada por el arquitecto Ralph Erskine. Los que viven en Kiruna la llaman La Tabaquera, porque el hormigón es de color marrón. Y a la iglesia, para ser consecuentes, la llaman La Hebra del Señor. A Rebecka le parece que la nave antes era más bonita. Más sobria y espartana. Como un claustro con paredes y suelo de hormigón, y duros bancos de madera. Pero Thomas Söderberg hizo quitar el púlpito, que estaba fijo, y lo sustituyó por uno de madera que se podía trasladar. También hizo poner suelo de madera en la parte delantera. Para que no fuera tan deprimente. Ahora la nave de la iglesia se parece a cualquier otra iglesia libre.

Thomas mira hacia el techo, donde hay una gran mancha de humedad. Siempre sale a finales del invierno, cuando la nieve se deshace en el tejado.

Es su forma de quedarse callado y no querer encontrarse con la mirada de ella lo que hace que Rebecka lo entienda. Thomas Söderberg está enojado con Sanna porque también lo tienta a él. Él es uno de los hombres que quiere meterle la mano en las bragas y...

La ira le sale como una rosa ardiente en su pecho.

«Maldita Sanna —dice para sí misma—. Serás puta.»

Sabe que no es fácil ser pastor. Thomas se ve tentado de todas las maneras posibles. Qué más quisiera el enemigo que pecara. Y él tiene una debilidad en cuanto al sexo. Lo ha explicado abiertamente a los jóvenes del grupo de estudios de la Biblia.

Recuerda cuando les contó a ellos la visita que recibió de dos ángeles. Sin poder hacer nada, él se sintió atraído por uno de ellos. Y ella lo sabía.

«Es lo peor que podía pasar —había dicho el ángel—. Sería todo lo contrario. Tendría tanta oscuridad como luz tengo ahora.»

Sanna llamó con cuidado a la puerta del baño.

—Rebecka —dijo—: Voy abajo a pedirle a Curt que suba. Supongo que saldrás de ahí. No quisiera quedarme a solas con él, y las niñas están durmiendo...

Cuando Rebecka salió del baño, Curt Bäckström estaba sentado junto a la mesa. Para beber, sujetaba la taza de café con las dos manos. Con cuidado, la levantaba de la mesa a la vez que agachaba la cabeza para no tener que alzar la taza demasiado. Llevaba puestas las botas y sólo se había quitado la parte superior del mono de invierno, que le colgaba hacia atrás, desde la cintura. Miró a Rebecka de reojo y la saludó sin buscar su mirada.

«¿Dónde cojones está el parecido con Elvis? —se preguntó Rebecka—. ¿Dos ojos y la nariz en medio de la cara? Sí, el pelo. Y la expresión triste.»

Curt tenía el pelo oscuro y ondulado. Se calaba tanto el grueso gorro de piel que se le pegaba a la frente. Los rabillos de los ojos le colgaban un poco hacia abajo.

—¡Jo! —exclamó Sanna observando a Rebecka de arriba abajo—. Qué guapa estás. Es que es raro, porque sólo son unos vaqueros y un jersey, y parece que te hayas puesto lo primero que has encontrado en el armario. De todas formas te das cuenta enseguida de que es ropa de lo más cara. Perdona —dijo seguidamente poniéndose la mano sobre una sonrisa avergonzada—. Me acabas de decir que no comentara tu aspecto.

—Sí, como te he dicho, sólo quería saber cómo estabas —le dijo Curt a Sanna.

Apartó la taza un poco para indicar que se iba a ir.

—Estoy bien —respondió Sanna—. Bueno, relativamente. Pero Rebecka ha sido una ayuda tremenda. Si no hubiera venido y me hubiera acompañado a la comisaría, no sé cómo lo habría superado.

Su mano voló para rozar el brazo de Rebecka.

Rebecka notó cómo se ponían rígidos los músculos bajo la piel alrededor de la boca de Curt. Éste echó la silla hacia atrás para levantarse.

«Muy bien, Sanna —pensó Rebecka—. Dile lo bien vestida que voy. La gran ayuda que he sido. Y tócame para que se dé cuenta de lo mucho que nos queremos. De esa manera te distancias de él y él se enoja sólo conmigo. Como si fuera el peón que ponen delante de la reina en peligro en el tablero de ajedrez. Pero yo no soy tu jodida carabina. El peón se despide.»

Rápidamente puso la mano sobre la espalda de Curt.

—Por favor, quédate —dijo—. Hazle compañía a Sanna. Puede sacar pan y algo para picar y así almorzáis un poco. Yo tengo que ir al coche a buscar el teléfono y el ordenador. Me quedaré en el piso de abajo para llamar y mandar unos cuantos correos.

Sanna la siguió con una mirada difícil de descifrar cuando ella salió hacia el recibidor para ponerse las botas. Estaban mojadas pero sólo iba a ir hasta el coche y volver. Oyó que Sanna y Curt conversaban en voz baja junto a la mesa de la cocina.

—Pareces cansado —dijo Sanna.

—He estado despierto toda la noche, rezando en la iglesia —respondió Curt—. Hemos puesto en marcha una cadena de oración, de manera que siempre hay alguien rezando. Deberías ir. Apúntate para media hora sólo. Thomas Söderberg ha preguntado por ti.

—Pero ¿no le dirías dónde estoy?

—No, claro que no. Pero, de verdad, no deberías apartarte ahora de la congregación sino acudir a ella. Y deberías irte a tu casa.

Sanna suspiró.

—En estos momentos no sé en quién confiar. Así que no le digas a nadie dónde estoy.

—No lo haré. Y si hay alguien en quien puedas confiar, Sanna, ése soy yo.

Rebecka se puso en el vano de la puerta justo cuando las manos de Curt, por encima de la mesa, buscaban las de Sanna.

—Mis llaves —dijo Rebecka—. No encuentro ni las llaves del coche ni las de la casa. Tengo que haberlas perdido en la nieve cuando jugaba con *Chapi*.

Rebecka, Sanna y Curt buscaban las llaves en la nieve con linternas. Aún era noche cerrada y con la ayuda de los haces de luz, miraron por todas partes, tras las huellas que había en la espesa capa.

—Es imposible —suspiró Sanna quitando nieve de allí por donde pasaba—. Si la nieve no está apelmazada, las llaves pueden hundirse muchísimo.

Chapi se puso al lado de Sanna buscando como una posesa. Encontró una ramita y se fue como un cohete.

—Y en ésa tampoco se puede confiar —dijo Sanna mientras seguía con la mirada a *Chapi*, que desapareció en la oscuridad al cabo de unos pocos metros—. Las puede haber cogido y dejado caer si se ha encontrado con algo más interesante.

—Lo mejor será que tú y Curt os vayáis adentro con la perra —dijo Rebecka intentando esconder su irritación—. Igual se despiertan las niñas y dentro de poco no sabré cuáles son mis huellas y cuáles son las vuestras.

Sentía los pies helados y húmedos.

—No, yo no quiero entrar —se quejó Sanna—. Te quiero ayudar a buscar las llaves. Las encontraremos. Tienen que estar en alguna parte.

Curt era el único que parecía estar de buen humor. Era como si la oscuridad lo protegiera de su timidez.

Además, el movimiento y el aire fresco hicieron que se despejara.

—¡Esta noche ha sido increíble! —le dijo a Sanna de buen humor—. Dios me estuvo recordando su poder todo el tiempo. Me llenó por completo. Deberías ir a la iglesia, Sanna. Cuando estaba rezando, sentí cómo me invadía su fuerza. Hablaba sin parar. Como una máquina. Y dancé espiritualmente. A veces me sentaba y dejaba que la Biblia se abriera donde Dios quería que leyera. Y siempre había promesas de futuro. Una y otra vez. No hacía más que animarme con promesas.

—Podrías pedirle que encontráramos las llaves —murmuró Rebecka.

—Fue como si me grabara con láser en los ojos una parte de las palabras de la Biblia —continuó Curt—. Para que yo las divulgara. Isaías 43:19: «Mirad, voy a hacer algo nuevo: ya aparece, ¿no lo notáis? Sí, en el desierto trazaré un camino, senderos en la estepa.»

—Puedes pedírselo tú misma, a ver si encuentras las llaves —le respondió Sanna a Rebecka.

Rebecka se echó a reír de forma sarcástica.

—O Isaías 48:6 —salmodió Curt—: «Oíste el contenido de esta visión ¿y acaso no lo contarás? Pues desde ahora te cuento novedades, secretos que no conocías.»

Sanna se levantó y alumbró con la linterna directamente los ojos de Rebecka.

—¿Has oído lo que te he dicho? —le preguntó, seria—. ¿Por qué no le pides tú lo de las llaves?

Rebecka levantó la mano para protegerse de la deslumbrante luz.

—¡Vale ya! —dijo.

—Y creo que Dios me ha enseñado todos los lugares del Nuevo Testamento que dicen que no se puede echar vino nuevo en odres viejos —le dijo Curt a *Chapi*, que estaba a sus pies y parecía ser la única que lo escuchaba—. Porque en ese caso, explotan. Y todos los lugares donde se dice que no se puede poner un trozo de tela nueva en una ropa vieja porque entonces la tela nueva rompe la vieja y se hace una rasgadura mayor.

—Si quieres que recemos para que encuentres las llaves, lo hacemos —dijo Sanna sin quitar el haz de luz de la cara de Rebecka—. Pero no estés ahí como si Dios fuera a escuchar más mis plegarias o las de Curt que las tuyas. No pisotees la sangre de Jesús bajo tus pies.

—¡Vale ya! —bufó Rebecka, dirigiendo su linterna encendida hacia la cara de Sanna.

Curt se quedó callado mientras las observaba.

—Curt —dijo Rebecka mirando directamente a la luz deslumbrante de la linterna de Sanna—. ¿Crees que Dios escucha igual las plegarias de todas las personas?

—Claro que sí. Nunca tiene problemas de oído, pero puede haber impedimentos para que su voluntad se cumpla e impedimentos para que responda a las plegarias.

—Si, por ejemplo, no se cumple su voluntad. En ese caso Dios no puede influir en tu vida de la misma manera, ¿no?

—Exacto.

—Entonces sería otra doctrina —exclamó Sanna, confusa—. En esa doctrina, ¿dónde está la misericordia? Y el mismo Dios, ¿qué crees que opina de esa doctrina de «oraciones-y-lectura-de-la-Biblia-una-hora-al-día-para-conseguir-la fe»? Yo rezo y leo la Biblia cuando lo echo de menos. Yo misma quisiera ser amada así. ¿Por qué tiene Dios que ser diferente? Y eso de vivir según su voluntad. Ése debería ser uno de los fines de la vida, no un medio para hacerse con el premio si rezas.

Curt no respondió.

—Perdona, Sanna —dijo Rebecka, bajando la linterna—. No quiero pelearme contigo por la fe cristiana. Contigo no.

—Porque sabes que te gano —dijo Sanna con una sonrisa mientras bajaba también su linterna.

Se quedaron todos callados un momento mirando los haces de luz sobre la nieve.

—Esto de las llaves me está volviendo loca —exclamó Rebecka después—. Perra idiota. Todo es culpa tuya.

Chapi ladró a modo de asentimiento.

—No le hagas caso —dijo Sanna, abrazando a *Chapi*—. No eres idiota. Eres la perra más bonita y más maravillosa que hay. Y te quiero hasta el infinito. —Volvió a abrazar a *Chapi*, que le devolvió las muestras de cariño intentando lamerle la comisura de los labios.

Curt las observaba celoso.

—¿Verdad que es un coche de alquiler? —preguntó—. Puedo ir hasta la ciudad a buscar una llave de reserva.

Le hablaba a Sanna pero parecía que ésta no lo oía. Estaba completamente absorta en *Chapi*.

—Te lo agradecería enormemente —le dijo Rebecka a Curt.

«Como si te preocupara si te lo agradezco o no —pensó observando los hombros caídos de Sanna y esperando mientras permanecía detrás de ella a que le prestara atención—. Sivving Fjällborg tiene una llave de la casa. Por lo menos la tenía antes. Iré a verlo.»

A las siete y cuarto Rebecka entró en la casa de Sivving Fjällborg sin llamar a la puerta, como tenían por costumbre ella y su abuela. A través de las ventanas sólo se veía oscuridad, así que seguramente él estaría durmiendo. Encendió la luz del pequeño recibidor. Sobre el suelo de linóleo marrón había una alfombra de trapo en la que se secó las botas. Las llevaba llenas de nieve, y no podía tener los pies más mojados. Una escalera subía hasta el piso de arriba y al lado había una puerta de color verde oscuro que bajaba al sótano, donde estaba la caldera. La puerta que daba a la cocina estaba cerrada. Todo estaba a oscuras pero llamó a ver si había alguien en el piso de arriba.

—¡Hola!

De inmediato se oyó un ladrido sordo desde el sótano seguido de la fuerte voz de Sivving.

—*Bella*, ¡cállate! ¡Siéntate! ¡Espera!

Se oyeron unos pasos por la escalera, se abrió la puerta del sótano y apareció Sivving. Tenía el pelo completamente cano y quizá tuviera un poco menos que antes en la parte de arriba, pero por lo demás estaba igual. Las cejas muy separadas de los ojos, como si siempre estuviera dispuesto a descubrir algo inesperado o a oír una buena noticia. Apenas se podía abrochar la camisa de franela a cuadros blancos y azules por la enorme barriga, e iba bien abrigado con unos pantalones militares. La correa de piel marrón que le aguantaba los pantalones brillaba de tan vieja.

—¡Pero si es Rebecka! —exclamó con una gran sonrisa—. ¡*Bella*, ven! —gritó volviendo la cara. En dos segundos apareció una hembra de braco alemán subiendo las escaleras a toda velocidad.

—Hola —exclamó Rebecka, saludando a la perra—. ¿Eres tú la que tiene ese vozarrón?

—Sí, ladra como un macho hecho y derecho —dijo Sivving—. Como mantiene a raya a los vendedores de rifas, no me quejo. ¡Entra!

Abrió la puerta que daba a la cocina y encendió la luz. Estaba limpio, rayando en la obsesión, y no olía a cerrado.

—Siéntate —dijo haciendo un gesto hacia el banco de madera.

Rebecka le explicó lo que pasaba y, mientras Sivving iba a buscar la llave, se dio una vuelta por la casa. La recién lavada alfombra de trapo, verde a rayas, quedaba perfectamente sobre el suelo de madera. En la mesa no había hule ninguno, sino un mantel blanco muy bien planchado, adornado con un pequeño florero de cobre martillado, con flores secas, ranúnculos y siemprevivas. Las ventanas daban a tres vientos y a través de ellas, a su espalda, se podía ver la casa de su abuela. Si era de día, claro. Ahora sólo veía reflejada la imagen de la lámpara de madera que colgaba del techo.

Cuando Sivving le dio la llave, éste se sentó al otro lado de la mesa. A pesar de que era su propia cocina no parecía estar a gusto. Estaba sentado casi en el canto de la silla barnizada de rojo. *Bella* tampoco parecía estar demasiado tranquila, iba de un lado a otro como alma en pena.

—¡Cuánto tiempo! —dijo Sivving sonriendo y observando a Rebecka de arriba abajo—. Estaba a punto de hacer café, ¿quieres?

—Sí, gracias —respondió Rebecka a la vez que preparaba mentalmente un programa de horarios.

«En hacer la maleta no tardaría más de cinco minutos. Recoger y limpiar una media hora. Me daría tiempo de coger el avión de las diez y media, si es que Curt vuelve con la llave.»

—Ven —dijo Sivving levantándose.

Salió de la cocina y bajó la escalera que llevaba al sótano con *Bella* pegada a los talones. Rebecka bajó detrás.

En el cuarto de la caldera había un ambiente de lo más acogedor. Contra una de las paredes había una cama hecha. *Bella* se tumbó de inmediato en su sitio, al lado de la cama. El recipiente para agua brillaba de lo limpio que estaba. Había una cómoda debajo del calentador de agua y, sobre una mesa abatible, una placa eléctrica.

—Puedes coger el banco de ahí —dijo Sivving señalando el asiento.

Cogió una pequeña cafetera de campaña y dos tazas de un estante que había en la pared. El aroma del tarro del café se mezcló con el olor a perro, sótano y jabón. En una cuerda estaban tendidos unos calzoncillos, dos camisas de franela y una camiseta con el texto «Kiruna Truck».

—Tienes que perdonarme —dijo Sivving mirando los calzoncillos—, pero es que no sabía que iba a tener una visita tan importante.

—No lo entiendo —confesó Rebecka, confundida—. ¿Duermes aquí abajo?

—Bueno —se excusó Sivving, pasándose la mano por la barba incipiente y luego se concentró en contar las cucharadas de café que ponía en la cafetera—. Maj-Lis murió hace dos años.

Rebecka murmuró unas condolencias como respuesta.

—Cáncer de estómago. La abrieron pero no pudieron hacer nada más que volver a cerrar. De todas maneras, la casa era demasiado grande para mí. Dios mío, los críos se habían ido hacía tiempo y, cuando murió Maj-Lis, pues... Bueno, primero dejé de utilizar el piso de arriba. Era suficiente con la cocina y la pequeña habitación de la planta baja. Después *Bella* y yo descubrimos que sólo usábamos la cocina, así que trasladé el televisor y empecé a dormir en el banco que hay allí, o sea, que ni usaba la habitación pequeña.

—Y al final pasaste a vivir aquí abajo.

—Sí, así hay que limpiar menos. Aquí abajo hay lavadora y ducha, y compré esa nevera pequeña. Es suficiente para mí.

Señaló una nevera que estaba en la esquina. Encima había un escurreplatos.

—Pero ¿qué dicen Lena y...? —Rebecka no recordaba el nombre del hijo de Sivving.

—... Mats. ¡Huy, que sale el café! Bueno, Lena se pelea conmigo, arma jaleo y cree que su padre se ha vuelto loco. Cuando viene a verme con los críos, están por toda la casa. Y, de alguna manera, es bueno, porque si no, igual se podría vender. Se ha ido a vivir a Gällivare y tiene tres niños, pero ya se están haciendo mayores, así que hacen su vida. Aunque les gusta la pesca, de manera que en primavera vienen bastante a echar la caña. ¿Leche y azúcar?

—Solo.

—Mats está separado pero tiene dos críos. Robin y Julia. También suelen venir en vacaciones. Y tú, Rebecka, ¿qué? ¿Marido y niños?

Rebecka dio un sorbo al café caliente. Le sentó bien para sus fríos pies.

—No, nada.

—Bueno, me imagino que no se atreven a acercarse.

—¿Por qué? —preguntó Rebecka riéndose.

—Tu talante, niña —respondió Sivving mientras se levantaba para ir al congelador a buscar una bolsa de bollos de canela—. Porque siempre has tenido poca correa. Toma, coge un bollo. Dios mío, recuerdo aquella vez que hiciste fuego en la cuneta. No levantabas dos palmos del suelo y estabas como un agente de policía con la mano alzada cuando llegamos corriendo, tu abuela y yo. «Stop. No se puede pasar», rugiste con voz de adulta y, caramba, cómo te enfadaste cuando lo apagamos. Tenías pensado asar pescado en aquel fuego.

Sivving se echó a reír con aquellos recuerdos hasta que tuvo que secarse las lágrimas. Desde donde estaba tumbada *Bella* levantó la cabeza y ladró de alegría.

—O aquella vez, cuando le tiraste una piedra a la cabeza a Erik porque no te dejaban que fueras en la balsa de los chicos. —Sivving continuó riendo tan fuerte que la barriga le brincaba.

—Todo prescrito —dijo Rebecka sonriendo y dándole a *Bella* un trozo de su bollo—. ¿Eres tú quien ha quitado la nieve del patio?

—Es cómodo para Inga-Lill y Affe poder hacer otras cosas cuando vienen. Y yo necesito hacer ejercicio —comentó dándose unas palmadas en el vientre.

—¡Hola!

Se oyó la voz de Sanna en la escalera. *Bella* salió ladrando.

—Estamos aquí abajo —gritó Rebecka.

—Hola —dijo Sanna mientras bajaba—. No pasa nada, me gustan los perros.

Lo último iba dirigido a Sivving, que tenía cogida a *Bella* por el collar. Se agachó y dejó que la perra se familiarizara con la nueva cara. Sivving parecía serio.

—Sanna Strandgård —dijo—. Me he enterado de lo de tu hermano. Ha sido horrible. Lo siento.

—Gracias —contestó Sanna abrazando a la perra, que estaba encantada—. Rebecka, ha llamado Curt. Viene de camino con la llave.

Sivving se levantó.

—¿Café? —preguntó.

Sanna asintió con la cabeza y cogió la taza que le ofrecían, de loza, con un ribete de flores marrones y amarillas. Sivving la animó a que mojara un bollo en el café.

—Qué bollos tan buenos —exclamó Rebecka—. ¿Quién los ha hecho? ¿Has sido tú?

Sivving, vergonzoso, dio un pequeño gruñido como respuesta y aclaró:

—No, los ha hecho Mary Kuoppa. No soporta saber que hay un congelador que no esté hasta arriba de bollos para el café.

Rebecka sonrió por su forma de pronunciar «Mary». Lo decía de tal forma que rimaba con Harry.

—Se llama «Maarry», la pobre —dijo Sanna echándose a reír.

—Sí, es verdad, eso es lo que decía el maestro —dijo Sivving sacudiendo unas migas del mantel, que *Bella*, inmediatamente, lamió—. Pero Mary se limitaba a mirar por la ventana como si no entendiera que le estaba hablando a ella cuando él decía «Maarry».

Esta última palabra la dijo como si balara una oveja. Rebecka y Sanna se echaron a reír mirándose como dos niñas. Parecía que de pronto las asperezas que había habido entre ellas se hubieran desvanecido.

«De todas formas le tengo cariño», pensó Rebecka.

—¿No había alguien en el pueblo que se llamaba Slark? —preguntó—. Que se lo pusieron porque el ídolo de sus padres era Slark Gabble.

—No, aquí no —se rió Sivving—. Tiene que haber sido en otro lugar. En este pueblo nunca ha habido nadie que se llamara Slark. Sin embargo, tu abuela, en su juventud, conoció a una chica que le daba mucha pena. Nació muy débil y, dado que creían que no sobreviviría, dejaron que el maestro de la escuela la bautizara con toda urgencia. El maestro se llamaba Fredrik no sé qué. De cualquier forma, la chiquilla sobrevivió y, claro, la fueron a bautizar de verdad. El maestro sólo sabía sueco, naturalmente, y los padres sólo hablaban finlandés de Tornedal. Así que el cura cogió a la niña y les preguntó a los padres cómo la querían llamar. Los padres, que creían que le preguntaban quién había bautizado a la cría, respondieron: «Feki se kasti», que quería decir «La bautizó Fredrik». Muy bien, dijo el cura y escribió «Fekisekasti» en el registro de la iglesia. Y ya sabéis el respeto que se tenía por los curas en aquellos tiempos. La niña se llamó Fekisekasti el resto de su vida.

Rebecka miró el reloj. Seguro que Curt ya habría llegado. Podría coger el avión, aunque no le sobraba mucho tiempo.

—Gracias por el café —dijo levantándose.

—¿Ya te vas? —preguntó Sivving—. Ha sido una visita bien corta.

—Llegué ayer y me voy hoy —respondió Rebecka con una sonrisa.

—Ya sabes cómo son las mujeres con carrera —le explicó Sanna a Sivving—. Se van volando.

Rebecka se puso los guantes con movimientos bruscos.

—Lo que pasa es que éste no ha sido un viaje de placer, que digamos —aclaró Rebecka.

—Colgaré la llave en el sitio de siempre —añadió mirando a Sivving.

—Tienes que volver en primavera —le pidió Sivving—. Vuelve a tu cabaña de siempre en Jiekajärvi. ¿Recuerdas cuando íbamos todos? Tu abuelo y yo íbamos en la moto de nieve; y tú, tu abuela, Maj-Lis y los críos ibais en esquís hasta allí.

—Sí que me gustaría —dijo Rebecka, que se dio cuenta de la sinceridad de sus propias palabras.

«La cabaña —pensó—. Era el único lugar donde la abuela se permitía estar sin hacer nada. Cuando habían limpiado las bayas o las aves de caza que habían conseguido a lo largo del día, claro.»

Vio ante sí a su abuela, ensimismada con una novela por entregas de la revista *Hemmets Journal*, mientras Rebecka jugaba al parchís o a la brisca con su abuelo. Como en la cabaña había humedad cuando no vivía nadie, la baraja se había hinchado al doble de su tamaño. El parchís se había doblado y las fichas no paraban quietas en su sitio. Pero daba lo mismo.

Y la seguridad de quedarse dormida cuando los mayores seguían hablando junto a la mesa. O cuando empezaba el ruido de los cacharros al fregarlos la abuela en el barreño rojo; el calor que emanaba de la chimenea.

—Pero ha sido agradable verte —dijo Sivving—. Muy agradable. ¿Verdad, *Bella*?

Rebecka llevó a casa a Sanna y a las niñas, y se detuvo delante de la puerta. Hubiera preferido una corta despedida desde el coche y después seguir su camino. Las cortas despedidas en los coches están muy bien. Sentado ahí era difícil abrazarse, especialmente si se llevaba puesto el cinturón de seguridad. Así que nada de abrazos. Y en un coche había siempre algo de qué hablar además de lo de que «nos veremos pronto» y «a ver si no pasa tanto tiempo». Unas palabras más sobre lo de no olvidarse la maleta en el asiento de atrás o en el portaequipajes y lo de «no te dejes nada». Después, cuando la puerta ha truncado el resto de frases no pronunciadas, se puede decir adiós con la mano y pisar el acelerador sin mal sabor de boca. No hay necesidad de quedarse allí como un idiota mientras las frases adecuadas aparecen como una confusa nube de mosquitos. No, se quería quedar sentada en el coche sin quitarse el cinturón de seguridad.

Pero cuando paró el coche, Sanna salió sin decir ni una palabra. *Chapi* la siguió al instante. Rebecka se sintió obligada a salir también. Se subió el cuello para taparse las orejas, pero no la protegió del frío que inmediatamente se filtró por debajo de la tela y se fijó como dos pinzas de tender en sus lóbulos. Miró hacia la casa de Sanna. Un pequeño edificio de viviendas de alquiler con fachada de madera de color verde oscuro y tejado de planchas de color rojo. Hacía tiempo que no quitaban la nieve del patio. Los pocos coches que había aparcados habían dejado unas profundas huellas en la nieve. Un viejo Dodge hibernaba bajo un grueso manto blanco. Esperaba no quedarse atrapada cuando saliera de allí. El edificio era propiedad de la empresa LKAB, pero como la gente que vivía allí era normal y corriente, LKAB se ahorraba dinero quitando la nieve menos frecuentemente de lo que debiera. Si querías salir con el coche por la mañana, tenías que sacar la nieve tú mismo.

Sara y Lova seguían sentadas en el asiento de atrás. Sus manos y sus codos se juntaban al son de una canción que Sara dominaba a la perfección y que Lova, con gran esfuerzo, intentaba aprender. Cuando la pequeña se equivocaba, se echaban a reír a carcajada limpia y volvían a empezar desde el principio.

Chapi daba vueltas como un torbellino mientras descubría los últimos olores en el suelo con su pequeño y negro hocico. Dio una vuelta alrededor de dos coches desconocidos que había en el patio. Descubrió con interés una oferta que el perro del vecino había dibujado en amarillo sobre el montón de nieve. Siguió una huella molesta de un ratón que desaparecía debajo de una alcantarilla y por donde ella no podía pasar.

Sanna echó la cabeza hacia atrás y olfateó el aire.

—Huele a nieve. Va a nevar. Mucho —dijo volviéndose hacia Rebecka.

«¡Cómo se parece a Viktor!», pensó Rebecka e inspiró hondo.

La piel azul transparente, estirada sobre los pómulos. Aunque las mejillas de Sanna eran un poco más redondeadas, como de niña.

«Y el porte —siguió cavilando Rebecka—. Igual que Viktor. La cabeza siempre un poco inclinada, a un lado o al otro, como si no la pudiera mantener recta.»

—Bueno, pues me voy —dijo Rebecka amagando una despedida, pero Sanna se había agachado para llamar a *Chapi*.

—Ven aquí, bonita. Ven aquí, preciosa.

Chapi corrió hacia ella como una manopla negra a través de la nieve.

«Es como la imagen de un cuento —pensó Rebecka—. La bonita perra negra con pequeñas estrellas de nieve por todo el pelo. Sanna como una ninfa del bosque con el abrigo de piel de oveja, que le llega hasta las rodillas, y el gorro de la misma piel sobre su pelo rubio rizado.»

Había algo en Sanna que hacía que tuviera mucha mano izquierda con los animales. De alguna manera eran iguales, ella y la perra. Aquella pequeña hembra que había sido desatendida e incluso maltratada durante años, ¿adónde se habían ido sus penas? Le habían resbalado y habían sido sustituidas por la alegría de poder meter el hocico en la nieve recién caída o ladrarle a una ardilla asustada en un pino. Y Sanna. Acababa de encontrar a su hermano descuartizado en la iglesia. Y ahí estaba, jugando con la perra en la nieve.

«No he visto ni una lágrima en sus ojos —pensó Rebecka—. Nada le deja huella. Ni las penas ni las personas. Probablemente, ni siquiera sus propias hijas. Pero lo cierto es que ya no es asunto mío. No tengo deudas con ella. Ahora me voy y no volveré a pensar nunca más ni en ella, ni en sus hijas, ni en su hermano, ni en este agujero de ciudad.»

Fue hasta el coche y abrió la puerta de atrás.

—Tenéis que bajaros, chicas —les dijo a Sara y a Lova—, porque tengo que llegar al avión.

—Adiós —les gritó cuando desaparecían escaleras arriba hacia la puerta de la casa.

Lova se dio la vuelta y la saludó con la mano. Sara hizo como que no la oía.

Luchó contra el sentimiento de abandono que experimentó cuando desapareció la chaqueta roja de Sara tras la puerta. Un juego de imágenes del tiempo en que vivía con Sanna y Sara iluminaron una habitación en la oscuridad de su memoria. Estaba sentada con Sara en el regazo, leyendo un cuento, *Pedrito y las cuatro cabras*. La mejilla contra el pelo suave de la niña. El índice de Sara sobre los dibujos.

«Pero así son las cosas —pensó Rebecka—. Siempre lo recordaré. Ella ya lo ha olvidado.»

De pronto vio que Sanna estaba a su lado. En sus azules mejillas habían florecido dos pálidas rosas por el esfuerzo de jugar con *Chapi*.

—Tendrás que subir y comer algo antes de irte.

—Mi avión sale dentro de media hora, así que... —Rebecka acabó su frase meneando la cabeza.

—Pero habrá más aviones —rogó Sanna—. Ni siquiera he tenido la oportunidad de darte las gracias por haber venido. No sé qué hubiera hecho si...

—No te preocupes —sonrió Rebecka—. De verdad que tengo que irme.

Seguía sonriendo y alargó la mano para despedirse.

Era una señal, y ella misma se dio cuenta en el momento en que se sacaba el guante de la mano. Sanna bajó la mirada y rechazó estrecharle la mano.

«Joder», pensó Rebecka.

—Tú y yo —dijo Sanna sin levantar la vista— éra-

mos como hermanas. Y ahora he perdido a mi hermano y a mi hermana a la vez.

Dejó salir una risa corta y sin alegría. Parecía más
bien un sollozo.

—El Señor nos da y el Señor nos quita. Alabado sea
el nombre del Señor.

Rebecka hizo un enorme esfuerzo contra el impulso de abrazar a Sanna y consolarla.

«No lo intentes conmigo —pensó airada bajando la
mano—. Ciertas cosas no se pueden arreglar. No en tres
minutos, pasando frío mientras nos despedimos.»

Se le empezaban a enfriar los pies. Los zapatos que
utilizaba en Estocolmo eran demasiado finos. Hacía un
momento le dolían los dedos, ahora era como si hubieran desaparecido. Intentó doblarlos un poco.

—Te llamaré cuando llegue —dijo sentándose en el
coche.

—Vale —respondió Sanna sin interés y fijando la
vista en *Chapi*, que se agachaba junto a una esquina de
la casa para responder a un mensaje dejado en la nieve.

«O el año que viene», pensó Rebecka girando la
llave.

Cuando fijó la mirada en el retrovisor vio que Sara
y Lova salían del edificio.

Había algo en sus ojos que hizo que el suelo debajo
del coche se balanceara.

«No, no —pensó—. Todo marcha bien. No pasa
nada. Sal corriendo de aquí.»

Pero los pies no querían ni embragar ni pisar el acelerador. Miró a las niñas en la entrada. Vio sus ojos de-
sesperados, sus labios moviéndose, gritándole algo a
Sanna que Rebecka no podía oír. Vio que levantaban los
brazos y sus manos señalaban su vivienda, y después vio

que los bajaban rápidamente, a la vez que alguien salía de la casa.

Era un policía uniformado que, con rápidos pasos, llegó hasta Sanna. No pudo oír lo que dijo.

Rebecka se miró el reloj de pulsera. Era absurdo pensar que llegaría a coger el avión. No podía irse ahora. Con un profundo suspiro salió del coche. Su cuerpo se movía despacio hacia Sanna y el policía. Las niñas seguían en la entrada, inclinándose sobre la barandilla cubierta de nieve. La mirada de Sara estaba fija en Sanna y el policía. Sanna se estaba comiendo la nieve que llevaba adherida a la gruesa manopla de lana.

—¿Cómo que registro domiciliario?

El tono de voz de Sanna hizo que *Chapi* se quedara parada e intranquila, y luego se fuera hacia su ama.

—No pueden entrar en mi casa sin permiso. ¿Pueden?

Lo último se lo dijo a Rebecka.

En ese momento salió el fiscal jefe en funciones, Carl von Post. Tras él, dos policías de paisano. Rebecka los reconoció. Era aquella mujer bajita con cara de caballo, cómo se llamaba, Mella. Y el hombre con bigote de morsa. Dios mío, creía que aquellos bigotes habían desaparecido en los años setenta. Era como si le hubieran pegado una ardilla muerta debajo de la nariz.

El fiscal se dirigió a Sanna. Llevaba una bolsa en la mano y de ella sacó una bolsa de plástico transparente y más pequeña. Dentro había un cuchillo. Mediría unos veinte centímetros. El mango era negro brillante y tenía la punta un poco levantada hacia arriba.

—Sanna Strandgård —dijo levantando la bolsa con el cuchillo un poco demasiado cerca de la cara de Sanna—. Acabamos de encontrar esto en su casa. ¿Lo reconoce?

—No —respondió Sanna—. Parece un cuchillo de caza y yo no cazo.

Sara y Lova fueron hasta Sanna. Lova tiró de la manga del abrigo de piel de oveja para llamar la atención de su madre.

—Mamá —se quejó.

—Espera un momento, hija —respondió Sanna, ausente.

Sara, de espaldas, se apretó contra su madre de tal manera que Sanna se vio obligada a dar un paso hacia atrás para no perder el equilibrio. La niña de once años seguía los movimientos del fiscal con los ojos, intentando entender qué les pasaba a aquellos adultos tan serios que rodeaban a su madre.

—¿Está completamente segura? —preguntó de nuevo Von Post—. Mírelo bien —dijo dándole la vuelta a la bolsa con el cuchillo.

El frío hizo que la bolsa de plástico crujiera al enseñar las dos partes del arma, primero la hoja y después el mango.

—Sí, estoy segura —contestó Sanna, separándose del cuchillo. Evitó mirarlo de nuevo.

—Quizá las preguntas pueden esperar —le replicó Anna-Maria Mella a Von Post a la vez que señalaba con la cabeza a las dos niñas, que se habían colgado de Sanna.

—Mamá —repetía Lova una y otra vez tirándole de la manga a Sanna—. Mamá, tengo que hacer pipí.

—Tengo frío —gimió Sara—. Quiero ir a casa.

Chapi se movía intranquila e intentaba meterse entre las piernas de Sanna.

«Imagen dos del cuento —pensó Rebecka—. La ninfa del bosque ha sido apresada por la gente del pueblo. La han rodeado y algunos la tienen cogida por los brazos y la cola.»

—Usted guarda las toallas y las sábanas en el cajón del sofá de la cocina, ¿no? —continuó Von Post—. ¿Suele guardar cuchillos entre las toallas?

—Espera un momento, hija —le dijo Sanna a Sara, que le estaba tirando del abrigo.

—Tengo que hacer pipí —se lamentó Lova—. Me lo voy a hacer encima.

—¿Va a responder a la pregunta? —presionó Von Post.

Anna-Maria Mella y Sven-Erik Stålnacke intercambiaron miradas a espaldas de Post.

—No —dijo Sanna con voz tensa—. No guardo ningún cuchillo en el sofá.

—Y esto, ¿qué? —insistió Von Post, a la vez que sacaba otra bolsa de plástico transparente de la bolsa grande—. ¿Reconoce esto?

Dentro de la bolsa había una Biblia. Era de piel marrón y estaba brillante por el uso. Los cantos de las hojas habían sido dorados, pero ya no quedaba mucho de aquel color y las hojas del libro estaban oscuras de tanto pasar las páginas con los dedos. Por todas partes había puntos de lectura que sobresalían de las páginas, tarjetas postales, cintas trenzadas y recortes de prensa.

Gimiendo y desvalida, Sanna se dejó caer en el montón de nieve.

—En la parte interior de la cubierta pone «Viktor Strandgård» —continuó Carl von Post sin misericordia ninguna—. ¿Podría responder si es su Biblia y por qué estaba dentro del cajón del sofá de su cocina? ¿Es verdad que se la llevaba a todas partes y la tenía en la iglesia la última noche que estuvo con vida?

—No —susurró Sanna—, no.

Se cubría la cara con las manos.

Lova quiso separarle las manos en un intento de encontrarse con su mirada. Cuando vio que no podía, rompió a llorar desesperadamente.

—Mamá, me quiero ir —dijo sollozando.

—Levántese —ordenó Von Post con dureza—. Está detenida como sospechosa del asesinato de Viktor Strandgård.

Sara se volvió rápidamente hacia el fiscal.

—Déjala en paz —le gritó.

—Llévese a las niñas de aquí —le dijo Von Post con impaciencia al agente Tommy Rantakyrö.

Tommy Rantakyrö dio un paso decidido hacia Sanna. En ese momento *Chapi* salió corriendo y se puso delante de su ama. La perra agachó la cabeza, echó las orejas hacia atrás y enseñó sus afilados dientes con un gruñido sordo. Tommy Rantakyrö dio un paso atrás.

—De acuerdo, pero ya es suficiente —le dijo Rebecka a Carl von Post—. Quiero hacer una denuncia.

Lo último se lo dijo a Anna-Maria Mella, que estaba a su lado, mirando las casas de alrededor. En todas las ventanas la curiosidad movía las cortinas.

—Quiere hacer... —dijo Von Post, pero se interrumpió con un movimiento brusco de cabeza—. Por mi parte no hay inconveniente en que nos acompañe a la comisaría para interrogarle respecto a la denuncia por maltrato que ha presentado una periodista de la redacción de Norrbotten de TV4.

Anna-Maria Mella le tocó ligeramente el brazo a Von Post.

—Empezamos a tener público —le dijo—. No quedaría bien si alguno de los vecinos llamara a la prensa y empezara a hablar de la brutalidad de la policía y todo ese rollo. Quizá estoy equivocada, pero creo que el viejo del piso de allí arriba a la izquierda nos está filmando con una cámara de vídeo.

Levantó el brazo para señalar una de las ventanas.

—Lo mejor sería que Sven-Erik y yo nos fuéramos de aquí para que no parezca que hemos mandado a todo el ejército —continuó—. Podríamos llamar a los de la científica, porque supongo que querrá que vean el piso.

El labio superior de Von Post se movió con desagrado. Intentaba ver la ventana que le había señalado Anna-Maria, pero el piso estaba completamente a oscuras. Así que pensó que quizá estaba mirando directamente al objetivo de una cámara y apartó la vista al momento. Lo último que quería era que lo asociaran con la brutalidad de la policía o salir en la prensa por *badwill*.

—No, quiero hablar personalmente con los de la científica —respondió—. Usted y Sven-Erik se encargarán de Sanna Strandgård. Hagan que precinten la vivienda.

—Volveremos a vernos —le dijo a Sanna antes de subirse a su Volvo Cross Country.

Rebecka se dio cuenta de que Anna-Maria Mella se había quedado mirando el coche del fiscal mientras desaparecía de su vista.

«Joder —pensó asombrada—. Cara de Caballo lo ha engañado. Quería que se fuera y..., sí, joder, qué lista es.»

En cuanto Carl von Post dejó el lugar se hizo silencio. Tommy Rantakyrö estaba perplejo, esperaba una señal de Anna-Maria o de Sven-Erik. Sara y Lova estaban de rodillas en la nieve; abrazaban a su madre, que seguía sentada en el suelo. *Chapi* estaba tumbada a su lado, comiendo un poco de nieve. Cuando Rebecka se agachó y le acarició el lomo, empezó a mover la cola como para demostrar que todo estaba bien. Sven-Erik le lanzó una mirada interrogativa a Anna-Maria.

—Tommy —dijo Anna-Maria rompiendo el silencio—. ¿Puedes subir con Olsson y precintar la vivienda? Pon una marca extra en el grifo de la cocina para que nadie lo utilice antes de que vayan los de la científica.

—Eh —le dijo Sven-Erik cuidadosamente a Sanna—. Sentimos profundamente todo esto, pero la situación es la que es. Tiene que acompañarnos a comisaría.

—¿Hay algún sitio donde podamos llevar a las niñas? —preguntó Anna-Maria.

—No —respondió Sanna levantando la cabeza—. Quiero hablar con mi abogada, Rebecka Martinsson.

Rebecka suspiró.

—Sanna, yo no soy tu abogada...

—De todas formas quiero hablar contigo.

Sven-Erik Stålnacke le echó una mirada insegura a su compañera.

—No sé... —dijo un poco indeciso.

—Venga, vale ya —bufó Rebecka—. Está en arresto preventivo, así que aún no ha pasado a disposición judicial con restricciones. Tiene derecho a hablar conmigo. Quédese escuchando, no vamos a contarnos secretos.

Lova le gimió algo al oído a Sanna.

—¿Qué me has dicho, cariño?

—Me he hecho pipí encima —dijo Lova llorando.

Todas las miradas se dirigieron hacia la pequeña. Realmente tenía una mancha oscura en los viejos vaqueros.

—Tenemos que ponerle otros pantalones a Lova —le dijo Rebecka a Anna-Maria Mella.

—Oídme, niñas —anunció Anna-Maria a Sara y a Lova—. Vamos a hacer lo siguiente. Subís conmigo arriba y buscamos unos pantalones para Lova y después volvemos a bajar con vuestra madre. No se va a ir a ninguna parte. Os lo prometo.

—Venga, haced lo que dice la señora —añadió Sanna—. Mis maravillosas rositas de pitiminí. Bajadme algo de ropa a mí también. Y traedle comida a *Chapi*.

—Lo siento —le dijo Anna-Maria a Sanna—. Su ropa, no. Y todo lo que lleva puesto, el fiscal lo querrá enviar a Linköping.

—De acuerdo —respondió Rebecka rápidamente—. Ya te llevaré ropa yo, Sanna. ¿Vale?

Las niñas desaparecieron dentro del edificio con Anna-Maria. Sven-Erik Stålnacke estaba de cuclillas, un poco alejado de Sanna y de Rebecka, hablando con *Chapi*. Parecía que tuvieran mucho en común.

—Yo no te puedo ayudar, Sanna —dijo Rebecka—. Soy especialista en derecho fiscal, no en derecho penal. Si necesitas un abogado defensor, te puedo ayudar a encontrar uno bueno.

—¿Es que no lo entiendes? —murmuró Sanna—. Tienes que ser tú. Si no me ayudas tú, no quiero a nadie. En ese caso, Dios se hará cargo de mí.

—Por favor, déjalo ya —suplicó Rebecka.

—No, déjalo tú —respondió Sanna bruscamente—. Te necesito, Rebecka. Y mis hijas te necesitan. No me importa lo que opines de mí, pero te lo suplico. ¿Qué quieres que haga? ¿Que me ponga de rodillas? ¿Decirte que lo hagas por los viejos tiempos? Tienes que ser tú.

—¿Qué quieres decir con que las niñas me necesitan?

Sanna cogió a Rebecka de la chaqueta con las dos manos.

—Mis padres me las quitarán —dijo, afligida—. Y eso no lo puedo permitir. ¿Lo entiendes? No quiero que Sara y Lova estén con mis padres ni siquiera cinco minutos. Y ahora yo no lo puedo impedir. Pero tú sí. Hazlo por Sara.

Sus padres. Las imágenes y los pensamientos competían por salir a la superficie en el interior de Rebecka. El padre de Sanna. Bien vestido. Con prestancia. Con sus formas dulces y empáticas. Se había hecho muy popular como político local. Rebecka incluso lo había visto alguna vez en los medios de comunicación nacionales. Probablemente sería uno de los primeros candidatos de las listas de los democristianos en las próximas elecciones generales. Pero era un personaje duro como una piedra, que engañaba con su cálida fachada. Incluso el pastor Thomas Söderberg le había demostrado respeto y sumisión en muchas cuestiones de la comunidad. Y Rebecka recordaba con desagrado que Sanna, con la voz tranquila, como si todo le hubiera ocurrido a otra persona, le contaba cómo había matado a sus mascotas. Siempre sin avisar. Perros, gatos, pájaros. Ni siquiera pudo quedarse el acuario que le regaló la maestra cuando era pequeña. A veces, su sumisa madre le explicaba que era porque Sanna era alérgica. Otras veces, porque no se ocupaba lo suficiente de las tareas de la escuela. A menudo no le daban ninguna explicación. El silencio no permitía ni siquiera que se hiciera la pregunta. Y Rebecka recordaba a Sanna por las noches, con Sara en su regazo cuando la pequeña no podía dormir. «No pienso ser como ellos —le había dicho—. A mí, me encerraban con llave en la habitación.»

—Tengo que hablar con mi jefe —dijo Rebecka.

—¿Te quedarás? —preguntó Sanna.

—Unos días —respondió Rebecka con un nudo en la garganta.

El rostro de Sanna se relajó.

—Es todo lo que te pido —añadió—. ¿De cuánto tiempo estamos hablando? Yo soy inocente. ¿No creerás que lo hice yo?

La imagen de Sanna andando en mitad de la noche bajo la luz de los faroles, con un cuchillo ensangrentado en su mano, tomó forma en la mente de Rebecka.

«Pero, en ese caso, ¿por qué volvió? ¿Por qué se iba a llevar a Lova y a Sara a la iglesia para "encontrarlo"?», pensó.

—Naturalmente que no —respondió.

Caso número tal, tantas horas. Caso número tal, tantas horas. Caso número tal, tantas horas.

Maria Taube estaba en el bufete de abogados Meijer & Ditzinger llenando los formularios de los horarios de la semana. Parecían bastante bien, constató cuando sumó la cantidad de horas a facturar en la casilla inferior. Cuarenta y dos. A Måns no se le tenía nunca contento, pero por lo menos no estaría insatisfecho. Había trabajado más de setenta horas la última semana para poder facturar cuarenta y dos. Cerró los ojos y se inclinó hacia atrás en el respaldo de la silla. La cinturilla de la falda le apretaba el estómago.

«Tengo que empezar a hacer ejercicio —pensó—. No puedo quedarme aquí con el culo pegado delante del ordenador. Es martes por la mañana... Martes, miércoles, jueves y viernes. Cuatro días hasta el sábado. Entonces iré a hacer ejercicio. Y dormiré. Desconectaré el teléfono y me acostaré pronto.»

La lluvia tamborileaba monótona contra los cristales. En el mismo instante en que su cuerpo decidía tomarse un segundo de descanso y sus músculos se relajaban, sonó el teléfono. Fue como despertarse de un sueño de una patada en la cabeza. Se irguió en la silla con un movimiento brusco y cogió el auricular. Era Rebecka Martinsson.

—Hola, bonita —exclamó Maria con su clara voz—. Espera un momento. —Tomó impulso para separarse del escritorio y, sentada en la silla con ruedas, llegó hasta la puerta que daba al pasillo y la cerró con el pie—. Por fin llamas —dijo cuando volvió a coger el auricular—. He estado llamándote como una loca.

—Ya lo sé —respondió Rebecka—. Tengo cien mensajes en el teléfono, pero aún no los he escuchado. Me lo dejé en el coche y..., bueno, no me apetece quejarme más. Supongo que más de uno es de Måns Wenngren, que debe de estar con un enfado de cojones.

—Mmm, no te puedo mentir. Los socios se han reunido a primera hora por lo que se vio en las noticias. No están muy contentos de que saliera el bufete en TV4 y que se hablara de nuestros coléricos abogados. Y hoy esto parece una colmena.

Rebecka se inclinó sobre el volante respirando profundamente. Un nudo en la garganta le impedía hablar. En el patio estaban jugando *Chapi*, Sara y Lova con una alfombra que estaba colgada en el tendedor de delante de la casa. Esperaba que fuera de Sanna y no de algún vecino.

—De acuerdo —dijo al cabo de un instante—. ¿Vale la pena que hable con Måns o sólo quiere que le presente mi dimisión?

—No, qué va. Tienes que hablar con él. Según he oído, los demás socios estaban más que dispuestos a discutir la manera de despedirte, pero esa alternativa no estaba en absoluto en la lista de Måns. Así que todavía tienes trabajo.

—¿Limpiar los lavabos y servir café?

—Y en tanga. No, en serio. Måns parece que se ha puesto de tu lado de verdad; cree que debe de ser un malentendido eso de que actuaras como la abogada de la hermana del Chico del Paraíso. Estabas con ella como amiga, ¿no?

—Sí, pero es que acaba de ocurrir una cosa, así que...

Rebecka limpió con la mano el vaho que se había formado en el cristal de su ventanilla. Sara y Lova estaban hablando, subidas a un montón de nieve. No se veía a *Chapi*. ¿Adónde se habría ido la perra?

—No tengo mucho tiempo ahora, ¿me podrías pasar con Måns?

—De acuerdo, pero haz como que no sabes nada de la reunión.

—Vale. ¿Cómo te has enterado de todo?

—Me lo ha contado Sonja. Ella estaba allí.

Sonja Berg era una de las secretarias más antiguas de Meijer & Ditzinger. Su virtud más apreciada era su capacidad de callar como una tumba respecto a los asuntos del bufete. Eran muchos los que habían intentado sonsacarle información y se habían encontrado con su mezcla especial de falta de voluntad, irritación y fingida incapacidad para entender lo que la persona en cuestión quería. En reuniones secretas, por ejemplo, antes de la fusión de varias empresas, siempre era ella la que redactaba el acta.

—Eres increíble —dijo Rebecka, impresionada—. Eres capaz de sacar agua de las piedras.

—Sacar agua de las piedras forma parte del curso básico. Hacer que Sonja hable es el curso avanzado. Pero no me hables tú de cosas imposibles. En realidad, ¿qué has hecho con Måns. ¿Vudú con un muñeco o qué? Si yo hubiera salido en la tele dándole una patada a una periodista, ahora estaría atada en su cámara de torturas, viviendo las últimas veinticuatro horas más dolorosas de mi vida.

Rebecka se rió sin ganas.

—Algo así me espera cuando vuelva al trabajo. ¿Me pasas?

—Sí, aunque te lo advierto. Es verdad que se ha puesto a tu favor, pero contento no está.

Rebecka bajó la ventanilla y llamó a Sara y a Lova.

—¿Dónde está *Chapi*? Sara, búscala, pero estad siempre por donde yo os pueda ver. Enseguida nos vamos a ir. ¿Es que alguna vez está contento? —añadió al teléfono.

—¿Quién no está nunca contento?

La fría voz de Måns se oyó al otro lado de la línea.

—Ah, hola —respondió Rebecka, intentando concentrarse—. Soy Rebecka.

—Vaya —respondió él sin decir nada más.

Podía imaginarse la respiración irritada y profunda de él. No pensaba facilitarle las cosas, eso estaba claro.

—Quería explicarte que ha sido un malentendido lo de que creyeran que yo era la abogada de Sanna Strandgård.

No hubo respuesta en la línea.

—Vaya —respondió Måns al cabo de un momento—. ¿Eso es todo?

—No...

«Venga, Rebecka —pensó dándose ánimos—. No lo pienses. Di lo que hay que decir y cuelga. Nada puede empeorar las cosas.»

—La policía ha encontrado un cuchillo y la Biblia de Viktor Strandgård en el piso de Sanna Strandgård —dijo—. Han detenido a Sanna como sospechosa del asesinato, acaban de llevársela. Yo en estos momentos estoy delante de su casa. Van a precintarla y voy a llevar a una de sus hijas al colegio y a la otra a la guardería.

La irritada respiración al otro lado de la línea se interrumpió. Rebecka se permitió hacer una pausa antes de continuar:

—Quiere que sea su defensora y se niega a que sea otro abogado. Así que me quedaré aquí arriba de momento.

—Joder, mira que tienes poca vergüenza —exclamó Måns Wenngren—. Estás actuando a mis espaldas. Ofendes al bufete delante de los medios y ahora piensas hacerte cargo de un caso que no tiene nada que ver con tu empleo. Es actividad desleal, y suficiente para el despido, ¿lo entiendes?

—Måns, quiero hacerme cargo del caso, pero como un caso del bufete, ¿te das cuenta? —dijo Rebecka irritada—. No estoy pidiendo permiso. No me puedo echar atrás ahora. Y lo voy a solucionar. Quiero decir, ¿qué dificultades hay? Estaré presente en algunos interrogatorios, que parece que no serán muchos. Ella no sabe nada ni tampoco recuerda nada. Han encontrado el arma homicida, si es que era ese cuchillo, y la Biblia de Viktor en su piso. Ella estaba en la iglesia justo cuando acababa de pasar. Ni siquiera el famoso periodista Peter Althin conseguiría que la dejaran libre si es que dictan que pase a disposición judicial. Si, contra lo que yo deseo, hay una acusación, espero que alguno de nuestros abogados de derecho penal me respalde, Bengt-Olov Falk o Göran Carlström, por ejemplo. Va a haber mucho revuelo mediático y sería beneficioso para el bufete un poco de publicidad en temas penales, lo sabes bien. Aunque sea el derecho mercantil y tributario lo que dé dinero, los casos penales importantes son los que hacen que un bufete se haga famoso a través de la prensa y la televisión.

—Gracias —respondió Måns, tenso—. Eso de la publicidad para el bufete ya lo has empezado a trabajar. ¿Por qué cojones no te pusiste en contacto conmigo cuando le diste la patada a aquella periodista?

—No le di una patada —se defendió Rebecka—. Intenté pasar y ella se resbaló...

—¡No he acabado! —gritó Måns—. He perdido una hora y media de la mañana en una reunión para hablar sobre ti. Si hubiera prevalecido mi voluntad, te pediría ahora mismo la dimisión. Tienes suerte de que hubiera otros socios que fueran más misericordiosos.

Rebecka hizo como que no oía su comentario y prosiguió:

—Necesito que me ayudes con lo de esa periodista. ¿Puedes ponerte en contacto con la redacción y pedirle que retire la denuncia?

Måns se echó a reír, sorprendido.

—¿Quién coño te crees que soy? ¿Don Corleone?

Rebecka volvió a frotar la ventanilla.

—Sólo era una pregunta —respondió—. Tengo que dejarte. Estoy cuidando a las dos hijas de Sanna y la pequeña se está quitando la ropa.

—Deja que se la quite —contestó Måns, irritado—. Aún no hemos acabado.

—Te llamo luego o te envío un correo. Las niñas están en la calle y hace un frío tremendo. Lo último que me haría falta en estos momentos es que una cría de cuatro años cogiera una pulmonía. Adiós.

Colgó el teléfono antes de que a él le diera tiempo de decir nada más.

«No me lo ha prohibido —pensó aliviada—. No me

ha prohibido que continúe y no me he quedado sin trabajo. ¿Cómo ha podido ser tan fácil?

Entonces se acordó de las niñas y puso el coche en marcha.

—¿Qué estáis haciendo? —les gritó a Sara y a Lova.

Lova se había quitado la chaqueta, las manoplas y los dos jerséis. Estaba de pie sobre la nieve con el gorro en la cabeza y la parte superior de su cuerpo la cubría sólo una fina camiseta blanca de algodón. Estaba llorando. *Chapi* la miraba preocupada.

—Sara me ha dicho que parezco una idiota con el jersey que me has dejado —se quejaba Lova llorando—. Me dijo que en la guardería me tomarían el pelo.

—Ponte la ropa inmediatamente —ordenó Rebecka, impaciente.

Cogió a Lova por el brazo y le volvió a poner los jerséis a la fuerza. La niña lloraba desconsolada.

—Es verdad —respondió Sara con malicia—. Parece una loca. En la escuela había una niña que llevaba un jersey de ésos. Los chicos la cogieron, le metieron la cabeza en el váter y tiraron de la cadena hasta que casi la ahogan.

—¡No quiero! —gritaba Lova mientras Rebecka la vestía a la fuerza.

—Entrad en el coche —dijo Rebecka con la voz tensa—. Vais a ir a la guardería y al colegio.

—No nos puedes obligar —le gritó Sara—. No eres nuestra madre.

—¿Qué nos apostamos? —gruñó Rebecka. Y levantó a las dos niñas y las sentó en el coche, mientras ellas no dejaban de gritar. *Chapi* las siguió. Entró de un salto en el coche y dio unas vueltas, intranquila, antes de acomodarse en el asiento.

—Y tengo hambre —siguió gritando Lova.

—Exacto —chilló Sara—. No hemos desayunado y eso es desamparo. Dame el móvil, voy a llamar a mi abuelo —dijo quitándole el teléfono a Rebecka.

—¡Qué diablos! —rugió Rebecka, y le cogió el teléfono bruscamente.

Salió del coche y abrió la puerta de atrás.

—¡Fuera! —ordenó.

Sacó a Sara y a Lova del coche y las dejó en la nieve.

Las dos niñas se callaron de inmediato mientras las miraba con los ojos como platos.

—Es verdad —dijo Rebecka intentando dominar su voz—. No soy vuestra madre pero Sanna me ha pedido que os cuide, así que ni vosotras ni yo podemos elegir. Hagamos un trato. Primero vamos a la cafetería de la estación de autobuses a desayunar. Después vamos a comprarle ropa nueva a Lova. Y a Sanna también. Tenéis que ayudarme a elegir algo bonito para ella. Venga, entrad en el coche.

Sara se quedó callada, mirándose los pies. Luego, se encogió de hombros y se sentó en el coche. Lova entró detrás de ella y la hermana mayor ayudó a la pequeña a ponerse el cinturón de seguridad. *Chapi* lamió las lágrimas saladas que Lova aún tenía en las mejillas.

Rebecka Martinsson puso el coche en marcha y salió de allí.

«Dios mío —pensó por primera vez desde hacía muchos años—. Dios mío, ayúdame.»

Las casas residenciales de obra vista de la avenida Gasell eran como piezas de Lego puestas en filas, bien ordenadas, a lo largo de toda la calle. Había nieve por todas partes, cubriendo hasta los setos de los jardines. En las ventanas de la cocina las cortinas tapaban la parte inferior para proteger la intimidad de los que vivían dentro.

«Y esta familia va a necesitar mucha intimidad», pensó Anna-Maria Mella cuando ella y Sven-Erik Stålnacke salían del coche delante del número 35 de la avenida Gasell.

—Se siente la mirada de los vecinos en la nuca —dijo Sven-Erik como si le hubiera leído el pensamiento—. ¿Qué crees que nos pueden contar los padres de Sanna y de Viktor Strandgård?

—Ya veremos. Ayer no quisieron recibirnos, pero ahora que han oído que su hija ha sido detenida nos han llamado para pedirnos que vengamos.

Se quitaron la nieve de los zapatos y llamaron.

Olof Strandgård abrió la puerta. Iba arreglado, y con voz muy bien modulada les pidió que entrasen. Les dio la mano, los ayudó con las chaquetas y las colgó en un perchero. Era un hombre de mediana edad, pero sin el sobrepeso habitual de los hombres de esa edad.

«Tendrá el aparato de remo y las pesas en el sótano», pensó Anna-Maria.

—No, no se los quite, por favor —le pidió Olof Strandgård a Sven-Erik cuando éste se agachó para quitarse los zapatos.

Anna-Maria se dio cuenta de que Olof Strandgård llevaba un calzado impoluto.

Los condujo hasta la sala de estar. Un lado de la sala estaba dominado por unos muebles de comedor de estilo gustaviano. Candelabros de plata y un florero de la artista Ulrika Hydman-Vallien se reflejaban sobre el laminado de caoba oscuro de la mesa. Del techo colgaba una pequeña lámpara de cristal de fabricación moderna. En el otro lado de la sala había un pomposo sofá rinconera de piel de color claro y un sillón a juego. La mesa era de cristal ahumado con patas de metal. Todo muy limpio y ordenado.

En el sillón, muy hundida, estaba Kristina Strandgård. De forma ausente, saludó a los dos policías que aparecieron en su sala de estar.

Tenía el mismo pelo grueso y rubio que sus hijos. Pero Kristina Strandgård lo llevaba más corto, con un peinado a lo paje.

«Tiene que haber sido muy guapa —pensó Anna-Maria—. Antes de que el cansancio le clavara las garras. Y eso no ocurrió ayer. Debe de hacer mucho tiempo.»

Olof Strandgård se inclinó hacia su esposa. Su voz era dulce, pero la sonrisa de sus labios no se reflejaba en los ojos.

—Quizá deberíamos dejarle a la inspectora Mella el sillón, que es más cómodo —dijo a modo de orden.

Kristina Strandgård se levantó como si la hubiesen pinchado con una aguja.

—Oh, perdón; naturalmente.

Sonrió sofocada a Anna-Maria y por un segundo se quedó de pie, como si hubiera olvidado dónde se encontraba y qué debía hacer. De pronto, pareció aterrizar en el presente y se hundió en el sofá, al lado de Sven-Erik.

Anna-Maria se sentó con esfuerzos en el sillón. Era demasiado hondo y el respaldo estaba tan inclinado que le resultaba incómodo. Hizo un gesto en un intento de sonreír agradecida. El niño le presionaba el diafragma y notó de inmediato acidez en el estómago y dolor en la rabadilla.

—¿Quieren tomar algo? —preguntó Olof Strandgård—. ¿Café, té, agua?

Como si hubiera recibido una señal, su mujer se levantó de nuevo.

—Claro que sí —dijo echándole una rápida mirada a su marido—. Debería haberles preguntado...

Tanto Sven-Erik como Anna-Maria negaron con la mano. Kristina Strandgård se volvió a sentar pero esta vez al borde del sofá, dispuesta a ponerse en pie en el momento que fuera necesario.

Anna-Maria se quedó observándola. No parecía una mujer que acababa de perder a su hijo. Llevaba el pelo recién lavado y peinado con secador. Vestía un polo, chaqueta y pantalones, de color arena y beige, a juego. Se había pintado los ojos y los labios. Sus manos no se entrelazaban de desesperación. No había sobre la mesa ni un solo pañuelo de papel arrugado frente a ella. Por el contrario, era como si se hubiera cerrado al mundo.

«No, no es eso —pensó Anna-Maria, sintiéndose de pronto muy incómoda—. No se ha cerrado al mundo. Se encierra en sí misma.»

—Agradecemos que pudieran venir enseguida —dijo Olof Strandgård—. Hace un momento hemos oído que han detenido a Sanna. Entenderán que eso es un error. Mi mujer y yo estamos muy preocupados.

—Naturalmente —respondió Sven-Erik—. Pero quizá deberíamos ir por partes. Primero les haremos unas preguntas relativas a Viktor y después podremos hablar de su hija.

—De acuerdo —dijo Olof Strandgård sonriendo.

«Bien, Sven-Erik —pensó Anna-Maria—. Coge el mando ahora porque, si no, esta visita se habrá acabado y no nos habrán dicho nada.»

—¿Podrían explicarnos cosas de Viktor? —inquirió Sven-Erik—. ¿Qué clase de persona era?

—¿En qué sentido les puede ayudar esa información en su trabajo? —preguntó Olof Strandgård.

—Es una pregunta que siempre se hace —insistió Sven-Erik sin dejarse provocar—. Tenemos que intentar hacernos una idea de su hijo, ya que no lo conocimos en vida.

—Tenía talento —dijo el padre, muy serio—. Mucho talento. Imagino que todos los padres dicen lo mismo de sus hijos, pero pregúntenles a sus antiguos maestros y confirmarán lo que les digo. Tenía excelentes notas en todas las asignaturas y estaba dotado para la música. Sabía concentrarse. Los deberes del colegio, las lecciones de guitarra... Y después del accidente se concentró en Dios al cien por cien.

Se echó hacia atrás en el sofá y se cogió ligeramente la pernera derecha del pantalón antes de cruzar la pierna sobre la izquierda.

—No es una empresa fácil lo que Dios le pidió al muchacho —continuó—. Lo dejó todo de lado. Dejó los estudios de bachiller y la música. Predicaba y rezaba. Y estaba obsesionado por su convicción de que la fe volvería a Kiruna, pero también estaba convencido de que era imprescindible que las iglesias libres se unieran. La unión hace la fuerza, como se dice. En aquellos tiempos no había ninguna hermandad entre la Iglesia de Pentecostés, la de la Misión y la Baptista, pero él era terco. Sólo tenía diecisiete años cuando recibió la llamada de la fe. Casi obligó a los pastores a que se encontraran y rezaran juntos: Thomas Söderberg, de la Iglesia de la Misión; Vesa Larsson, de la de Pentecostés; y Gunnar Isaksson, de la Baptista.

Anna-Maria se revolvió en el sillón. Estaba incómoda y el niño boxeaba con su vejiga.

—¿Recibió la llamada de la fe cuando sufrió el accidente? —preguntó.

—Sí. El chico iba en bicicleta, era invierno, y lo atropellaron. Bueno, son de Kiruna, así que conocen el resto. La congregación no dejaba de crecer y pudimos construir la Iglesia de Cristal. Es tan conocida como nuestro muchacho. La popular Carola, la de Eurovisión, dio un concierto de Navidad en diciembre pasado.

—¿Cómo era su relación con él? —preguntó Sven-Erik—. ¿Se veían a menudo?

Anna-Maria vio que Sven-Erik se esforzaba en llamar la atención de Kristina Strandgård con sus preguntas, pero su mirada sin voluntad se había fijado en el dibujo de medallones de las cortinas.

—Entre mis familiares hay muy buena relación —respondió Olof Strandgård.

—Aparte de la iglesia, ¿tenía contacto con alguien o algún otro interés?

—No, como ya le he dicho, decidió apartarse de todo y sólo trabajar para Dios.

—Pero ¿no les inquietaba? Quiero decir, que se

apartara de las chicas y de los otros intereses que tenía.

—No, lo cierto es que no.

El padre se rió como si considerara que lo que Sven-Erik acababa de decir fuera ridículo.

—¿Quiénes eran sus mejores amigos?

Sven-Erik miró las fotografías que había en las paredes. Encima del televisor había una gran fotografía de Sanna y de Viktor. Dos niños con el pelo largo, y rubios como el sol. Sanna con rizos de ángel. El pelo de Viktor liso como una cascada. Sanna tenía que estar al principio de la pubertad. Se podía ver que no quería sonreír al fotógrafo. Había algo de rebeldía en la expresión de su boca. Viktor también estaba serio, pero más natural. Como si estuviera pensando en otra cosa y hubiera olvidado dónde se encontraba.

—Sanna tenía trece años y el chico diez —dijo Olof, que vio a Sven-Erik mirando la fotografía—. Se ve claramente cómo admiraba a su hermana. Quería llevar el pelo largo como ella y, desde que era muy pequeño, gritaba como un cochinillo cada vez que su madre se le acercaba con las tijeras. Al principio, en el colegio se burlaban de él, pero insistió en llevar el pelo largo.

—¿Y sus amigos? —recordó Anna-Maria.

—Yo creo que sus familiares éramos sus mejores amigos. Tenía mucha relación con nosotros y con Sanna. Y adoraba a las niñas.

—¿Las hijas de Sanna?

—Sí.

—Kristina —dijo Sven-Erik.

Kristina Strandgård dio un respingo.

—¿Hay algo más que quiera añadir? Sobre Viktor —aclaró Sven-Erik cuando la miró con gesto interrogante.

—¿Qué puedo decir? —respondió insegura y mirando de reojo a su marido—. No tengo nada que añadir. Olof lo ha descrito muy bien, creo yo.

—¿Tienen algún álbum con recortes de prensa de Viktor? —preguntó Anna-Maria—. Quiero decir que como salía a menudo en los periódicos...

—Ahí —respondió Kristina Strandgård señalando un mueble—. Es el álbum grande y marrón, en el estante de abajo.

—¿Me lo pueden prestar? —preguntó Anna-Maria mientras se levantaba para cogerlo de la estantería—. Se lo devolveremos en cuanto nos sea posible.

Mantuvo cogido el álbum un instante y luego lo dejó sobre la mesa, delante de ella. Le gustaría tener otras imágenes de Viktor en su cabeza que aquel cuerpo destrozado y los ojos arrancados.

—Necesitaríamos que escribieran los nombres de las personas que lo conocían —pidió Sven-Erik—. Queremos hablar con ellos.

—Será una lista muy larga —respondió Olof Strandgård—. Toda Suecia, y aún me quedo corto.

—Quiero decir los que lo conocían personalmente —respondió Sven-Erik, paciente—. Enviaremos a alguien a buscar la lista esta tarde. ¿Cuándo fue la última vez que vieron a su hijo con vida?

—El domingo por la noche, en el canto de salmos de la iglesia.

—El domingo por la noche antes de que lo asesinaran, claro. ¿Hablaron con él?

Olof Strandgård movió la cabeza con pena.

—No, estaba con el grupo de oración y totalmente ocupado.

—¿Cuándo fue la última vez que se vieron y tuvieron tiempo de hablar?

—El viernes por la tarde, dos días antes de que...

El padre se interrumpió y miró a su mujer.

—Le habías preparado comida, Kristina. ¿Verdad que fue el viernes?

—Sí, así es. La Conferencia de los Milagros empezaba entonces y yo sé que se olvida hasta de comer. Siempre antepone a los demás. Así que fuimos a su casa y le llenamos el congelador. Me dijo que era como una gallina con sus polluelos.

—¿Parecía preocupado por algo? —les preguntó Sven-Erik—. ¿Había algo por lo que estuviera intranquilo?

—No —respondió Olof.

—Al parecer no había comido desde hacía tiempo cuando murió —añadió Anna-Maria—. ¿Saben ustedes por qué? ¿Puede ser porque lo hubiera olvidado?

—Seguramente ayunaba —respondió el padre.

«Voy a tener que preguntar dónde está el baño», pensó Anna-Maria.

—¿Ayunar? —preguntó, aguantándose sus necesidades—. ¿Por qué?

—Bueno —respondió Olof Strandgård—. En la Biblia pone que Jesús ayunó cuarenta días en el desierto y fue tentado por el diablo antes de que apareciera en Galilea y escogiera a sus primeros discípulos. Y pone que los apóstoles rezaron y ayunaron cuando nombró a los primeros consejos de ancianos de las primeras congregaciones y los consagró a Dios. En el Antiguo Testamento Moisés y Elías ayunaron antes de que se les apareciera Dios. Probablemente Viktor sintió que le esperaba un arduo trabajo durante la Conferencia de los Milagros y quería concentrarse con ayuda del ayuno y la oración.

—¿Qué es eso de la Conferencia de los Milagros? —preguntó Sven-Erik.

—Empezaba el viernes por la noche y acabará el próximo domingo por la noche. Durante el día, cursillos; y por la noche, encuentros. Trata de los milagros. Curaciones, milagros, atención de ruegos, regalos espirituales. Esperen un momento.

Olof Strandgård se levantó y desapareció en dirección al recibidor. Al cabo de un rato volvió con una cartulina de color brillante en las manos. Se la dio a Sven-Erik. Éste se inclinó hacia Anna-Maria para que ella también pudiera ver de qué se trataba.

Era una invitación doblada, tamaño A4. Había una fotografía de gente alegre con las manos levantadas. En otra foto una mujer riendo alzaba a su hijo pequeño. En otra se veía a Viktor Strandgård rezando por un hombre que estaba de rodillas, con las manos alzadas hacia el cielo. Viktor tenía puestos los dedos índice y corazón en la frente del hombre y éste cerraba los ojos. En el texto ponía que los cursillos tratarían, entre otros temas, de «Tienes poder para pedir misericordia», «Dios ya ha vencido tu enfermedad» y «Deja salir tu misericordia espiritual». Y añadía que en los encuentros de la noche se podría bailar, cantar y reír espiritualmente, y ver cómo Dios hacía milagros en uno mismo y en los demás. Todo al precio de cuatro mil doscientas coronas, comida y alojamiento aparte.

—¿Cuánta gente participará en la conferencia? —cuestionó Sven-Erik.

—No sé exactamente —respondió Olof, dejando entrever cierto orgullo—, pero más de dos mil.

Anna-Maria vio cómo Sven-Erik contaba mentalmente los importantes ingresos que la congregación habría obtenido con la conferencia.

—Queremos una lista de los participantes —dijo Anna-Maria—. ¿A quién nos hemos de dirigir?

Olof Strandgård le dio un nombre y ella lo escribió en su cuaderno de notas. Sven-Erik tendría que poner a alguien a comparar la lista con el registro de la policía.

—¿Cómo era la relación con Sanna? —preguntó Anna-Maria.

—¿Perdone? —contestó Olof Strandgård.

—Sí, ¿podrían describir su relación?

—Eran hermanos.

—Pero eso no significa que, por definición, tuvieran una buena relación —insistió Anna-Maria.

El padre respiró hondo.

—Eran muy buenos amigos, aunque Sanna es una persona frágil. Sensible. Tanto yo como mi mujer y nuestro hijo la hemos tenido que cuidar más de una vez, a ella y a las niñas.

«Qué pesadez con lo de lo frágil que es», pensó Anna-Maria.

—¿Qué quiere decir con lo de que es sensible? —preguntó. Vio que Kristina se revolvía en su asiento.

—No es fácil hablar de eso —dijo Olof—. Es que hay períodos en los que tiene dificultades para portarse como una persona adulta. Le es difícil ponerles límites a las niñas. Y a veces le ha sido difícil cuidar de sí misma y de ellas. ¿No es verdad, Kristina?

—Sí —respondió su esposa, sumisa.

—En alguna ocasión se ha quedado tumbada en una habitación a oscuras durante una semana entera —continuó Olof Strandgård—. Sin contestar cuando le hablaban. En esos casos, hemos cuidado de las niñas, y el chico le daba de comer a Sanna con una cuchara, como si fuera una niña.

Hizo una pausa mirando fijamente a Anna-Maria.

—No hubiera podido quedarse con las niñas si no hubiera sido por la ayuda de la familia —añadió.

«De acuerdo —pensó Anna-Maria—. Realmente quieres convencernos de lo frágil y débil que es. ¿Por qué? Una familia de bien como vosotros debería silenciar esos temas.»

—¿Las niñas no tienen padre?

Olof Strandgård suspiró.

—Claro que sí —respondió—. Sanna sólo tenía diecisiete años cuando tuvo a Sara. Y yo... —sacudió la cabeza al recordar lo pasado—... yo insistí en que se casaran, aunque fueran tan jóvenes. Pero la promesa ante Dios no le impidió al marido abandonar a la esposa y a la niña cuando Sara sólo tenía un año. El padre de Lova fue una debilidad esporádica.

—¿Cómo se llaman? Queremos ponernos en contacto con ellos —inquirió Sven-Erik.

—Claro que sí. Ronny Björnström, el padre de Sara, vive en Narvik. Creemos. No tiene contacto con su hija. Sammy Andersson, el padre de Lova, murió en un trágico accidente de moto hace unos dos años. Iba por un lago a finales de invierno y el hielo se rompió. Una historia horrible.

«Si no quiero hacérmelo en este bonito sillón...», pensó Anna-Maria levantándose trabajosamente.

—Disculpen, pero tengo que ir al... —dijo.

—En el recibidor, a la derecha —respondió Olof Strandgård, levantándose mientras ella dejaba la sala.

El baño estaba igual de limpio que el resto de la casa. Había un aroma artificial a flores. Seguramente sería el perfume que había en alguno de los sprays encima del armario. Dentro de la taza había un colgante con algo azul que coloreaba el agua cuando se tiraba de la cadena.

—Estamos muy preocupados porque Rebecka Martinsson se haga cargo de las niñas —dijo Olof Strandgård cuando ella volvió a sentarse en el sillón—. Probablemente estén impresionadas y asustadas por todo lo que ha sucedido. Necesitan seguridad y tranquilidad a su alrededor.

—La policía no puede hacer nada al respecto —respondió Anna-Maria—. Su hija es su madre y si las ha dejado con Rebecka Martinsson...

—Pero yo digo que Sanna no es responsable de sus actos. Si no hubiera sido por mí y por mi esposa, hoy no hubiera tenido la tutela de las niñas.

—Eso tampoco es asunto de la policía —respondió Anna-Maria de forma neutral—. Son los servicios sociales y el tribunal administrativo provincial quienes deciden quitarle la tutela a los padres, si lo consideran procedente.

De golpe desapareció la suavidad en la voz de Olof Strandgård.

—Así que no podemos esperar ninguna ayuda por parte de la policía —dijo cortante—. Naturalmente que me pondré en contacto con los servicios sociales si es necesario.

—¿Es que no lo entienden? —exclamó Kristina Strandgård de pronto—. Rebecka ya ha intentado antes dividir a la familia. Hará cualquier cosa para poner a las niñas en nuestra contra. Igual que hizo antes con Sanna.

Lo último se lo dijo a su marido. Olof Strandgård estaba sentado, con las mandíbulas apretadas, mirando a través de la ventana de la sala de estar. Su postura era rígida y tenía las manos entrelazadas.

—¿Qué quiere decir «antes con Sanna»? —preguntó Sven-Erik con suavidad.

—Cuando Sara tenía tres o cuatro años Sanna y Rebecka Martinsson compartían piso —continuó Kristina Strandgård con esfuerzo—. Intentó dividir a nuestra familia. Y es una enemiga de la Iglesia y del trabajo de Dios en la ciudad. ¿No entienden lo que sentimos al saber que las niñas están a su merced?

—Lo entiendo —respondió Sven-Erik para congraciarse—. ¿De qué manera intentó dividir a la familia y combatir a la Iglesia?

—Haciendo...

Una mirada de su marido hizo que se mordiera los labios y no acabara la frase.

—¿Haciendo qué? —inquirió Sven-Erik, pero la cara de Kristina Strandgård se había convertido ya en piedra, y posó la mirada sobre la brillante superficie del cristal de la mesa.

—No es culpa mía —dijo con la voz rota.

Lo repitió una y otra vez con la mirada sobre la mesa, sin atreverse a mirar a Olof Strandgård.

—No es culpa mía, no es culpa mía.

«¿Se defiende ante su marido o lo está acusando?», pensó Anna-Maria.

Olof Strandgård recuperó sus suaves maneras. Había puesto la mano sobre el brazo de su esposa y ella se calló y luego se levantó.

—Creo que es más de lo que podemos aguantar —le dijo a Anna-Maria y a Sven-Erik, y con ello la conversación se dio por acabada.

Cuando Sven-Erik Stålnacke y Anna-Maria Mella salieron de la casa se abrieron las puertas de dos coches que estaban aparcados en la calle. De ellos se bajaron dos periodistas, un hombre y una mujer, equipados con micrófonos tapados con gruesas fundas de lana. A ella le pisaba los talones un cámara.

—Anders Grape, emisora local de Sveriges Radio —se presentó en cuanto llegó hasta ellos—. Han detenido a la hermana del Chico del Paraíso. ¿Algún comentario?

—Lena Westerberg, de TV3 —dijo la que iba acompañada del cámara—. Ustedes fueron los primeros en llegar al lugar del crimen. ¿Pueden decirnos qué vieron?

Sven-Erik y Anna-Maria no contestaron. Se metieron en el coche y se fueron de allí.

—Tienen que haberles pedido a los vecinos que les avisaran cuando apareciéramos nosotros —dijo Anna-Maria viendo en el retrovisor cómo los periodistas iban hacia la casa de los padres y llamaban a la puerta.

—Pobre mujer —exclamó Sven-Erik cuando giraron por la avenida Bäver—. Es todo un personaje ese Olof Strandgård.

—¿Te has dado cuenta de que nunca ha nombrado a Viktor por su nombre? Siempre decía «muchacho» o «chico» —dijo Anna-Maria.

—Tenemos que hablar con ella alguna vez cuando él no esté en casa —dijo Sven-Erik, pensativo.

—Ve tú —respondió Anna-Maria—. Tienes buena mano con las mujeres.

—¿Por qué a tantas mujeres bonitas les pasa eso? —preguntó Sven-Erik—. Se prendan de hombres que no valen la pena y luego continúan siendo prisioneras en su propia casa cuando los hijos ya se han ido.

—No sólo les pasa a las mujeres bonitas —respondió Anna-Maria de forma seca—. Pero las mujeres guapas llaman la atención de todos.

—¿Qué piensas hacer? —preguntó Sven-Erik.

—Estudiar el álbum y las cintas de vídeo de la iglesia —respondió Anna-Maria.

Miró a través de la ventanilla del coche. El cielo estaba encapotado. Cuando la luz del sol no podía atravesar las nubes era como si los colores desaparecieran y la ciudad se convirtiera en una fotografía en blanco y negro.

—¡Pero esto es inaceptable! —dijo Rebecka mirando a través de la puerta de la celda cuando el agente la abrió y dejó que Sanna Strandgård saliera al pasillo.

La celda era estrecha y las paredes de piedra estaban pintadas de un beige indefinido con pinceladas negras y blancas. No había muebles en la pequeña habitación, sólo un sencillo colchón en el suelo con una funda de papel. Desde la ventana de cristal reforzado se veía un camino y una casa de viviendas de alquiler con la fachada de planchas de color verde. La celda desprendía la acidez típica de las borracheras y la suciedad.

El guardia acompañó a Sanna y a Rebecka a una sala para que hablaran. Había tres sillas y una mesa delante de una ventana. Mientras las mujeres se sentaban, el guardia revisó las bolsas con ropa y otras cosas que Rebecka había llevado.

—Estoy contenta de que me dejen estar aquí —dijo Sanna—. Espero que no me lleven a la cárcel de verdad, en Luleå. Por las niñas. Tengo que verlas. Hay celdas amuebladas, pero todas estaban ocupadas, así que de momento me han metido en la celda de los borrachos. Aunque es práctico. Si alguien vomita, no hay más que sacar la manguera y echar agua. Estaría bien hacer lo mismo en casa. Sacas la manguera, echas agua y haces la limpieza de la semana en un minuto. Anna-Maria Mella, ya sabes, la bajita que está embarazada, dijo que hoy me darían una celda de las normales. Hay bastante luz. Desde la ventana que hay en el pasillo se puede ver la mina y el monte Kebnekaise. ¿Te has dado cuenta?

—Sí —dijo Rebecka—. Haz venir a Martin Timell, el de la tele, y en un momento conseguirá que un matrimonio con tres niños se venga a vivir aquí y esté tan a gusto.

El guardia le devolvió las bolsas a Rebecka con una mirada de aprobación y se alejó. Rebecka le dio las bolsas a Sanna, que se puso a revolver como un niño el día de Navidad.

—Pero, bueno, qué ropa tan bonita —dijo Sanna sonriendo y con las mejillas encendidas de alegría—. ¡Qué jersey! ¡Mira! Qué lástima que no haya un espejo.

Levantó un jersey rojo escotado con detalles brillantes de hilo metálico y se volvió hacia Rebecka.

—Lo eligió Sara —aclaró Rebecka.

Sanna se volvió a sumergir en las bolsas.

—Y ropa interior, jabón, champú y un montón de cosas —dijo—. Tengo que pagártelo.

—No, no. Es un regalo —rehusó Rebecka—. No ha costado mucho. Lo hemos comprado en Lindex.

—Me has traído libros de la biblioteca. Y hasta me has comprado golosinas.

—También te he comprado una Biblia —dijo Rebecka señalando una pequeña bolsa—. Es una nueva traducción. Ya sé que a ti te parece que la traducción de 1917 es la mejor, pero ésa ya te la sabes de memoria. Pensé que podía ser interesante compararlas.

Sanna cogió el libro rojo y le dio una y otra vuelta antes de abrirlo al azar, hojeando las delgadas hojas.

—Gracias —dijo—. Cuando salió la traducción del Nuevo Testamento hecha por la Comisión de la Biblia, pensé que toda la belleza había desaparecido del idioma, pero será interesante leer ésta. Aunque es un poco raro leer una Biblia completamente nueva. Una está acostumbrada a la suya propia, con los subrayados y las notas. Pero puede ser muy bueno leer las nuevas formulaciones y las páginas sin marcar. Estaré menos condicionada.

«Mi vieja Biblia —pensó Rebecka—. Debe de estar en alguna de las cajas que tengo en el altillo del establo de la abuela. Porque... ¿no la habré tirado? Es como un viejo diario. Con todas las fotos y los recortes de prensa que puse dentro. Y todas las frases incómodas que subrayé en rojo. Aquello quería decir muchas cosas. "Como el ciervo busca los arroyos, mi alma te busca a ti, oh Dios." "Los días de necesidad busco a Dios. Estiro mi mano hacia la noche y no se cansa. Mi alma no quiere consuelo."»

—¿Ha ido bien con las niñas? —preguntó Sanna.

—Al final, sí —respondió Rebecka un poco seca—. Conseguí llevarlas al colegio y a la guardería.

Sanna se mordió el labio inferior y cerró la Biblia.

—¿Qué pasa? —preguntó Rebecka.

—Pienso en mis padres. Quizás las vayan a buscar.

—¿Qué pasa entre tus padres y tú?

—Nada nuevo. Sólo que estoy cansada de ser de su propiedad. Seguro que recuerdas lo que pasaba cuando Sara era pequeña.

«Lo recuerdo», pensó Rebecka.

Rebecka sube corriendo las escaleras hasta el piso que comparte con Sanna. Llega tarde. Tenían que estar en el cumpleaños de un niño hace diez minutos y se tardan veinte en llegar hasta allí. Seguramente más ahora que ha nevado. Quizá Sanna y Sara ya se han ido sin ella.

«Ojalá, ojalá —piensa viendo que los zapatos de invierno de Sara no están en el rellano de la escalera—. Si ya se han ido no tendré que tener remordimientos de conciencia.»

Pero las botas de punta de Sanna sí están. Rebecka abre la puerta y respira hondo para que el aire le permita dar todas las explicaciones y excusas que se le ocurran.

Sanna está sentada a oscuras sobre el suelo del recibidor. Rebecka casi la pisa allí donde está, con las rodillas debajo de la barbilla y abrazándose las piernas dobladas. Y se mece, una y otra vez. Como para consolarse a sí misma. O como si ese mecerse pudiera mantener alejados los horribles pensamientos que le pasan por la cabeza. Rebecka tarda un momento en llegar hasta ella. En hacerla hablar. Y entonces empieza a llorar.

—Han sido mis padres —dice desconsolada—. Han venido y se han llevado a Sara. Les dije que íbamos a ir a una fiesta y que pensábamos hacer un montón de cosas divertidas, pero no me han escuchado. Sólo se la han llevado.

De pronto se enfada y golpea la pared con los puños.

—Mi voluntad no existe —grita—. Es igual lo que yo diga. Soy propiedad suya. Mi hija es de su propiedad. Igual que eran los amos de mis perros. Como cuando mi padre se deshizo de Laika. Tienen tanto miedo de quedarse a solas, el uno con el otro, que sólo...

Se interrumpe y la ira y el llanto se convierten en un aullido. Las manos se deslizan sin fuerza hacia el suelo.

—... se la han llevado —dice gimiendo—. Íbamos a hacer galletas de jengibre, tú, ella y yo.

—Shhh —susurra Rebecka apartándole el pelo de la cara a Sanna—. Ya lo arreglaremos. Te lo prometo.

Le seca las lágrimas de las mejillas a Sanna con el dorso de las manos.

—¿Qué clase de madre soy —murmura Sanna— que ni siquiera puedo defender a mi propia hija?

—Eres una buena madre —la consuela Rebecka—. Son tus padres los que no lo han hecho bien. ¿Lo oyes? Tú no.

—No quiero vivir así. Él simplemente entra con su llave y coge lo que le apetece. ¿Qué podía hacer yo? No quería ponerme a gritar delante de Sara. Se moriría de miedo. Mi pequeñita.

La imagen de Olof Strandgård toma forma en la cabeza de Rebecka. Su voz profunda y segura. No está habituado a que le lleven la contraria. Su perenne sonrisa por encima del cuello almidonado de la camisa. Su mujer de cartón piedra.

«Lo voy a matar —piensa—. Lo voy a matar con mis propias manos.»

—Vamos —le dice a Sanna con una voz que no permite protesta ninguna.

Y Sanna se viste y la sigue como un niño. Dirige el coche hacia donde le indica Rebecka.

Es Kristina Strandgård quien abre la puerta.

—Hemos venido a buscar a Sara —dice Rebecka—. Vamos a una fiesta de niños y ya llevamos cuarenta minutos de retraso.

El miedo se trasluce en los ojos de Kristina. Mira de reojo hacia el interior de la casa, pero no se aparta para que entren. Rebecka oye que tienen invitados.

—Pero nos habíamos puesto de acuerdo en que Sara estaría con nosotros este fin de semana —dijo Kristina, buscando los ojos de Sanna.

Sanna fija su mirada insistentemente en el suelo.

—Por lo que yo sé, no os habéis puesto de acuerdo en nada —dijo Rebecka.

—Espera un momento —insiste Kristina, mordiéndose nerviosa los labios.

Desaparece en la sala de estar y al cabo de un momento se presenta Olof Strandgård por la puerta. No sonríe. Con los ojos taladra primero a Rebecka, después se vuelve hacia su hija.

—¿Qué tonterías son éstas? —gruñe—. Creía que nos habíamos puesto de acuerdo, Sanna. A Sara no le sienta bien que la lleven de un sitio para otro. La verdad es que me defrauda que le hagas pagar todas tus ocurrencias.

Sanna se encoge de hombros pero sigue mirando tercamente hacia abajo. La nieve le está cayendo sobre el pelo y se le posa como un casco de hielo en la cabeza.

—¿Vas a contestar cuando te hablo o es que no me puedes demostrar respeto ninguno? —inquiere Olof con voz controlada.

«Tiene miedo de provocar una escena cuando hay invitados», piensa Rebecka.

El corazón le late con fuerza pero da un paso hacia adelante. Le tiembla la voz cuando se pone a la altura de Olof.

—No estamos aquí para discutir —le dice—. O va a buscar a Sara o me voy con su hija directamente a la policía y lo denuncio por secuestro. Juro sobre la Biblia que lo hago. Y antes de hacerlo, entro en su sala de estar y armo la de Dios es Cristo. Sara es la hija de Sanna y la quiere tener ella. No tienen elección. La van a buscar o entra a buscarla la policía.

Kristina Strandgård mira intranquila por detrás del hombro de su marido.

Olof Strandgård sonríe sarcástico a Rebecka.

—*Sanna* —*le exige a su hija sin dejar de mirar a Rebecka—. Sanna.*

Sanna mira hacia el suelo. Casi sin que se note, niega con la cabeza.

Y entonces ocurre. De golpe, Olof cambia de carácter. Su expresión es ahora preocupada y herida.

—*Entrad* —*dice dejándolas pasar al recibidor.*

—*Si sentías que era importante para ti, no tenías más que decirlo* —*le dice Olof a Sanna, que le está poniendo el mono de invierno y las botas a Sara—. No puedo leer tus pensamientos. Creíamos que podía ser bueno para ti pasar un fin de semana sin la niña.*

En silencio, Sanna le pone a Sara el gorro y las manoplas. Olof habla suavemente, con miedo a que le oigan los invitados.

—*No necesitabas venir amenazando y actuar de esta manera* —*añade.*

—*Desde luego, no acostumbras a comportarte así* —*susurra Kristina mirando con rencor a Rebecka, que está apoyada en la puerta de la entrada.*

—*Mañana cambiaremos la cerradura de la puerta* —*le dice Rebecka cuando se dirigen hacia el coche.*

Sanna lleva a Sara en brazos y no dice nada. La abraza como si nunca pensara dejar de sujetarla así.

«Dios mío, cómo me enfadé —piensa Rebecka—. Y ni siquiera era cosa mía. Era Sanna la que debería haberse enojado. Pero ella, simplemente, no podía. Y cambiamos la cerradura, aunque dos semanas más tarde ella le dio una llave a sus padres.»

Sanna la cogió del brazo y la trajo de nuevo al presente.

—Querrán cuidar de las niñas cuando a mí me metan en la cárcel.

—No te preocupes —respondió Rebecka ausente—. Hablaré con la escuela.

—¿Cuánto tiempo tendré que estar aquí?

Rebecka se encogió de hombros.

—No te pueden retener más de tres días. Después, el fiscal debe pedir que pases a disposición judicial. Para eso tienen que aportar pruebas como muy tarde cuatro días después de la detención. Es decir, como máximo el sábado.

—¿Y entonces me meterán en la cárcel?

—No sé —contestó Rebecka revolviéndose en el asiento—. Quizá. No fue bueno que encontraran la Biblia de Viktor y aquel cuchillo en tu sofá.

—Pero cualquiera pudo haberlos puesto allí cuando fui a la iglesia —gritó Sanna—. Sabes que nunca cierro con llave.

Se quedó callada toqueteando el jersey rojo.

—Imagina que fui yo —dijo de pronto.

Rebecka sintió que le costaba respirar. Era como si el aire se hubiera acabado en aquella habitación.

—¿Qué quieres decir?

—No sé —gimió Sanna apretándose las manos contra los ojos—. Yo dormía y no sé qué pasó. Imagina que fui yo. Tienes que enterarte.

—No entiendo lo que quieres decir —respondió Rebecka—. Si estabas durm...

—¡Pero ya sabes cómo soy! Me olvido. Como cuando me quedé embarazada de Sara. Ni siquiera me acordaba de que Ronny y yo nos habíamos acostado. Me lo tuvo que explicar él. Lo bonito que fue. Todavía no me acuerdo. Pero quedé embarazada, así que tuvo que ocurrir.

—De acuerdo —respondió Rebecka lentamente—. Pero no creo que fueras tú. Tener ciertas lagunas en la memoria no significa que puedas asesinar a alguien. Pero tienes que recapacitar.

Sanna la miró interrogante.

—Si no fuiste tú —dijo Rebecka lentamente—, entonces alguien puso allí el cuchillo y la Biblia. Alguien quería echarte la culpa. Alguien que sabe que nunca cierras con llave. ¿Lo entiendes? No uno que pasaba por allí.

—Tienes que enterarte de lo que pasó —rogó Sanna.

Rebecka sacudió la cabeza.

—Eso es trabajo de la policía.

Las dos se quedaron calladas y miraron hacia la puerta cuando un vigilante asomó la cabeza. No era el mismo que las había acompañado a la sala de visitas. Éste era alto y de hombros anchos, con el pelo muy corto, a lo militar. Sin embargo, a Rebecka le pareció que allí, en el umbral de la puerta, tenía aspecto de chico perdido. Primero le sonrió, ruborizado, a Rebecka y después le dio una bolsa de papel a Sanna.

—Perdonad que moleste —dijo—. Pero acabo dentro de un momento y yo... Bueno, pensé que a lo mejor quería usted algo para leer. Y le he comprado una bolsa de golosinas.

Sanna le devolvió la sonrisa. Una sonrisa abierta con los ojos chispeantes. Enseguida bajó la mirada como si hubiera sido descubierta. Las pestañas le hacían sombra en las mejillas.

—Oh, gracias —respondió—. Qué atento.

—De nada —respondió el agente pasando el peso de su cuerpo de un pie al otro—. Es que pensé que su estancia aquí se le haría larga.

Se quedó callado un momento, pero como ninguna de las dos mujeres dijo nada, continuó.

—Bueno, pues me voy a ir.

Cuando hubo desaparecido, Sanna miró la bolsa que le había dado.

—Tus golosinas son mejores —dijo.

Rebecka suspiró rendida.

—No es necesario que digas que mis caramelos te gustan más —respondió.

—Pero es la verdad.

Después de estar con Sanna, Rebecka se fue a ver a Anna-Maria Mella. Ésta estaba sentada en una sala de reuniones de la comisaría de policía, comiéndose un plátano como si alguien fuera a robárselo. Encima de la mesa había restos de tres manzanas. En la esquina del fondo de la sala destacaba un televisor. En pantalla se veía la grabación de uno de los encuentros en la Iglesia de Cristal. Cuando Rebecka entró, Anna-Maria la saludó con alegría, como si fueran viejas conocidas.

—¿Quieres café? —le preguntó—. Antes he ido a buscar uno, pero no sé para qué. Soy incapaz de tomármelo desde que... —acabó la frase señalándose la barriga.

Rebecka permaneció inmóvil. Sintió que el pasado cobraba vida dentro de ella al ver las caras que aparecían en la parpadeante pantalla. Buscó el marco de la puerta para sostenerse en pie. La voz de Anna-Maria le llegó de muy lejos.

—¿Todo bien? Siéntate.

En la pantalla salía Thomas Söderberg hablándole a la congregación. Rebecka se dejó caer en una silla. Notó que Anna-Maria tenía la mirada pensativa.

—Es del encuentro de la noche del asesinato —dijo Anna-Maria—. ¿Quieres verlo?

Rebecka asintió. Pensó que debería decir algo para

justificarse. Algo así como que no había comido, o cualquier cosa. Pero se quedó callada.

Detrás de Thomas se podía ver el coro. Algunos ratificaban con un grito lo que él iba diciendo. Tanto ellos como las personas de la congregación acompañaban el mensaje gritando «aleluya» y «amén».

«Está cambiado —pensó Rebecka—. Antes llevaba camisa a rayas de cuello redondo, vaqueros y chaleco de piel, y ahora parece un corredor de bolsa con un traje de Oscar Jacobsson y con gafas a la última moda. Además, los de la congregación parecen unos horteras pretenciosos de H&M.

—Es un buen orador —comentó Anna-Maria.

Thomas Söderberg iba alternando las bromas desenfadadas con la seriedad más grave. El tema era abrirse a lo que la religión ofrecía. Hacia el final del breve sermón invitaba a todos los presentes a que se acercaran y se dejaran llenar por el Espíritu Santo.

«*Acércate y rezaremos por ti*», dijo acompañado de Viktor Strandgård, los otros dos pastores de la iglesia y algunos miembros del Consejo de Ancianos.

«Shabala shala, *amén* —exclamó el pastor Gunnar Isaksson. Caminaba de un lado a otro agitando las manos—. *Acércate, tú, que has sufrido enfermedad y dolor. No es la voluntad del Señor que permanezcas enfermo. Hay aquí una persona que sufre migrañas. El Señor te ve. Acércate. El Señor dice que hay aquí una hermana que tiene problemas de úlcera. Ahora Dios va a poner fin a tu tormento. Ya no necesitas más pastillas. El Señor ha neutralizado el ácido corrosivo de tu cuerpo. Acercaos y recibid el regalo de la sanación. Aleluya.*»

Una muchedumbre se acercó. Al cabo de unos minutos el altar estaba rodeado de personas en éxtasis. Algunas estaban tiradas en el suelo. Rezaban, reían y lloraban.

—¿Qué están haciendo? —preguntó Anna-Maria Mella.

—Se entregan al poder del espíritu —contestó Rebecka—. Cantan, hablan y bailan a través del espíritu. Pronto habrá algunos que empezarán a profetizar. Y el coro se pondrá a cantar algún himno para acompañarlos.

En efecto, el coro entonó un himno de fondo y cada vez se acercaba más gente. Muchos lo hacían bailando como embriagados.

Cada dos por tres la cámara enfocaba a Viktor Strandgård. Llevaba su Biblia en una mano mientras rezaba con intensidad por un hombre obeso que iba con muletas. A su espalda, Viktor tenía una mujer que le tocaba el pelo con las manos y que también se había puesto a rezar, como para imbuirse de la fuerza de Dios. Luego Viktor se acercó a un micrófono y comenzó a hablar. Empezó tal como solía hacerlo.

«¿*De qué vamos a hablar?*», le preguntó a la congregación.

Siempre predicaba así. Se preparaba rezando. Después la congregación decidía de qué querían que hablara. Gran parte del sermón era una conversación con los oyentes. También eso le había dado fama.

«*Háblanos del cielo*», gritaron algunos entre la multitud.

«*¿Qué queréis que cuente del cielo?* —dijo con una sonrisa cansada—. *Para eso podéis comprar mi libro y leerlo. ¡Vamos! Otra cosa.*»

«*¡Háblanos del éxito!*», dijo alguien.

«*El éxito* —dijo Viktor—. *En el reino del Señor no hay atajos para alcanzar el éxito. Pensad en Ananías y Sa-*

fira. Y rezad por mí. Rezad por lo que mis ojos han visto y están por ver. Rezad para que la fuerza de Dios siga fluyendo a través de mis manos.»

—¿Qué ha dicho justo antes? —preguntó Anna-Maria—. Ana... —meneó la cabeza antes de continuar—... y Safira, ¿quiénes son?

—Ananías y Safira. Aparecen en los Hechos de los Apóstoles —respondió Rebecka sin apartar la vista del televisor—. Robaron dinero de la primera congregación y Dios los castigó con la muerte.

—Vaya, vaya, pensé que Dios sólo se cargaba a la gente en el Antiguo Testamento.

Rebecka negó con la cabeza.

Después de que Viktor hubiera hablado un rato, continuaron las súplicas. Un joven de unos veinticinco años, vestido con sudadera con capucha y tejanos ligeramente desgastados y un poco holgados, se acercó a Viktor Strandgård abriéndose paso entre la gente.

«Es Patrik Mattsson —pensó Rebecka—. De modo que sigue metido ahí.»

El joven de la sudadera fue a cogerle las manos a Viktor, pero justo antes de que la cámara cambiara de plano y enfocara al coro, Rebecka vio que Viktor se echaba hacia atrás, liberándose del agarrón de Patrik Mattsson.

«¿Qué ha sido eso? —pensó—. ¿Qué les pasa?»

Miró de reojo a Anna-Maria Mella, pero ella estaba agachada, buscando algo entre un montón de cintas de vídeo en una caja de cartón que había en el suelo.

—Aquí está la cinta de ayer por la tarde —dijo Anna-Maria, asomando por el otro lado de la mesa—. ¿Quieres ver un trozo?

En la cinta grabada al día siguiente del asesinato

aparecía otra vez Thomas Söderberg predicando. Bajo sus pies, las tablas de madera eran ahora de un tono marrón por la sangre y había una gran cantidad de rosas esparcidas por el suelo.

En la congregación se respiraba un ambiente grave y fervoroso. Thomas Söderberg animaba a los miembros participantes a que se armaran para una guerra espiritual.

«Ahora, más que nunca, necesitamos la Conferencia de los Milagros —gritó—. Satanás no tomará las riendas.»

La congregación respondió al unísono con un aleluya.

—Esto no puede ser verdad —dijo Rebecka, consternada.

«Pensad bien en quién confiáis —gritó Thomas Söderberg—. No lo olvidéis: "El que no está conmigo, está contra mí."»

—Acaba de decirle a la gente que no hablen con la policía —dijo Rebecka, pensativa—. Quiere que la congregación se encierre en sí misma.

Anna-Maria miró sorprendida a Rebecka y pensó en los compañeros que se habían pasado el día llamando a las puertas para hablar con los miembros de la congregación. En la reunión posterior, los agentes se habían quejado de que había resultado imposible conseguir que la gente hablara con ellos.

Mientras se hacían las súplicas pasaron a hacer la colecta.

«Si piensas donar sólo un euro, ¡envuélvelo en un billete de diez!», exclamó el pastor Gunnar Isaksson.

Incluso Curt Bäckström tomó la palabra.

«¿De qué queréis hablar?», le preguntó a la congregación, tal como solía hacer Viktor Strandgård.

«¿Está loco o qué?», pensó Rebecka.

Los oyentes se sintieron incómodos pero nadie dijo nada y, al final, Thomas Söderberg salvó la situación.

«*Háblanos de la fuerza de las súplicas*», dijo.

Anna-Maria hizo un gesto con la cabeza hacia la tele, donde aparecía Curt instruyendo a la congregación.

—Estaba en la iglesia rezando cuando fuimos a hablar con los pastores —dijo—. Sé que tú fuiste miembro de la congregación. ¿Conocías a los pastores y a los demás miembros?

—Sí —dijo Rebecka con desgana para demostrar que no quería hablar de aquello.

«Y a algunos los conocí hasta en el sentido bíblico», pensó. De pronto la cámara cambió de plano y Thomas Söderberg miró directamente al objetivo, directamente a ella.

Rebecka está llorando sentada en la butaca para las visitas en la oficina de Thomas Söderberg. El centro está abarrotado de gente. Hay rebajas de fin de año y los escaparates están llenos de carteles con cifras rojas de porcentajes escritas a mano. El ambiente hace que uno se sienta vacío.

—Siento como si no me quisiera —gimotea.

Está hablando de Dios.

—Me siento como si fuera su hijastra —dice—. Como si me hubieran cambiado en la maternidad.

Thomas Söderberg sonríe ligeramente y le ofrece un pañuelo de papel. Ella se suena. Ya tiene dieciocho años cumplidos y está lloriqueando como una cría.

—¿Por qué no puedo oír su voz? —solloza—. Tú puedes oírlo y hablar con él cada día. Sanna puede oírlo. Viktor incluso se ha cruzado con él...

—El caso de Viktor es especial —puntualiza Thomas Söderberg.

—Exacto —grita Rebecka—. Yo también quiero sentir que soy un poco especial.

Thomas Söderberg se queda callado un momento, como si estuviera buscando las palabras oportunas.

—Es cuestión de práctica, Rebecka —dice—. Debes creerme. Al principio, cuando yo creía que estaba oyendo su voz, lo que oía en verdad no era más que mi propia fantasía.

Junta las manos a la altura del pecho, mira al techo y dice con voz infantil:

—¿Me quieres, Dios?

Y responde él mismo con un tono de voz muy grave:

—Sí, Thomas, y lo sabes. Hasta el infinito.

Rebecka ríe entre lágrimas y se siente desbordada por aquella risa. Tras el llanto ha quedado un vacío que fácilmente se puede llenar con otra sensación. Thomas se deja llevar y ríe él también. Y de pronto se pone serio y se la queda mirando fijamente a los ojos.

—Y tú eres especial, Rebecka. Créeme, eres especial.

Entonces brotan las lágrimas de nuevo. Se deslizan en silencio por sus mejillas. Thomas Söderberg alarga el brazo y se las quita, y con la palma de la mano le roza los labios. Rebecka se queda inmóvil. Para no ahuyentarlo, pensará más tarde.

Thomas Söderberg le acerca la otra mano y con el pulgar le sigue secando las lágrimas mientras que con los demás dedos la coge suavemente del pelo. Ahora siente su aliento muy cerca. Fluye por la cara de Rebecka como agua caliente. Huele un poco fuerte por el café, un poco dulce por las galletas de jengibre y también a algo más que es sólo él.

Después todo pasa muy deprisa. Su boca está dentro de la de Rebecka. Los dedos se le enredan en el pelo. Ella le agarra la nuca con una mano y con la otra intenta inútilmente desabrocharle un botón de la camisa. Él le manosea los pechos por encima y trata de meterse debajo de su falda. Tienen prisa. Se apresuran el uno sobre el cuerpo del otro antes de que la razón los atrape. Antes de que llegue la vergüenza.

Ella se abraza a su cuello y él la levanta de la silla y la sienta sobre la mesa. Le sube la falda con un solo movimiento. Ella quiere estar dentro de él. Lo aprieta contra su cuerpo. Cuando él le quita los leotardos le hace daño en el muslo, pero no se dará cuenta hasta más tarde. No puede quitarle las bragas. No hay tiempo. Thomas aparta la tela hacia un lado y se desabrocha el pantalón. Rebecka mira por encima de su hombro y ve la llave en la cerradura de la puerta. Piensa que deberían cerrar, pero él ya está dentro. Ella tiene la boca entreabierta y pegada a la oreja de Thomas. Respira siguiendo el ritmo de cada embestida. Se agarra a él como una cría de mono se sujeta a su madre. Él se corre en silencio y conteniéndose en una última convulsión. Se inclina hacia adelante, de modo que ella tiene que buscar apoyo en el escritorio con la mano para no caerse hacia atrás.

Entonces él se aparta. Da varios pasos hacia atrás, hasta que topa con la puerta. Se la queda mirando inexpresivo y sacude la cabeza con nerviosismo. Después le da la espalda y mira por la ventana. Rebecka baja del escritorio, se sube los leotardos y se arregla la falda. La espalda de Thomas Söderberg es como una pared.

—Lo siento —le dice ella con un hilo de voz—. No era mi intención.

—*Por favor, vete —dice él con la voz ronca—. Márchate.*

Rebecka va corriendo todo el camino hasta su casa, donde vive con Sanna. Cruza las calles a toda prisa, sin mirar. Nota algo pegajoso en el interior de los muslos.

La puerta se abrió con fuerza y apareció el rostro enfadado del fiscal Carl von Post.

—¿Qué coño está pasando aquí? —preguntó. Al no recibir respuesta continuó, dirigiéndose a Anna-Maria—: ¿Qué está haciendo? ¿Está revisando el material de la investigación preliminar con ella aquí? —inquirió señalando a Rebecka con la cabeza.

—Esto no es confidencial —respondió Anna-Maria con calma—. Las cintas se pueden comprar en la librería de la Fuente de Nuestra Fortaleza. Estábamos hablando un poco. Si es que podemos.

—Ah —resopló Von Post—. ¡Pues ahora venga a hablar conmigo! En mi despacho. Cinco minutos —exigió, y cerró la puerta de golpe.

Las dos mujeres se miraron.

—La periodista que te denunció por agresión ha retirado los cargos —dijo Anna-Maria Mella.

Hablaba con suavidad, como para demostrar que había cambiado de tema y que lo que le estaba diciendo no tenía nada que ver con Carl von Post. Pero el mensaje llegó sin problemas.

«Y éste se habrá puesto como un basilisco, claro», pensó Rebecka.

—Ha dicho que se resbaló y que no había sido tu intención tirarla al suelo —continuó Anna-Maria, poniéndose en pie poco a poco—. Me tengo que ir. Por cierto, ¿querías algo de mí?

A Rebecka las ideas le revoloteaban en la cabeza: desde Måns, que debía de haber hablado con la periodista, hasta la Biblia de Viktor.

—La Biblia —le dijo a Anna-Maria—. La Biblia de Viktor, ¿la tienen aquí o...?

—No, en Linköping aún no han acabado con ella. Cuando hayan terminado nos la mandarán. ¿Por qué lo preguntas?

—Me gustaría echarle un vistazo, si puede ser. ¿Podríais hacer unas copias? No de todas las páginas, claro, sólo de las que tengan algo anotado. Y copias de todas las notas en papeles, tarjetas y otras cosas que pueda haber dentro.

—Claro —dijo Anna-Maria, pensativa—. No debería haber ningún problema. A cambio, quizá podrías echarme una mano si me surgiesen algunas preguntas sobre la congregación.

—Siempre y cuando no tengan que ver con Sanna —dijo Rebecka, y miró el reloj.

Era la hora de pasar a recoger a Sara y a Lova. Se despidió de Anna-Maria, pero antes de salir al coche se sentó en el sofá de la recepción, sacó el ordenador y se conectó a través del móvil. Tecleó la dirección de correo electrónico de Maria Taube y escribió:

Hola, Maria:
¿Verdad que conoces a un abogado de Hacienda que tenía debilidad por ti? ¿Le puedes pedir que le eche un vistazo a unas organizaciones?

Envió el e-mail y antes de que se desconectara le llegó la respuesta.

Hola, querida:

Le puedo pedir que mire cosas siempre y cuando no sean confidenciales,

M

«Pero si ésa es la cuestión —pensó Rebecka, desilusionada, y se desconectó—. Documentos no confidenciales ya los puedo sacar yo misma.»

Apenas le dio tiempo de cerrar el ordenador cuando sonó su móvil. Era Maria Taube.

—No eres tan lista como creía —dijo.

—¿Qué? —respondió Rebecka sorprendida.

—¿No te das cuenta de que pueden revisar todos los correos del trabajo? Una empresa puede entrar en el servidor y leer todo el correo entrante y saliente de sus trabajadores. ¿Quieres que los socios se enteren de que me pides que saque material secreto de Hacienda? ¿Crees que yo quiero que se enteren?

—No —dijo Rebecka, sumisa.

—¿Qué quieres saber?

Rebecka puso orden en su cabeza y dijo deprisa:

—Dile que entre en STL y STC y que mire...

—Espera, que lo tengo que apuntar —dijo Maria—. STL y STC, ¿qué es eso?

—El Sistema de Transacciones Locales y Centrales. Pídele que mire la congregación de la Fuente de Nuestra Fortaleza y los pastores que tiene contratados, Thomas Söderberg, Vesa Larsson y Gunnar Isaksson. Pídele también que mire Viktor Strandgård. Quiero el balance y el resultado. Y quiero saber un poco más de la economía de los pastores y de Viktor. Sueldo, cuánto y de quién. Propiedades. Valores. Bienes en general.

—Vale —dijo Maria mientras apuntaba.

—Una cosa más. ¿Te puedes conectar al Registro del Mercado de Valores y buscar qué hay sobre la congregación? La conexión va muy lenta cuando me conecto a través del móvil. Mira a ver si la congregación posee acciones en alguna empresa que no esté cotizando en bolsa o participaciones en alguna sociedad limitada o así. Mira también a nombre de los pastores y de Viktor.

—¿Puedo preguntar por qué?

—No lo sé —se excusó Rebecka—. Sólo es una idea. Ya que estoy aquí arriba, mano sobre mano, aprovecharé para hacer algo.

—¿Cómo se dice en inglés? —preguntó Maria—. *Shake the tree*. A ver qué cae. ¿Es algo por el estilo?

—A lo mejor —respondió Rebecka.

Fuera ya había empezado a oscurecer. Rebecka dejó que *Chapi* saliera del coche. La perra se fue disparada hacia un montón de nieve y se agachó. Las farolas se acababan de encender y la luz caía sobre algo blanco, cuadrado, que estaba debajo del limpiaparabrisas del Audi. Lo primero que pensó Rebecka fue que le habían puesto una multa de aparcamiento, pero después vio que habían escrito su nombre con letras gruesas y a lápiz en un sobre. Dejó que *Chapi* se subiera en el lado del copiloto, se sentó en el coche y abrió el sobre. Dentro había un mensaje escrito a mano. La letra era torpe y enmarañada. Como si la persona que lo había escrito lo hubiera hecho con guantes o con la zurda.

Si le digo al impío: «Tienes que MORIR», y tú no le adviertes ni le dices nada sobre su impío camino para salvarle la vida, entonces él deberá MORIR por sus fechorías, pero su SANGRE la exigiré de tu mano. Pero si adviertes al impío y, a pesar de ello, él no retrocede en su impiedad y no se aparta de su impío camino, en ese caso, sin duda morirá por sus fechorías, pero tú habrás salvado tu alma.

¡QUEDAS AVISADA!

A Rebecka se le encogió el estómago. Se le erizó el vello de la nuca y de los brazos, pero pudo resistir el impulso de volver la cabeza para ver si alguien la estaba observando. Arrugó la nota y tiró la bola dentro del coche, en el suelo, delante del asiento del copiloto.

—Dad la cara, cobardes de mierda —se dijo a sí misma en voz alta cuando salió del parking.

En todo el trayecto hasta el centro educativo Bolags, no consiguió evitar la sensación de que alguien la estaba siguiendo.

La directora de las escuelas locales que incluían el colegio de primaria y la guardería infantil, se quedó mirando a Rebecka, sentada detrás de su mesa, con evidente desaprobación. Era una mujer regordeta que rondaba los cincuenta. Tenía la cara cuadrada y el pelo grueso y teñido de color tan negro que parecía que llevaba un casco. Sus gafas tenían forma de ojos de gato y le colgaban del cuello con un cordel, enredado en un collar de tiras de cuero, plumas y piezas de cerámica.

—No acabo de entender qué supone que puede hacer la escuela en este caso —dijo, a la vez que se quitaba un pelo de la chaqueta de punto.

—Ya se lo he explicado —afirmó Rebecka tratando de ocultar su impaciencia—. El personal no tiene que dejar que Sara y Lova se vayan con nadie que no sea yo.

La directora sonrió con indulgencia.

—Preferimos no mezclarnos en asuntos familiares, y eso ya se lo he explicado a la madre de las niñas, Sanna Strandgård.

Rebecka se puso en pie y se inclinó por encima de la mesa.

—Me da igual lo que usted quiera o deje de querer —dijo alzando la voz—. Es su maldita responsabilidad como directora de la escuela procurar que los niños estén seguros durante la jornada escolar hasta que pasen a recogerlos los padres o las personas responsables de ellos. Si no hace lo que le digo y le dice claramente a su personal que sólo yo puedo recoger a las niñas, tenga por seguro que su nombre saldrá en todos los medios como corresponsable de un secuestro de menores. Mi móvil está a reventar de mensajes de periodistas que quieren hablar conmigo sobre Sanna Strandgård.

A la directora se le tensaron las mandíbulas y la piel alrededor de la boca.

—¿Así es como se vuelve una cuando vive en Estocolmo y trabaja en un bufete de abogados?

—No —dijo Rebecka conteniéndose—. Así es como se vuelve una cuando trata con gente como usted.

Se miraron en silencio hasta que la directora se rindió encogiéndose de hombros.

—Bueno, la verdad es que no es fácil saber qué hay que hacer con esas niñas —soltó—. Primero, las pueden venir a recoger tanto los padres como el hermano. Y luego, de repente, la semana pasada vino Sanna Strandgård como un torbellino diciéndonos que no se le podían dejar las niñas a nadie que no fuera ella, y ahora sólo te las podemos dejar a ti.

—¿Dijo Sanna la semana pasada que sólo ella podía recoger a las niñas? —preguntó Rebecka—. ¿Por qué?

—Ni idea. Por lo que yo sé, sus padres son las personas más consideradas que se pueda imaginar. Siempre han estado dispuestos a ayudar.

—Sí, bueno, eso es lo que usted cree —dijo Rebecka irritada—. Ahora vendré yo a buscar a las niñas tanto a la guardería como al colegio.

A las seis de la tarde Rebecka estaba sentada en la cocina de su abuela, en Kurravaara. Sivving estaba a los fogones, arremangado y pasando por la sartén de hierro unas tiras de reno. Cuando las patatas estuvieron cocidas metió la batidora eléctrica en la cacerola de aluminio hasta hacer un puré, con un poco de leche, mantequilla y dos yemas de huevo. Por último, lo salpimentó. *Chapi* y *Bella* estaban sentadas a sus pies como obedientes caniches de circo, hipnotizadas por los deliciosos aromas que salían de los fogones. Lova y Sara estaban tumbadas en un colchón delante de la tele, mirando el programa infantil de cada tarde.

—He traído algunas películas por si queréis verlas —le dijo Sivving a las niñas—. Son *El rey león* y otras, también de dibujos animados. Están en una bolsa.

Rebecka, distraída, hojeaba un antiguo ejemplar de la revista *Allers*. La cocina estaba de lo más acogedora con Sivving moviéndose delante del fuego. Cuando Rebecka fue a buscar la llave por segunda vez el mismo día, él le preguntó enseguida si tenían hambre y se ofreció a cocinar. El fuego de la chimenea crepitaba y el aire susurraba por el tubo de la ventilación.

«Ha pasado algo raro en la familia Strandgård —pensó—. Mañana Sanna no se va a librar tan fácilmente.»

Miró a Sara. A Sivving no parecía preocuparle demasiado que estuviera callada y como ausente.

«No debería esforzarme tanto —pensó—. Tengo que dejarla tranquila.»

—Pueden necesitar algo con qué ocupar el tiempo —dijo Sivving haciendo un gesto con la cabeza hacia las niñas—. Aunque hoy en día parece que algunos críos no saben jugar fuera de casa por culpa de las películas y todos esos juegos de la consola. ¿Te acuerdas de Manfred, el que vive al otro lado del río? Me contó que fueron a verle sus nietos este verano. Al final los tuvo que obligar a salir para que jugaran fuera. «En verano sólo se puede estar dentro de casa si llueve a cántaros», les dijo. Y los niños salieron. Pero no tenían ni idea de cómo jugar. Se quedaron allí, en el jardín, totalmente apáticos. Al cabo de un rato, Manfred vio que se habían puesto en círculo cogidos de la mano. Cuando salió y les preguntó qué hacían le dijeron que le estaban pidiendo a Dios que se pusiera a llover a cántaros.

Retiró la sartén del fuego.

—Vamos, chicas, hora de cenar.

Puso la carne, el puré de patata y un envase reciclado de plástico lleno de mermelada de arándanos rojos sobre la mesa.

—Válgame Dios, qué críos —dijo soltando una risotada—. Manfred se quedó pasmado.

Måns Wenngren estaba sentado en un taburete, en su piso, escuchando un mensaje en el buzón de voz. Era de Rebecka. Aún llevaba el abrigo y no había encendido ninguna luz. Escuchó el mensaje tres veces, fijándose en su tono de voz. Sonaba diferente. Como si no lo controlara del todo. En el trabajo el tono de voz lo mantenía firme. Nunca dejaba que le afectara con los sentimientos y que el tono revelara lo que en verdad sentía.

«Gracias por arreglar el tema de la periodista —decía—. Por lo que veo no has necesitado mucho tiempo para encontrar una cabeza de caballo y dejársela a alguien en la cama, ¿o lo solucionaste de otra manera? Tengo el teléfono apagado todo el tiempo porque me están llamando un montón de periodistas, pero voy escuchando los mensajes y mirando el correo. Gracias otra vez. Buenas noches.»

Se preguntó si también tendría un aspecto diferente. Como aquella vez que se la cruzó en la recepción a las cinco de la mañana. Él había estado haciendo unas negociaciones nocturnas y ella acababa de llegar de dar un paseo. Llevaba el pelo alborotado y se le había pegado un mechón en la mejilla. Tenía la cara un poco enrojecida por el aire frío y los ojos le brillaban, como de alegría. Recordó la cara de sorpresa que puso. Casi se ruborizó. Él intentó charlar un rato, pero ella le dio una respuesta bastante escueta y se metió en su despacho.

—Buenas noches —dijo en el silencio del apartamento.

ATARDECIÓ

Y AMANECIÓ: DÍA TERCERO

A las tres y cuarto de la mañana empieza a nevar. Al principio, con suavidad, y después con más fuerza. Por encima de las gruesas nubes, la aurora boreal se retuerce imprevisible por el cielo. Se desliza como una serpiente extendiéndose ante la mirada de las constelaciones.

Kristina Strandgård está sentada en el garaje situado debajo de la casa, dentro del Volvo gris metalizado de su marido. El garaje está a oscuras. Sólo está encendida la luz interior del coche. Kristina lleva puesta una bata acolchada y unas pantuflas. Tiene la mano izquierda sobre las rodillas y con la derecha sujeta con rigidez las llaves del coche. Ha enrollado varias alfombras viejas y las ha colocado tapando la ranura de la puerta del garaje. La puerta que da a la casa está cerrada con llave. Las ranuras entre la puerta y el marco están precintadas con cinta adhesiva.

«Debería llorar —pensó—. Debería ser como Raquel: "Se oyó un grito en Rama, llanto y grandes lamentos; es Raquel que llora por sus hijos sin querer consolarse; porque ya no existen." Pero no siento nada. Es como un papel en blanco arrugado. Yo soy la enferma de nuestra familia. Pensaba que no era así, pero yo soy la enferma.»

Pone las llaves en el contacto. Pero sigue sin caerle ni una sola lágrima.

Sanna Strandgård está de pie en su celda, con la frente apoyada en los hierros que hay ante la ventana de cristal. Mira el sendero que va a lo largo de la fachada de plancha verde de la calle Konduktör. Bajo el cono de luz de una farola ve a Viktor de pie en la nieve. Está desnudo y lo único que tiene para cubrirse un poco son las alas, de color gris claro. Los copos de nieve le van cayendo encima como una lluvia de estrellas. Forman destellos con la luz de la farola. No se deshacen cuando entran en contacto con su piel desnuda. Levanta la cabeza y mira a Sanna.

—No te puedo perdonar —susurra ella, dibujando algo con el dedo en el cristal de la ventana—. Pero el perdón es un milagro que tiene lugar en el corazón. Así que si tú me perdonas a mí, a lo mejor...

Cierra los ojos y ve a Rebecka. Tiene las manos y los brazos cubiertos de sangre, hasta los codos. Estira los brazos y pone uno sobre la cabeza de Sara y el otro sobre la de Lova, a modo de protección.

«Lo siento tanto, tanto, Rebecka —piensa Sanna—. Pero eres tú quien debe hacerlo.»

Cuando el reloj del Ayuntamiento da las cinco, Kristina Strandgård quita la llave del contacto y se baja del coche. Retira las alfombras de la puerta del garaje. Arranca la cinta adhesiva de la puerta que da a la casa, hace una bola y se la mete en el bolsillo de la bata. Después sube a la cocina y empieza a preparar masa para hacer pan. Le echa algo de linaza a la harina, pues Olof está un poco mal del estómago.

MIÉRCOLES, 19 DE FEBRERO

El teléfono sonó a primera hora de la mañana en casa de Anna-Maria Mella.

—No lo cojas —dijo Robert con voz ronca.

Pero la mano de Anna-Maria ya se había estirado para coger el auricular como por acto reflejo después de tantos años de costumbre.

Era Sven-Erik Stålnacke.

—Soy yo —dijo, escueto—. ¿Te pasa algo?

—No, que acabo de subir las escaleras.

—¿Has visto el tiempo que hace? Esta noche ha caído la de Dios.

—Mmm.

—Tenemos respuesta de Linköping —dijo Sven-Erik—. No hay huellas en el cuchillo. Estaba enjuagado y seco pero es el arma homicida. Había restos de sangre de Viktor en la base de la hoja, junto al mango. Y han identificado sangre de Viktor Strandgård en el fregadero de Sanna Strandgård.

Anna-Maria, pensativa, chasqueó la lengua.

—Y Von Post está que se sube por las paredes. Evidentemente, le habría gustado que hubiéramos conseguido pruebas técnicas con vinculación directa. Me ha llamado hacia las cinco y media pegando gritos en el móvil. Dice que tenemos que encontrar el objeto con el que le arrearon al chico en el cogote.

—Bueno, tiene razón —contestó Anna-Maria.

—¿Crees que lo hizo ella? —le preguntó Sven-Erik.

—Se me hace muy raro pensar que haya podido ser así. Pero no soy psicóloga.

—En cualquier caso, el muy cabrito volverá a la carga.

Anna-Maria, irritada, suspiró profundamente.

—¿Cómo que volverá a la carga? —preguntó.

—Y yo qué sé —respondió Sven-Erik—. La interrogará otra vez, claro. Y ha hablado de trasladarla a la prisión preventiva de Luleå.

—Pero, maldita sea... —soltó Anna-Maria—. ¿Es que no se entera de que no sirve de nada asustarla? Deberíamos hacer que viniera un profesional a hablar con ella. Y yo también voy a hablar personalmente con ella, porque los interrogatorios del fiscal no sirven para nada.

—Ojo con lo que haces —la advirtió Sven-Erik—. No empieces a interrogarla a espaldas del fiscal, porque entonces sí que se liará una gorda.

—Tendré que encontrar una excusa. Es mejor que me salte yo las normas a que lo hagas tú.

—¿Cuándo vendrás? —preguntó Sven-Erik—. También te tienes que ocupar de una tonelada de faxes que han llegado de Linköping. Las chicas de administración van como locas. No saben si hay que incluirlos en el registro o no, y están mosqueadas porque el fax ha estado bloqueado toda la mañana.

—Son copias de la Biblia de Viktor. Diles que no hace falta que los registren.

—Entonces, ¿cuándo vendrás? —volvió a preguntar Sven-Erik.

—Tardaré un rato —dijo Anna-Maria sin entrar en detalles—. Robert tiene que quitarle la nieve al coche y eso.

—Vale, vale —dijo Sven-Erik—. Nos veremos cuando vengas.

Colgó.

—¿Por dónde íbamos? —dijo Anna-Maria con una sonrisa, bajando la mirada hasta cruzarse con la de Robert.

—Por aquí —dijo Robert con voz alegre.

Estaba tumbado desnudo debajo de Anna-Maria y deslizaba las manos sobre la enorme barriga para luego continuar hasta llegar a los pechos.

—Íbamos justo por aquí —dijo dibujando un círculo por encima de las aureolas—. Justo aquí.

Rebecka Martinsson estaba en el jardín, delante de la casa de su abuela, quitando la nieve del coche con una escoba de cerdas duras. Había nevado mucho durante la noche y limpiar el coche era una tarea pesada. Sudaba con el gorro puesto. Aún estaba oscuro y seguía nevando. Había mucha nieve en polvo en la carretera y la visión era nula. No resultaba agradable conducir hasta el centro, si es que lograba sacar el coche del aparcamiento. Sara y Lova estaban observándola desde la ventana de la cocina. No había motivo para que estuvieran fuera cayéndoles la nieve encima, ni dentro del coche pelándose de frío. *Chapi* se había ido corriendo por detrás de la casa y aún no había vuelto. Le sonó el móvil, conectó el auricular del manos libres y respondió impaciente:

—Soy Rebecka.

Era Maria Taube.

—Hola —dijo con alegría—. Vaya, así que ya contestas al teléfono. Esperaba tener que dejarte otro mensaje en el buzón de voz.

—Acabo de llamar al vecino para que me ayude a sacar el coche del aparcamiento —resopló Rebecka—. Tengo que llevar a las niñas a la guardería y al colegio, y está nevando todo lo que quieras y más. No puedo salir con el coche.

—«Tengo que llevar a las niñas a la guardería» —se burló Maria Taube—. ¿Seguro que estoy hablando con Rebecka Martinsson? Pareces más bien una madre en apuros. Un pie en la guardería, otro en el trabajo y gracias a Dios que pronto es viernes y podrás desconectar delante de la tele mirando «Operación Triunfo» con una bolsa de patatas fritas y un cubata.

Rebecka soltó una carcajada. *Chapi* y *Bella* aparecieron corriendo a toda prisa en medio de la nevada. La nieve se levantaba a su paso. *Bella* iba primera. La profundidad de la nieve era un inconveniente para *Chapi*, que tenía las patas más cortas. Sivving debía de estar de camino.

—Tengo la información que querías sobre la congregación —dijo Maria—. Y le prometí una cena a Johan Dahlström para agradecérselo, así que ahora me debes una noche de copas o algo por el estilo. Quizá me vaya bien pasearme por el Sturehof a ver si me miran un poco.

—Parece que ese pacto te conviene —dijo Rebecka con un suspiro mientras pasaba la escoba por el capó—. Primero tu Johan insistirá en invitarte a una cena de gracias-por-la-ayuda, y después te tendré que invitar yo a copas para que enseñes tus maravillosas piernas.

—No es mi Johan. Te quiero agradecida y amable, si no, te quedas sin la información.

—Agradecida y amable —dijo Rebecka obediente—. Cuéntame.

—Vale, me ha dicho que la congregación, oficialmente, se dedica a actividades sin ánimo de lucro.

—Joder —dijo Rebecka.

—Yo nunca he trabajado con ninguna ONG ni asociación ni tampoco fundaciones. ¿Qué significa eso? —preguntó Maria.

—Pues eso, que es una asociación de utilidad pública y sin ánimo de lucro, por lo que no tiene que declarar impuestos ni sobre los ingresos ni sobre el patrimonio. No hace declaración de renta a Hacienda ni tampoco tiene que presentar la contabilidad. No se puede tener acceso a su actividad económica.

—Por lo que respecta a Viktor Strandgård, el sueldo que le pagaba la congregación era bastante modesto. Johan ha mirado los últimos dos años. No tiene más ingresos que ésos ni bienes patrimoniales.

Sivving apareció en el jardín. Llevaba un gorro de piel que casi le tapaba los ojos y arrastraba una pala quitanieves. Las perras fueron a su encuentro y empezaron a corretear entre sus pies. Rebecka lo saludó con la mano, pero él miraba hacia abajo y no la vio.

—Los otros pastores de la congregación ganan cuarenta y cinco mil coronas al mes.

—Eso es una cantidad bastante alta para un pastor —dijo Rebecka.

—Thomas Söderberg tiene una cartera de acciones importante, medio millón, más o menos. Y ahora es propietario de un solar aún por edificar en Värmdö.

—¿Värmdö, Estocolmo? —preguntó Rebecka.

—Sí, tasado en cuatrocientas veinte mil, pero su valor auténtico puede alcanzar cifras astronómicas. La tasación estimada de la casa de Vesa Larsson da un millón doscientas mil. Es bastante nueva. La tasación se hizo el año pasado. Tiene un crédito de casi un millón. Seguramente es la hipoteca de la casa.

—Y ¿Gunnar Isaksson? —preguntó Rebecka.

—Nada en especial. Unos pocos bonos y algunos ahorros en el banco.

—Vale —dijo Rebecka—. Aparte de eso, ¿qué más

me puedes decir de la congregación? ¿Son dueños de alguna empresa o algo así?

Sivving apareció justo detrás de Rebecka.

—¡Buenos días! —saludó enérgicamente—. ¿Estás hablando sola o qué?

—Un segundo —le dijo Rebecka a Maria.

Se volvió hacia Sivving. Sólo se le veía la parte del rostro que no le tapaba la bufanda. Encima del gorro de piel ya se le había formado una capa de nieve.

—Estoy hablando por teléfono —dijo señalando el cable del auricular—. No he podido sacar el coche. Las ruedas no agarraban cuando he intentado salir.

—¿Hablas por teléfono por el cable? —le preguntó Sivving—. Válgame Dios, dentro de poco en la maternidad ya te instalarán el teléfono en el cráneo. Tú habla, que yo me pongo con la pala —dijo mientras quitaba la nieve que había delante del coche.

—¿Sigues ahí? —preguntó Rebecka por teléfono.

—Sí, aquí estoy —respondió Maria—. La congregación no tiene propiedades, pero les he echado un vistazo a los pastores y a sus familias. Las esposas de los pastores son copropietarias de una sociedad comercial, VictoryPrint HB.

—¿La has controlado?

—No, pero las declaraciones son públicas, así que tendrás que pasarte por Hacienda. No quería pedirle otro favor a Johan. No le hizo mucha gracia tener que solicitar documentos de otra delegación.

—Muchísimas gracias —dijo Rebecka—. Tengo que ayudar a Sivving con la nieve. Te llamo.

—Ve con cuidado —dijo Maria, y colgó.

Poco a poco la noche fue abandonando a Sanna Strandgård. Se retiró. Abandonó la ventana de cristal reforzado y la pesada puerta de acero, y le dejó espacio al implacable día. Todavía tardaría un poco en hacerse más claro. Las farolas desprendían un suave resplandor que entraba por la ventana y se quedaba como una sombra debajo del techo. Sanna yacía totalmente inmóvil en el camastro.

«Un ratito más», pidió, pero el misericordioso sueño había desaparecido.

Sentía la cara entumecida. Sacó la mano de debajo de la manta y se acarició el labio. Por un momento la mano se convirtió en el suave pelo de Sara. Dejó que la nariz recordara el olor de Lova. Todavía olía a niña pequeña, pero ya se estaba haciendo mayor. Relajó todo el cuerpo y se sumió en el recuerdo. El dormitorio de casa, en el apartamento. Las cuatro en la cama. Lova rodeándole el cuello con los brazos. Sara acurrucada en su espalda, con *Chapi* tumbada encima de los pies. Las patitas negras que corrían cuando soñaba. Las llevaba a todas tatuadas en la piel, grabadas en las palmas de las manos y en el interior de los labios. Pasara lo que pasase, su cuerpo las recordaría.

«Rebecka —pensó—. No las voy a perder. Rebecka

lo solucionará. No voy a llorar. No serviría de nada.»

Al cabo de una hora la puerta de la celda se entreabrió y se filtró un haz de luz mientras alguien susurraba:

—¿Estás despierta?

Era Anna-Maria Mella. La policía de la trenza larga y la barriga enorme.

Sanna respondió, y la cara de Anna-Maria se hizo visible en la puerta.

—Pasaba para ver si querías desayunar. ¿Té y una tostada?

Sanna respondió que sí, agradecida, y Anna-Maria desapareció de su vista. Dejó la puerta de la celda un poco abierta.

En el pasillo se oyó la voz resignada del agente:

—¡No jodas, Mella!

Después se oyó la respuesta de Anna-Maria:

—Venga, hombre. ¿Qué crees que va a hacer? ¿Venir hasta aquí y reventar la puerta de seguridad para escaparse?

«Debe de ser una buena madre —pensó Sanna—. Una de esas que dejan la puerta entornada para que los niños la puedan oír mientras recoge la cocina. Que deja encendida la lámpara de la mesilla de noche si la oscuridad les da miedo.»

Anna-Maria volvió al cabo de un rato con dos tostadas con mantequilla y pepino en una mano y una taza de té en la otra. Bajo el brazo sujetaba una carpeta y abrió la puerta con el pie. La taza estaba un poco desportillada y en algún momento había pertenecido a «La mejor abuela del mundo».

—Vaya —dijo Sanna, agradecida, poniéndose en pie—. Pensaba que en la cárcel se vivía a pan y agua.

—Esto es pan y agua —se rió Anna-Maria—. ¿Me puedo sentar?

Sanna la invitó con un gesto a sentarse a los pies del camastro y Anna-Maria se puso cómoda. Dejó la carpeta en el suelo.

—Se ha hundido —dijo Sanna entre trago y trago, señalándole la barriga—. Ya queda poco.

—Sí —dijo Anna-Maria con una sonrisa.

Dejaron que se hiciera el silencio. Sanna se comió las tostadas a bocados pequeños. El pepino crujía entre sus dientes. Anna-Maria miraba por la ventana, observando la nevada que estaba cayendo.

—La muerte de tu hermano fue tan..., cómo decirlo..., religiosa —dijo Anna-Maria pensativa—. Tan ritual, en cierto modo.

Sanna dejó de masticar. El bocado se le quedó inmóvil en la boca.

—Los ojos extirpados, las manos cortadas, las puñaladas —continuó Anna-Maria—. El lugar en el que estaba el cuerpo. En medio del pasillo que lleva al altar. Y ninguna señal de pelea ni de violencia.

—Como un cordero sacrificado —dijo Sanna en voz baja.

—Exacto —convino Anna-Maria—. Y me vino a la cabeza un fragmento de la Biblia, lo de «ojo por ojo, diente por diente».

—Sale en uno de los libros de Moisés —dijo Sanna alargando el brazo para coger la Biblia que había en el suelo, al lado del camastro.

Buscó un momento y luego leyó:

—«Pero si se sigue daño, pagarás vida por vida, ojo por ojo, diente por diente...»

Hizo una pausa y leyó primero en silencio, antes de continuar:

—«... mano por mano, pie por pie, quemadura por quemadura, herida por herida, golpe por golpe.»

—¿Quién tenía motivos para vengarse de él? —le preguntó Anna-Maria.

Sanna no contestó. Se puso a hojear la Biblia sin buscar nada en concreto.

—En el Antiguo Testamento le sacan los ojos a la gente bastante a menudo —dijo—. Los filisteos le sacaron los ojos a Sansón. Los amonitas les prometieron la paz a los sitiados en Jabes de Galaad con la condición de que le sacaran el ojo derecho a todo el mundo.

Se calló porque la puerta se abrió de par en par y apareció un agente que acompañaba a Rebecka Martinsson. Ésta llevaba el pelo mojado y le llegaba hasta los hombros. Se le había corrido el rímel y parecía que tuviera unas ojeras enormes. Su nariz era como un grifo de color rojo chillón que no paraba de gotear.

—Buenos días —dijo echándole una mirada malhumorada a las dos mujeres que la miraban sonrientes sentadas en el camastro—. ¡No digáis nada!

El agente volvió a su puesto y Rebecka se quedó de pie en la puerta.

—¿Estáis rezando maitines? —preguntó.

—Estábamos hablando de las veces que le sacan los ojos a alguien en la Biblia —dijo Sanna.

—«Ojo por ojo, diente por diente», por ejemplo —añadió Anna-Maria.

—Mmm —dijo Rebecka—. También está el pasaje ese en alguno de los Evangelios: «si tu ojo te hace pecar» y no sé qué más. ¿Dónde está eso?

Sanna se puso a buscar en la Biblia.

—Está en Marcos —dijo—. Aquí, Marcos 9:43-48: «Y si tu mano te escandaliza, córtatela; más te vale que entres manco en la vida que, con las dos manos, irte al infierno, al fuego que no se apaga. Y si tu pie te escandaliza, córtatelo. Más te vale que entres cojo en la vida que, con los dos pies, ser arrojado al infierno. Y si tu ojo te escandaliza, sácatelo; más te vale entrar tuerto en el Reino de Dios que, con los dos ojos, ser arrojado al infierno donde *el gusano no muere ni el fuego se apaga*.»

—¡Válgame Dios! —dijo Anna-Maria afectada.

—¿Por qué habéis empezado a hablar de esto? —preguntó Rebecka mientras se quitaba el abrigo.

Sanna dejó la Biblia a un lado.

—Anna-Maria dice que el asesinato de Viktor le parece un ritual —respondió.

En la pequeña celda se hizo un silencio tenso. Rebecka se quedó mirando a Anna-Maria con expresión severa.

—No quiero que hables del asesinato con Sanna si yo no estoy presente —dijo con sequedad.

Anna-Maria se inclinó con dificultad hacia adelante y recogió la carpeta del suelo. Se puso en pie y miró fijamente a Rebecka.

—No era mi intención —dijo—. Simplemente, ha surgido así. Os acompañaré a la sala de reuniones para que podáis hablar. Rebecka, puedes pedirle al vigilante que acompañe a Sanna a la ducha cuando hayáis terminado. Nos vemos luego en el interrogatorio, dentro de cuarenta minutos.

Le dio la carpeta a Rebecka.

—Toma —le dijo con una sonrisa conciliadora—. Las copias de la Biblia de Viktor que me has pedido. Espero de verdad que podamos colaborar.

«Uno a cero para ti», pensó Rebecka cuando Anna-Maria pasó delante para indicarles el camino.

Una vez solas, Rebecka se desplomó sobre una silla y miró seria a Sanna, que estaba junto a la ventana observando cómo caía la nieve.

—¿Quién puede haber metido el arma homicida en tu apartamento? —preguntó Rebecka.

—No se me ocurre nadie —respondió Sanna—. Y no sé más ahora de lo que sabía antes. Estaba durmiendo. Viktor estaba junto a la cama. Me llevé a Lova en el trineo y a Sara de la mano y nos fuimos a la iglesia. Allí estaba él.

Se quedaron calladas. Rebecka abrió la carpeta que le había dado Anna-Maria. La primera página era la fotocopia del reverso de una postal. No llevaba sello. Rebecka se quedó mirando la letra. El frío le recorrió todo el cuerpo. Era la misma letra que la de la nota que le habían dejado en el coche. Enmarañada. Como si quien lo había escrito llevara guantes o lo hubiese hecho con la zurda. Leyó:

Lo que hemos hecho no está mal a los ojos de Dios.
Te quiero.

—¿Qué pasa? —preguntó Sanna asustada cuando vio a Rebecka palidecer.

«No puedo decirle nada sobre la nota del coche —pensó Rebecka—. Se va a desesperar. Tendrá pánico de que le pase algo a las niñas.»

—Nada —contestó—, pero escucha esto.

Leyó la postal en voz alta.

—¿Quién le quería, Sanna? —preguntó.

Sanna bajó la mirada.

—No lo sé —contestó—. Un montón de gente.

—Tú no sabes nada de nada —dijo Rebecka, irritada.

Estaba confusa. Había algo que no encajaba, pero no se le ocurría el qué.

—¿Estabas peleada con Viktor cuando murió? —quiso saber—. ¿Por qué no podían ir él ni tus padres a recoger a las niñas?

—Ya lo he explicado —dijo Sanna, incómoda—. Viktor se las habría dejado a mis padres.

Rebecka se quedó en silencio y miró por la ventana. Pensó en Patrik Mattsson. En la cinta de la ceremonia había intentado coger a Viktor por la ropa y Viktor se había echado hacia atrás.

—Me tengo que ir a duchar, si no, no me dará tiempo de hacerlo antes del interrogatorio —dijo Sanna.

Rebecka asintió, como ausente.

«Iré a hablar con Patrik Mattsson», pensó.

Sanna la arrancó del ensimismamiento acariciándole el pelo con cierta prisa.

—Te quiero, Rebecka —le dijo con suavidad—. Mi hermana más querida.

«Joder, cuánto me quieren todos —pensó Rebecka—. Me mienten, me traicionan y se me meriendan de puro amor.»

Rebecka y Sanna están sentadas junto a la mesa de la cocina. Sara está tumbada en un puf, en la sala de estar, escuchando a Jojje Wadenius. Es su ritual de cada mañana. Papilla y Jojje en el puf. En la cocina han puesto la radio y escuchan el programa cultural del P1. La estrella navideña de cartón naranja sigue colgada en la ventana a pesar de que ya están en febrero. Es importante dejar puesta alguna decoración y algunas velas porque hace más llevadero el tiempo que tarda en llegar la primavera. Sanna está untando mantequilla en las tostadas. La cafetera eléctrica hace una última gárgara y se queda callada. Sirve dos tazas y las pone en la mesa.

A Rebecka le entra un mareo repentino. Sale disparada de la cocina y se mete en el baño. Ni siquiera le da tiempo a levantar del todo la tapa del retrete. Casi todo el vómito acaba sobre la tapa y el suelo.

Sanna la ha seguido. Se detiene ante la puerta del baño, con su desgastada bata verde de felpa, y mira a Rebecka a los ojos con preocupación. Rebecka se limpia un hilo de baba y vómito de la comisura de los labios con el reverso de la mano. Cuando vuelve la mirada hacia Sanna ve que lo ha comprendido todo.

—¿Con quién? —pregunta Sanna—. ¿Es Viktor?

—Tiene derecho a saberlo —dice Sanna.

Están sentadas de nuevo a la mesa de la cocina. Han tirado el café al fregadero.

—¿Por qué? —dice Rebecka con severidad.

Se siente como encapsulada en cristal grueso. Ya lleva así un tiempo. Por las mañanas su cuerpo se despierta mucho más temprano que ella. La boca se le abre ante el cepillo de dientes. Las manos le hacen la cama. Las piernas la llevan hasta el instituto Hjalmar Lundbohm. A veces se queda de pie en medio de la calle, preguntándose si no es sábado. Planteándose si de verdad tiene que ir al instituto. Pero es curioso, sus piernas siempre tienen razón. Llega al aula correcta el día correcto y a la hora correcta. Su cuerpo se las apaña bien sin ella. Ha estado evitando la iglesia. Se ha excusado diciendo que tiene mucho que estudiar y que ha pasado la gripe y que ha ido a visitar a su abuela en Kurravaara. Y Thomas Söderberg no ha preguntado por ella ni la ha llamado ni una sola vez.

—Porque es su hijo —dice Sanna—. Se dará cuenta de todos modos. Quiero decir, dentro de unos meses se notará.

—No —dice Rebecka sin fuerza—. No se notará.

Observa cómo va penetrando en Sanna la trascendencia de lo que acaba de decir.

—No, Rebecka —le dice negando con la cabeza.

Le brotan lágrimas e intenta coger la mano de Rebecka, pero ésta se levanta y se pone los zapatos y el anorak.

—Te quiero, Rebecka —le suplica Sanna—. ¿No te das cuenta de que es un regalo? Yo te ayudaré a...

Se queda callada al ver la mirada de desprecio que le lanza Rebecka.

—Lo sé —dice muy bajo—. Piensas que ni siquiera puedo ocuparme de mí y de Sara.

Sanna esconde la cara en las manos y empieza a llorar desconsoladamente.

Rebecka se pone en pie y sale del piso. La rabia le bombea por dentro. Cierra los puños en el interior de los guantes. Siente como si pudiera matar a alguien. No importa a quién.

Cuando Rebecka se ha marchado, Sanna coge el teléfono y hace una llamada. Maja, la esposa de Thomas Söderberg, es quien responde al otro lado.

Patrik Mattsson se despertó a las once y cuarto de la mañana por el ruido de una llave abriendo la puerta de su apartamento. Después, la voz de su madre. Frágil como el hielo en otoño. Llena de preocupación. Lo llamó por su nombre y él la oyó caminando por el pasillo, pasando de largo por delante del baño, donde él estaba tumbado. Su madre se paró en la puerta del salón y lo volvió a llamar. Al cabo de un rato llamó a la puerta del baño.

—¡Hola! ¡Patrik!

«Debería contestar», pensó él.

Se movió un poco y los azulejos le refrescaron la cara. Al final debió de quedarse dormido en el suelo del baño, acurrucado como un feto. Seguía con la ropa puesta.

La voz de su madre otra vez. Golpeaba persistente la puerta.

—Oye, Patrik. Abre la puerta, hijo, por favor. ¿Te encuentras bien?

«No, no me encuentro bien —pensó—. No volveré a encontrarme bien nunca más.»

Dibujó el nombre con los labios, pero no fue capaz de pronunciar nada.

Viktor. Viktor. Viktor.

Su madre intentó forzar el pomo de la puerta.

—Patrik, abre la puerta ahora mismo o llamo a la policía para que la echen abajo.

«Oh, Dios mío.» Logró incorporarse hasta quedarse de rodillas. Sentía como si tuviese un taladro perforándole la cabeza y tenía la cadera dolorida por haberse pasado la noche tumbado sobre los azulejos.

—Ya voy —dijo con voz afónica—. Me he... me he puesto un poco malo. Espera.

Su madre dio un paso atrás para que pudiera abrir la puerta.

—Pero ¡qué aspecto tienes! —exclamó su madre—. ¿Estás enfermo?

—Sí —respondió.

—¿Quieres que llame al trabajo para decir que te quedas en casa?

—No, me tengo que ir.

Miró la hora.

Su madre lo acompañó hasta el salón. Había macetas rotas esparcidas por el suelo, la alfombra estaba en un rincón y uno de los sillones estaba volcado.

—¿Qué ha pasado aquí? —le preguntó su madre con voz tímida.

Él se volvió hacia ella y la cogió por los hombros.

—He sido yo, mamá. Pero no tienes por qué preocuparte. Ya me siento mejor.

Ella le respondió en silencio asintiendo con la cabeza, pero se notaba que se podía echar a llorar en cualquier momento. Patrik le dio de nuevo la espalda.

—Me tengo que ir al cultivo de setas —dijo.

—Me quedaré aquí recogiendo todo esto —respondió su madre a su espalda, mientras se agachaba para recoger un vaso del suelo.

Patrik Mattsson intentó ponerle freno a la atención tan posesiva que le dedicaba.

—No, mamá, por favor, no hace falta.

—Déjame hacerlo por mí —susurró ella, intentando encontrar la mirada de su hijo. Se mordió ligeramente el labio inferior para no ponerse a llorar—. Sé que no vas a contarme nada —continuó—, pero si por lo menos me dejas que ordene todo esto... —tragó saliva—, al menos habré hecho algo por ti.

Patrik relajó los hombros y se obligó a darle un abrazo rápido.

—Vale —dijo—. Eres muy buena.

Y salió huyendo por la puerta.

Se sentó en el Golf y le dio al contacto. Con el pie pisando el embrague aceleró para revolucionar el motor y acallar los pensamientos que le acudían a la mente.

«No llores», se ordenó.

Torció el retrovisor y se miró la cara. Tenía los ojos hinchados y el pelo le caía en mechones desaliñados. Soltó una risa corta y despojada de cualquier nota de alegría. Más bien parecía que hubiera tosido. Luego giró el retrovisor con un golpe.

«No volveré a pensar en él nunca más —se dijo—. Nunca más.»

Se incorporó a la calle Gruv derrapando y aceleró por la bajada, hacia la calle Lapp. Tenía que conducir guiándose por la memoria, porque la nevada no le dejaba ver nada. Habían pasado las máquinas por la mañana, pero había seguido nevando y con la nieve suelta la adherencia de los neumáticos se volvía de lo más traicionera. Pisó el acelerador con más fuerza. De vez en cuando alguna rueda patinaba y el coche invadía el carril contrario. Le daba igual.

En la travesía con la calle Lapp no tuvo opción y el coche la cruzó deslizándose sin evitarlo. Por el rabillo del ojo vio a una mujer empujando un trineo de madera con un bebé montado encima. Estaba intentando avanzar con gran esfuerzo por el talud de nieve que había acumulado la máquina a los lados de la calle, y al pasar el coche le levantó el brazo. Probablemente le estaría sacando el dedo. A la altura de la capilla de Laestadian la superficie cambió de textura. La nieve se había ido compactando por el peso de los coches, pero éstos habían formado un surco y el Golf prefería ir por su propio camino. Después no se acordaba cómo había cruzado la intersección de las calles Gruv y Hjalmar Lundbohm. ¿Se había parado en el semáforo?

Al llegar a la mina saludó al vigilante de la garita con la mano. El hombre estaba absorto en la lectura de la prensa y ni siquiera levantó la mirada. Paró al llegar a la barrera que había en la entrada del túnel que bajaba a la mina. Le temblaba todo el cuerpo. Los dedos apenas le obedecieron cuando intentó sacar un cigarrillo del bolsillo interior de la chaqueta. Se sentía vacío por dentro. Eso era bueno. En los últimos cinco minutos no había pensado en Viktor Strandgård ni una sola vez. Dio una profunda calada al cigarrillo.

«Tranquilo —susurró para consolarse—, tranquilo.»

Quizá debería haberse quedado en casa. Pero estar encerrado en el piso todo el día... Habría acabado tirándose por el balcón.

«Venga ya, hombre —se burló—. Como si te atrevieras. Si lo único de lo que eres capaz es de romper tazas y tirar macetas al suelo.»

Bajó la ventanilla y sacó el brazo para insertar el pase en la máquina.

Una mano le agarró la muñeca y con el sobresalto se le cayó un poco de ceniza del cigarrillo en el asiento.

Al principio no vio quién era y se le encogió el estómago de miedo. Después apareció una cara conocida.

—Rebecka Martinsson —dijo Patrik.

La nieve le iba cayendo sobre el pelo oscuro, los copos se deshacían al tocarle la nariz.

—Quiero hablar contigo.

Patrik hizo un gesto con la cabeza, señalando el
asiento del copiloto.

—Pues sube.

Rebecka dudó un instante. Pensó en la nota que se había encontrado en el coche. «Tienes que morir», «¡quedas avisada!».

—*It's now or never*, como dice Elvis —advirtió Patrik Mattsson, inclinándose por encima del asiento del
copiloto para abrirle la puerta.

Rebecka miró la entrada de la mina. Un agujero negro directo al subsuelo.

—Vale, pero la perra está en el coche, así que tengo
que volver dentro de una hora.

Rodeó el coche, se sentó y cerró la puerta.

«Nadie sabe dónde estoy», pensó cuando Patrik
Mattsson metió la tarjeta en la máquina y la barrera que
cerraba el paso a la mina empezó a elevarse lentamente.

Él soltó el embrague y empezaron a bajar.

Delante veían el brillo de los reflectantes que había
en las paredes de la mina y que por detrás quedaban en-
gullidos por la oscuridad compacta de una cortina de
terciopelo negro.

Rebecka intentó hablar. Era como tirar de la correa
de un perro que no se quiere mover.

—Se me tapan los oídos, ¿por qué?

—Por la diferencia de altura.

—¿Cuánto vamos a bajar?

—Quinientos cuarenta metros.

—Así que te has hecho cultivador de setas.

No obtuvo respuesta.

—Shitakes, la verdad es que no los he probado nunca. ¿Lo llevas tú solo?

—No.

—Así que sois varios. ¿Hay más gente allí ahora?

No contestó, iban deprisa, siempre hacia abajo.

Patrik Mattsson aparcó el coche delante de un taller subterráneo. No había puerta, sólo una gran abertura en la roca de la montaña. Rebecka vio que dentro había hombres vestidos con mono y casco. Llevaban herramientas en las manos. Había una serie de perforadoras enormes de la marca Atlas Copco dispuestas en fila para ser reparadas.

—Por aquí —dijo Patrik Mattsson echando a andar.

Rebecka lo siguió. Miró a los hombres del taller, deseando que alguno se volviera y la viese.

A ambos lados se elevaba la roca primaria de color negro. En varios puntos el agua salía de la roca y coloreaba la piedra de verde.

—Es el cobre, que se vuelve verde con el agua —explicó Patrik cuando Rebecka le preguntó.

Apagó el cigarrillo con el pie y abrió una gran puerta de hierro que estaba cerrada con llave.

—Pensaba que estaba prohibido fumar aquí abajo —dijo Rebecka.

—¿Por qué? —preguntó Patrik—. Aquí no hay gases inflamables ni nada por el estilo.

Ella soltó una carcajada.

—Qué bien. Entonces te puedes esconder aquí, a

quinientos metros bajo tierra, y fumar a escondidas.

Él le sostuvo la puerta y le indicó, con la palma de la mano hacia arriba, que pasara ella primero.

—Nunca he entendido bien esa lista de pecados que hay en la iglesia libre —dijo Rebecka mientras se volvía para no tenerlo de espaldas cuando entraba—. No fumarás. No tomarás alcohol. No irás a la discoteca. ¿De dónde han sacado todo eso? De la gula y de no compartir con los necesitados, dos pecados que se mencionan claramente en la Biblia, no es que digan gran cosa.

La puerta se cerró. Patrik encendió la luz. La sala parecía un gran búnker. Del techo colgaban estantes de acero engastados en rieles. En todos ellos había paquetes envueltos en plástico que parecían salchichas grandes o troncos de leña.

Rebecka preguntó qué era aquello y Patrik Mattsson se lo explicó.

—Son paquetes de serrín de aliso —le dijo—. Están inyectados con esporas. Cuando han estado así cierto tiempo se les puede quitar el plástico y golpear un poco la madera con la mano. Entonces empiezan a crecer y a los cinco días ya se pueden recolectar.

Desapareció por detrás de una cortina de plástico al otro extremo de la cavidad. Al cabo de un rato apareció con unos cuantos paquetes de serrín repletos de shitakes. Los puso sobre una mesa y comenzó a recoger las setas con la mano. A medida que las quitaba las iba poniendo dentro de una caja de cartón. El olor a seta y a madera húmeda inundó el local.

—Aquí abajo el clima es el idóneo —dijo—. Y las lámparas se encienden y se apagan automáticamente simulando días y noches supercortos. Bueno, se acabó la cháchara, Rebecka, ¿qué quieres?

—Quiero hablar de Viktor.

Patrik se la quedó mirando inexpresivo. Rebecka pensó que se debería haber vestido un poco más sencilla. Ahora estaban allí los dos, cada uno en su planeta, intentando hablar. Y ella con su maldito abrigo y los guantes, tan delicados y caros.

—Cuando yo vivía aquí erais buenos amigos.

—Sí.

—¿Cómo era él? Quiero decir, después de que yo me fuera.

El sistema de riego se puso en marcha detrás de la cortina con un resoplido. Comenzó a caer humedad del techo y al acumularse se iba deslizando por el plástico, rígido y transparente.

—Era perfecto. Hermoso. Dedicado. Un gran orador. Pero tenía un dios bastante severo. Si hubiese vivido en la Edad Media se habría flagelado y habría caminado descalzo a los Santos Lugares.

Recolectó las setas del último paquete y las repartió en la caja de cartón nivelando la superficie.

—¿De qué manera se flagelaba? —preguntó Rebecka.

Patrik Mattsson iba tocando las setas y poniéndolas bien. Era como si estuviera hablando más con ellas que con Rebecka.

—Ya sabes. El rollo ese de eliminar todo lo que no tenga que ver con Dios. Sólo música cristiana, porque si no, te expones a que te invadan los espíritus malignos. Durante un tiempo estuvo pensando en tener un perro, pero un perro exige tiempo y ese tiempo pertenecía a Dios, así que rechazó la idea.

Sacudió la cabeza.

—Debería haberse comprado el perro.

—Pero ¿cómo era él? —preguntó Rebecka.

—Ya te lo he dicho: perfecto. Todo el mundo lo quería.

—¿Y tú?

Patrik Mattsson no dijo nada.

«No he venido hasta aquí para aprender el cultivo de las setas», pensó Rebecka.

Patrik respiró profundamente por la nariz, cerró los labios y fijó la mirada en el techo.

—Era una farsa —dijo con rabia—. Ahora ya nada importa. Y me alegro de que esté muerto.

—¿A qué te refieres? ¿Cómo que era una farsa?

—Déjalo —dijo—. Déjalo así, Rebecka, no te metas.

—¿Le escribiste una postal diciéndole que lo querías y que lo que hacíais no estaba mal?

Patrik Mattsson se tapó la cara con las manos y sacudió la cabeza.

—¿Teníais una relación o qué?

Se puso a llorar.

—Pregúntale a Vesa Larsson —dijo sorbiéndose las lágrimas—. Pregúntale a él sobre la vida sexual de Viktor.

Se calló de repente y se puso a buscar un pañuelo en los bolsillos. Al no encontrar ninguno se secó la nariz con la manga del jersey. Rebecka se le acercó.

—¡No me toques! —gritó.

Rebecka se quedó helada.

—¿Tienes idea de lo que estás pidiendo? Tú, que simplemente te largaste cuando todo se complicó.

—Sí —susurró.

Patrik levantó las manos hacia el techo.

—¿Te das cuenta de que puedo echar abajo el templo entero? Sólo quedarían las cenizas de la congregación, de la escuela y... ¡de todo! El Ayuntamiento podría hacer una pista de hockey con la Iglesia de Cristal.

—«La verdad os hará libres», pone.

Él se quedó callado un momento. Luego exclamó:

—¡Libres! —escupió—. ¿Es que tú eres libre?

Miró a su alrededor. Parecía que estuviera buscando algo.

«Un cuchillo», pensó de pronto Rebecka.

Patrik hizo un movimiento con la mano, enseñándole la palma, como queriendo decir que esperara allí. Luego desapareció por una puerta que estaba un poco más alejada. Se oyó un pesado clic cuando se cerró, después silencio. Sólo se oía el goteo del cultivo detrás de la cortina de plástico y el zumbido eléctrico de los fluorescentes.

Pasó un minuto. A Rebecka le vino a la mente el hombre que desapareció en la mina en los años sesenta. Bajó y no volvió a subir nunca más. Su coche seguía en el aparcamiento, pero él no aparecía. Sin rastro. No se encontró el cuerpo. Nada. Nunca lo localizaron.

Y *Chapi*, que estaba en el coche, ¿cuánto tiempo se las arreglaría si Rebecka no volvía? ¿Se pondría a ladrar hasta que la descubriera alguien que pasara por allí? ¿O se echaría a dormir dentro del coche cubierto de nieve?

Rebecka se acercó a la puerta que daba al pasillo de la mina para ver si se abría. Con alivio, vio que no estaba cerrada con llave. Tuvo que contenerse para no salir corriendo hasta el taller. En cuanto vio a las personas que había dentro y oyó el trasteo de las herramientas y el ruido del hierro al doblarlo y retorcerlo, sintió que se sosegaba.

Salió un hombre del taller. Se quitó el casco y se acercó a uno de los coches que estaban aparcados allí fuera.

—¿Subes? —le preguntó Rebecka.

—¿Por qué? —sonrió él—. ¿Te llevo?

Subió con el hombre del taller. Rebecka podía sentir la mirada tranquila y curiosa que le echaba desde su lado. Claro que no se veía demasiado con aquella oscuridad.

—Bueno, bueno —dijo él—. ¿Vienes por aquí a menudo?

Cuando Rebecka volvió al coche en el aparcamiento de la mina era evidente que *Chapi* le estaba reprochando todo el rato que la había hecho esperar.

—Lo siento, pequeña —dijo Rebecka con remordimientos de conciencia—. Enseguida iremos a recoger a Sara y a Lova, y luego iremos a dar un largo paseo para relajarnos, te lo prometo. Sólo tenemos que pasar un momento por Hacienda y mirar una cosa en los ordenadores, ¿vale?

Condujo en plena nevada hasta las oficinas de la delegación.

—Espero que esto se acabe pronto —le dijo a *Chapi*—. Aunque ahora no es que el asunto esté muy claro, la verdad. No logro encajar todas las piezas.

Chapi estaba en el asiento del copiloto, escuchando con atención. Ladeó preocupada la cabeza y puso cara de entender cada palabra que Rebecka le decía.

«Es como *Jussi*, el perro de la abuela —pensó Rebecka—. La misma mirada inteligente.»

Recordó que los hombres del pueblo solían sentarse a charlar con *Jussi*, que campaba libremente por donde quería. «Sólo le falta hablar», solían comentar.

—Tu ama no se encontraba demasiado bien esta mañana cuando la han interrogado —continuó Rebecka—. Es como si se encogiera y se escapara por la ventana cuando la presionan. Está ausente y habla con indiferencia. Al fiscal lo saca de quicio.

La administración de Hacienda estaba en el mismo edificio de ladrillo que la comisaría de policía. Rebecka miró a su alrededor después de aparcar delante de la puerta. No lograba deshacerse del malestar que sintió al leer la nota que le habían dejado en el coche el día anterior.

—Cinco minutos —le dijo a *Chapi* cerrando con el seguro.

Diez minutos más tarde estaba de vuelta. Metió cuatro hojas impresas en la guantera y rascó a *Chapi* entre las orejas.

—Ahora se van a enterar —dijo triunfal—. Más vale que contesten cuando se les pregunte. Todavía nos da tiempo a hacer una cosa más antes de recoger a las niñas.

Subió hasta la Iglesia de Cristal, en Sandstensberget, y dejó que *Chapi* se bajara del coche antes que ella.

«Podría necesitar a alguien que esté de mi parte», pensó.

Sintió el corazón acelerado al subir por la cuesta hasta la cafetería y la tienda de libros. El riesgo de toparse con alguien que la conociera era bastante elevado. Sólo esperaba que no fuera ninguno de los pastores ni nadie del Consejo de Ancianos.

«Da igual —se dijo a sí misma—. Tarde o temprano acabará pasando.»

Chapi corría de farola en farola, leyendo y respondiendo mensajes. Por allí habían pasado unos cuantos machos a los que no conocía.

En la librería no había nadie, excepto una chica al otro lado del mostrador. Era la primera vez que Rebecka la veía. Llevaba el pelo bastante corto y del cuello le colgaba una pequeña cadena repleta de cuentas de cristal. Miró a Rebecka y sonrió.

—Avísame si te puedo ayudar en algo —dijo con voz atiplada.

Se notaba que Rebecka le sonaba de algo, pero no sabía ubicarla.

«De salir en la tele», pensó Rebecka asintiendo con la cabeza. Le ordenó a *Chapi* que se tumbara en la entrada, se quitó la nieve del abrigo y se acercó a la estantería más próxima.

En los altavoces sonaba música pop religiosa a un volumen bastante bajo. Del techo colgaban lámparas de Ikea y había pequeños focos alumbrando los estantes llenos de cedés y libros. Los muebles que había en medio de la sala eran tan bajos que no te podías esconder detrás. Rebecka miró a través de las grandes puertas de cristal que comunicaban con la cafetería. El suelo de madera estaba casi seco. Por allí no había pasado mucha gente con los zapatos llenos de nieve.

—Qué tranquilo está esto —le dijo a la chica del mostrador.

—Están todos de cursillo —le contestó—. Tenemos la Conferencia de los Milagros.

—Habéis decidido seguir adelante a pesar de que Viktor Strandgård...

—Sí —se apresuró a responder la chica—. Él lo habría querido así, y Dios también. Entre ayer y anteayer han pasado muchos periodistas por aquí. Haciendo preguntas y comprando cintas y libros, pero hoy se está muy tranquilo.

Aquí era. Rebecka había encontrado el estante con los libros de Viktor. *El Cielo, ida y vuelta*. Estaba en inglés, alemán y francés. Miró la contraportada. «Impreso por VictoryPrint HB.» Miró las contraportadas de otros libros y textos. También estaban impresos en Victory-Print HB. En las cintas de vídeo ponía «copyright VictoryPrint HB». Bingo.

En ese momento oyó a alguien justo detrás suyo.

—Rebecka Martinsson —dijo una voz excesivamente alta—. Cuánto tiempo sin verte.

Al darse la vuelta vio al pastor Gunnar Isaksson. Lo tenía casi encima. Se le había acercado tanto a propósito y casi la rozaba con la barriga.

«Es una barriga magnífica y útil», pensó Rebecka.

Sobresalía por encima del cinturón como una vanguardia independiente y podía invadir el espacio de las personas mientras Gunnar Isaksson la usaba como protección y para mantenerse a una distancia adecuada. Rebecka venció el instinto de dar un paso hacia atrás.

«He soportado tus manos tocándome cuando rezabas por mí —pensó—. Así que por mis ovarios que puedo aguantar tenerte tan cerca.»

—Hola, Gunnar —dijo tranquila.

—He estado esperando a que aparecieras —le informó él—. Pensé que ahora que estás en la ciudad podrías venir a los encuentros que hacemos por la tarde.

Rebecka guardó silencio. Viktor Strandgård los observaba desde un póster en la pared.

—¿Qué opinas de la librería? —continuó Gunnar Isaksson mirando orgulloso a su alrededor—. La reformamos el año pasado. La conectamos con la cafetería para que la gente pueda estar hojeando un libro mientras toma algo. Allí dentro puedes colgar el abrigo, si quieres. Les he propuesto colgar un cartel en la repisa de los sombreros que diga: «Deja la razón aquí.»

Rebecka lo miró un momento. Se le notaba la buena vida que se daba. La barriga más grande, camisa y corbata caras. La barba y el pelo bien cuidados.

—¿Que qué opino de la librería? —respondió—. Opino que la congregación debería cavar pozos para sacar agua y darles escuelas a los niños de la calle para que no se prostituyan.

Gunnar Isaksson le lanzó una mirada arrogante.

—Dios no está para irrigaciones artificiales —dijo alzando la voz y enfatizando la palabra «Dios»—. En esta congregación ha brotado una fuente fruto de Su abundancia. Con nuestras plegarias, más fuentes correrán por todo el planeta.

Le echó un vistazo a la chica del mostrador y constató, para su satisfacción, que se había ganado también su atención. Era más divertido poner a Rebecka en su sitio con público delante.

—Esto —dijo con un gesto grandioso que parecía comprender la Iglesia de Cristal y todo el éxito que había tenido la congregación—, esto es sólo el principio.

—Esto no son más que chorradas —dijo Rebecka con indignación—. Los pobres tienen que rezar para alcanzar su propia riqueza, ¿es eso lo que quieres decir? ¿No dice Jesús: «Ciertamente, lo que no hayáis hecho por ninguno de los más débiles, tampoco lo habréis hecho por mí»? Y ¿qué se decía que les iba a pasar a los que no hubieran ayudado a los débiles? «E irán éstos al castigo eterno, y los justos a la vida eterna.»

Gunnar Isaksson se sonrojó. Se inclinó hacia adelante y su aliento cayó pesadamente sobre la cara de Rebecka. Olía a mentol y a naranja.

—¿Y tú crees que perteneces a los justos? —le preguntó con sarcasmo.

—No —le dijo Rebecka también susurrando—. Pero tú quizá deberías ir preparándote para hacerme compañía en el infierno. —Antes de que Gunnar pudiera responder continuó—: He visto que VictoryPrint HB edita gran parte de lo que se vende aquí. Tu mujer es copropietaria de esa empresa, si no me equivoco.

—¿Y? —dijo Gunnar, desconfiado.

—He estado en la delegación de Hacienda. La sociedad limitada ha recuperado cantidades enormes de impuestos del Estado. No se me ocurre otra explicación: alguien ha tenido que hacer grandes inversiones en la sociedad. ¿De dónde se ha sacado el dinero para hacerlo? ¿Tu mujer gana un buen sueldo? Antes era profesora, ¿no?

—No tienes ningún derecho a meter las narices en los asuntos de VictoryPrint —resopló Gunnar Isaksson.

—Las desgravaciones fiscales son públicas —contestó Rebecka en voz alta—. Me gustaría que respondieras a unas preguntas. ¿De dónde sale el dinero que se invierte en VictoryPrint? ¿Estaba preocupado Viktor por algo antes de morir? ¿Tenía una relación con alguien? Por ejemplo, ¿con algún hombre de la congregación?

Gunnar Isaksson dio un paso hacia atrás y la miró con desprecio. Entonces levantó el dedo índice y señaló la puerta.

—¡Fuera! —gritó.

La chica del mostrador dio un respingo y los miró aterrada. *Chapi* se puso en pie y empezó a ladrar.

Gunnar Isaksson dio un paso amenazante hacia Rebecka y ésta tuvo que retroceder.

—¡No vengas aquí intentando amenazar la obra de

Dios y a la gente de Dios! —rugió—. ¡En el nombre de Cristo, rechazo todos tus actos! ¿Oyes lo que te digo? ¡Fuera!

Rebecka giró sobre sus talones y salió de la librería a paso ligero. El corazón le cabía en un puño. *Chapi* la seguía pegada a sus pies.

El atardecer cayó como un manto azul oscuro sobre el jardín de la abuela de Rebecka. Estaba sentada en un trineo de madera, mirando a Lova y a *Chapi* mientras jugaban. Sara estaba arriba, leyendo en la cama. Ni siquiera contestó cuando Rebecka le preguntó si quería salir. Cerró la puerta de la habitación y se echó en la cama.

—¡Mira, Rebecka! —gritó Lova.

Se había subido al caballete del tejadillo de la despensa que estaba en el exterior, se dio la vuelta y se dejó caer de espaldas sobre la nieve. Había muy poca altura. Se quedó tumbada y empezó a mover los brazos y las piernas intentando dejar en la nieve la silueta de un ángel.

Jugaron casi una hora y construyeron una pista de obstáculos. Empezaba con un túnel a través de un montón de nieve en dirección al granero, después había que dar tres vueltas al abedul grande, subir al tejadillo de la despensa, hacer equilibrios en el caballete, saltar en la nieve y volver al punto de partida. Lova decidió que el último trozo había que hacerlo corriendo de espaldas por la nieve, que llegaba hasta la rodilla. Ahora estaba ocupada en señalizar la pista con ramas de pino, pero *Chapi* le estaba dando problemas: se las iba robando una a una y se las llevaba a lugares secretos a los que la luz no llegaba.

—¡Te digo que pares! —le gritó sin aliento Lova a *Chapi*, que se marchó felizmente, corriendo con otro botín en la boca.

—Oye, ¿qué tal un poco de chocolate y tostadas? —intentó Rebecka por tercera vez.

Se había cansado cavando el túnel. Ahora ya había dejado de sudar y empezaba a tener frío. Quería entrar en casa. Aún seguía nevando.

Pero Lova protestaba acalorada. Rebecka tenía que tomarle el tiempo mientras daba una vuelta al recorrido.

—Pues vamos a hacerlo ahora —dijo Rebecka—. Tendrás que arreglártelas sin las ramas. Ya sabes por dónde va la pista.

Era complicado correr en la nieve. Las vueltas al abedul se quedaron en dos y el último trozo no lo corrió de espaldas. Cuando llegó a la meta se desplomó exhausta en los brazos de Rebecka.

—Récord del mundo —gritó Rebecka.

—Ahora te toca a ti.

—Ni lo sueñes. Mañana, a lo mejor. ¡Hala, para adentro!

—¡*Chapi*! —gritó Lova dirigiéndose a la casa.

Pero la perra no aparecía por ningún lado.

—Vete entrando —dijo Rebecka—, que yo me quedo y la llamo. Y ponte el pijama y unos calcetines —le gritó mientras subía las escaleras que llevaban al piso de arriba.

Cerró la puerta de la casa y volvió a llamar a la perra. Gritó su nombre en la oscuridad.

—¡*Chapi*!

Era como si su voz no llegara más allá de unos pocos metros. La nieve apagaba cualquier sonido y cuando se quedó escuchando en la oscuridad sólo percibió un silencio de lo más incómodo. Tuvo que animarse y reunir fuerzas para llamarla una vez más. Le resultaba espeluznante estar expuesta en la luz de los escalones del porche gritándole a la oscuridad del bosque, que la rodeaba sin decir nada.

—¡*Chapi*, ven aquí! ¡*Chapi*!

«Maldita perra.» Bajó los escalones de un salto con la intención de dar una vuelta por el jardín, pero se detuvo.

«Déjate de tonterías», se sermoneó a sí misma, pero aun así no se atrevió a alejarse de la escalera del porche ni volver a llamar a *Chapi*. No lograba borrar la imagen de la nota del coche. La palabra SANGRE escrita con letras enmarañadas. Pensó en Viktor, y en las niñas, que estaban en casa. Subió los escalones de espaldas, uno a uno. No era capaz de darle la espalda a eso desconocido que podía esconderse allí fuera. Al entrar en casa le echó el cerrojo a la puerta y subió corriendo hasta el piso de arriba.

Se quedó en el pasillo y llamó a Sivving. Al cabo de unos minutos ya estaba allí.

—Estará en celo —dijo—. No le pasará nada malo. Más bien, todo lo contrario.

—Es que hace tanto frío —respondió Rebecka.

—Si tiene frío, volverá a casa.

—Supongo que tienes razón —suspiró Rebecka—. Esto da un poco de miedo sin ella.

Dudó un instante.

—Quiero enseñarte algo —dijo después—. Espera aquí un momento, no quiero que las niñas lo vean.

Salió corriendo al coche para buscar la nota que le habían dejado.

Sivving la leyó frunciendo el ceño.

—¿Se la has enseñado a la policía? —le preguntó.

—No, ¿qué van a hacer?

—Pues no sé. Vigilarte, algo harán.

Rebecka soltó una risa seca.

—¿Por esto? Qué va. No tienen recursos. Pero también hay otra cosa.

Le contó lo de la postal de la Biblia de Viktor.

—Imagina que la persona que escribió la postal que había en la Biblia era alguien que lo quería.

—¿Sí?

—«Lo que hemos hecho no está mal a los ojos de Dios.» No sé, pero Viktor no tuvo nunca novia. Y pienso que quizá..., bueno, se me ha ocurrido que a lo mejor hay alguien que lo quería, aunque no le estaba permitido. Y quizá sea la persona que me está amenazando ahora a mí porque él se está sintiendo amenazado.

—¿Un hombre?

—Exacto. Eso nunca sería aceptado por la congregación. Lo echarían con cajas destempladas. Y si resulta que era así y que Viktor lo quería mantener en secreto, yo no quiero ir a la policía con eso sin venir a cuento. Te puedes imaginar los titulares que saldrían en los medios de comunicación.

Sivving gruñó y se mesó el cabello.

—Esto no me gusta —dijo—. ¿Y si te pasa algo?

—A mí no me pasará nada. Pero estoy preocupada por *Chapi*.

—¿Quieres que *Bella* y yo durmamos aquí esta noche?

Rebecka negó con la cabeza.

—Pronto estará en casa —dijo Sivving para tranquilizarla—. Voy a dar un paseo con *Bella*. La iré llamando para ver si aparece.

Pero Sivving está equivocado. *Chapi* no volverá. Está tumbada sobre la alfombra del maletero de un coche. Tiene el hocico atado con cinta adhesiva, igual que las patas, tanto las delanteras como las de atrás. En el pecho, el corazón le va a mil por hora, y pasea los ojos por la oscuridad. Trata de arrastrarse y restriega la cabeza contra el suelo, intentando desesperadamente deshacerse de la cinta que le sujeta el morro. Tiene un diente medio partido y nota trocitos de diente y sangre en la garganta. ¿Cómo puede ser esta perra una víctima tan fácil? Una perra que había sido maltratada por su anterior dueño una y otra vez. ¿Por qué no reconoce la maldad cuando va directa hacia ella? Porque tiene la capacidad de olvidar. Igual que su ama. Se olvida. Esconde el hocico bajo la nieve sedosa y saluda a cualquiera que se agache y le acerque una mano. Y ahora está ahí tumbada.

ATARDECIÓ

Y AMANECIÓ: DÍA CUARTO

El abogado Måns Wenngren se despierta de un sobresalto. El corazón le golpea el pecho como un puño. Sus pulmones cogen aire desesperadamente. Busca la mesilla de noche a tientas y enciende la lámpara; son las tres y veinte. ¿Cómo demonios va a dormir uno con un festival de cine de terror en la cabeza? Primero salía un coche que se hundía en el lago de la casa de verano al romperse la capa de hielo. Él estaba en la orilla, viéndolo todo sin poder hacer nada. En el retrovisor pudo ver la cara de Rebecka, pálida por el pánico. Y ahora que al final se había vuelto a dormir aparecía Rebecka otra vez en el sueño y lo rodeaba con sus brazos. Cuando Måns le deslizó las manos por la espalda hasta tocarle el pelo se las notó mojadas y calientes. Le habían reventado la cabeza de un disparo.

Se echa atrás en la cama y se queda sentado, apoyándose en la cabecera. Antes, todo era diferente. Los chicos y el trabajo exigían lo suyo. Apenas había tiempo para dormir, pero como mínimo dormía de verdad. Ahora casi nunca cae en ese tipo de sueño cuando se acuesta, siempre de madrugada. Más bien cae en un estado de inconsciencia en el que no tiene sueños. Y no hay más que ver lo que pasa cuando se va a dormir sobrio. Se despierta todo el rato al borde del pánico y sudando como un cerdo.

En el apartamento hay un silencio sepulcral. Lo único que se oye allí dentro es su respiración y el murmullo monótono de la ventilación. El resto de los sonidos vienen del exterior. El susurro del contador de la electricidad, que está en la escalera. Los pasos del repartidor de periódicos, que está en plena forma. Los escalones de dos en dos hacia arriba y de tres en tres hacia abajo. Coches y transeúntes nocturnos por la calle. Cuando los chicos eran pequeños la habitación se llenaba con sus sonidos. La respiración corta y rápida de Johan. La respiración fuerte de Calle, que dormía bajo una pirámide de peluches. Y Madelene, por supuesto, que roncaba en cuanto tenía el más mínimo resfriado. Después se fue callando todo poco a poco. Los chicos se fueron a sus propias habitaciones. Madelene permanecía en silencio total y se hacía la dormida cuando él llegaba a casa.

No, ya es suficiente. Va a poner un clásico de Clint Eastwood y a servirse una copa de Macallan. A lo mejor consigue quedarse dormido en el sillón.

La nevada sigue cayendo en el norte. En Kurravaara, los coches y las casas quedan enterrados bajo un grueso manto blanco. Rebecka está en el sofá de la cocina de la casa de su abuela, despierta.

«Debería levantarme y mirar a ver si la perra está ahí —piensa—. A lo mejor está fuera, en la nieve, pelándose de frío.»

No logra dormir más. Cierra los ojos y cambia de postura, se tumba de lado. A pesar del cansancio en el cuerpo, tiene la mente despejada.

Hay algo raro relacionado con el cuchillo. ¿Por qué lo habían enjuagado? Si alguien guardó el cuchillo en el cajón del sofá con la intención de inculpar a Sanna, ¿por qué enjuagó la hoja antes de hacerlo? Habría sido mejor limpiar sólo el mango para borrar las posibles huellas y dejar la hoja con las manchas de sangre. Si no corría el riesgo de que no se pudiera vincular el arma con el asesinato. Hay algo que Rebecka no logra ver. Como una imagen de aquellas que son un hormiguero de puntos. De repente aparece un dibujo. Ahora tiene la misma sensación. Todos los puntos están ahí. Sólo tiene que descubrir la figura que los une.

Enciende la lámpara de noche y se incorpora despacio. El sofá responde con un crujido. Rebecka se queda quieta para escuchar si las niñas se han despertado. Mete los pies en los helados zapatos y sale al porche para llamar a *Chapi*.

Se queda observando la nevada y llamando a una perra que no aparece.

Cuando vuelve a entrar en casa ve a Sara en medio de la cocina. Se da la vuelta con un movimiento rígido y se queda mirando a Rebecka. Lleva unos grandes calzoncillos largos y un jersey de lana enorme que hacen que su cuerpo parezca diminuto.

—¿Qué te pasa? —le pregunta Rebecka—. ¿Has tenido una pesadilla?

Antes de que acabe la pregunta, Sara empieza a llorar. Es un llanto intenso, seco y entrecortado. La mandíbula se le abre y cierra con pequeños espasmos, como si fuese la de una muñeca de madera.

—¿Qué ocurre? —vuelve a preguntar Rebecka quitándose los zapatos rápidamente—. ¿Es porque *Chapi* no está?

No obtiene respuesta. Todavía tiene la cara desencajada por esa tristeza tan extraña. Pero los brazos se le mueven un poco hacia adelante, como si los fuera a estirar hasta Rebecka si pudiera.

Rebecka la coge en brazos. Sara no opone ninguna resistencia. Rebecka está abrazando a una niña pequeña. No a una casi adolescente. Sólo una niña. Y no pesa casi nada. Rebecka la tumba en el sofá cama de la cocina y la acurruca en sus brazos, rodeando su cuerpecito, que se tensa como para compensar las lágrimas que no quieren salir. Al final se quedan las dos dormidas.

Hacia las cinco de la madrugada, Rebecka se despierta con los pasos de Lova, que entra de puntillas en la cocina. Se sube al sofá y se tumba contra la espalda de Rebecka, se le pega dulcemente, le mete con cuidado la manita por debajo del jersey y se duerme.

Debajo de todas las mantas hace un calor abrasador, pero Rebecka se queda allí tal como está, inmóvil.

JUEVES, 20 DE FEBRERO

A las cinco y media de la madrugada el gato *Manne* decidió despertar a Sven-Erik Stålnacke. Se puso a pasear de aquí para allá por encima del cuerpo dormido de Sven-Erik y de vez en cuando soltaba un maullido lastimero. Al ver que no surtía efecto, el gato se le acercó a la cara y le tocó delicadamente la mejilla con la pata. Pero Sven-Erik estaba sumido en un sueño demasiado profundo. *Manne* movió la pata hasta ponérsela en la raíz del pelo y sacó las garras lo suficiente para que se le engancharan en la piel y pudiera tirar un poco a su amo del cuero cabelludo. Sven-Erik abrió los ojos al instante y se quitó las zarpas de la cabeza. Acarició cariñosamente al gato a lo largo de su lomo gris atigrado.

—Ay, cabroncete —dijo bondadoso—. ¿Te parece que ya me toca levantarme?

Manne maulló acusador y bajó de la cama de un salto para luego desaparecer por la puerta de la habitación. Sven-Erik oyó cómo se iba corriendo hasta la puerta de la entrada y se ponía a maullar.

—Ya voy, ya voy.

Había adoptado a *Manne* cuando su hija y el novio

de ésta se mudaron a Luleå. «Es que está acostumbrado a la libertad —le había dicho ella—. Te puedes imaginar cómo se aburriría en un piso en la ciudad. Él es como tú, papá. Necesita tener un buen trozo de bosque cerca para poder vivir.»

Sven-Erik se levantó y le abrió la puerta al gato para que saliera.

Pero *Manne* sólo husmeó un poco el aire de la nevada y luego dio media vuelta y se metió en el recibidor otra vez. En cuanto Sven-Erik cerró la puerta el gato volvió a soltar un prolongado maullido.

—Pero ¿qué quieres? —preguntó Sven-Erik—. No tengo la culpa de que haga un tiempo de perros. O sales o te quedas dentro, calladito.

Fue a la cocina y sacó una lata de comida para gatos. El animal maulló con energía y empezó a pasearse entre sus pies hasta que la comida estuvo servida en el cuenco. Después Sven-Erik preparó la cafetera eléctrica, que se puso en marcha con un gorgoteo. Cuando llamó Anna-Maria Mella le acababa de hincar el diente a un sándwich de pan negro.

—Escucha —le dijo inquieta—. Ayer por la mañana estuve hablando con Sanna Strandgård y comentamos que la muerte parece muy ritual y que algunos pasajes de la Biblia hablan de manos cortadas y de gente a la que le sacan los ojos y esas cosas.

Sven-Erik emitía sonidos de asentimiento entre bocado y bocado mientras Anna-Maria hablaba.

—Sanna leyó en voz alta a Marcos 9:43-48: «Y si tu mano te escandaliza, córtatela; más te vale que entres manco en la vida que, con las dos manos, irte al infierno, al fuego que no se apaga. Y si tu pie te escandaliza, córtatelo. Más te vale que entres cojo en la vida que, con los dos pies, ser arrojado al infierno. Y si tu ojo te escandaliza, sácatelo; más te vale entrar tuerto en el Reino de Dios que, con los dos ojos, ser arrojado al infierno donde *el gusano no muere ni el fuego se apaga*.»

—¿Y? —dijo Sven-Erik, que se sentía un poco espeso.

—¡Pero no leyó el principio del texto! —continuó Anna-Maria con entusiasmo—. En Marcos 9:42 pone esto: «El que escandalice a uno de estos pequeños que creen en mí, más le valdría que le colgaran al cuello una rueda de molino de asno y que le tiraran al mar.»

Sven-Erik se sujetó el auricular entre el hombro y la oreja, y levantó a *Manne*, que se estaba restregando contra sus piernas.

—Hay paralelismos entre el evangelio según san Lucas y el de san Mateo —dijo Anna-Maria—. En el de Mateo se dice que los ángeles celestiales de los niños siempre ven la cara de Dios. Y cuando estuve mirando mi Biblia de la confirmación, en una nota ponía que era una frase de muchísima importancia porque los niños están bajo la protección especial de Dios. Según las creencias judaicas de entonces, todas las personas tienen un ángel que expone sus ruegos ante Dios y se supone que sólo los ángeles más elevados tienen acceso al trono de Dios.

—O sea, que lo que quieres decir es que alguien se lo cargó porque había seducido a un niño —dijo Sven-Erik pensativo—. ¿Estás diciendo que Viktor...?

Se quedó callado un momento y sintió la incomodidad de las palabras antes de seguir hablando.

—¿... o sea, con las hijas de Sanna?

—¿Por qué se saltó el principio? —dijo Anna-Maria—. En cualquier caso, Von Post tiene razón. Tenemos que hablar con las niñas de Sanna Strandgård. Puede que tuviera un motivo bastante bueno para odiar a su hermano. Tendremos que llamar a los del servicio de psiquiatría infantil y adolescente para que nos ayuden a hablar con las niñas.

Después de colgar, Sven-Erik se quedó sentado a la mesa de la cocina con el gato en el regazo.

«Joder —pensó—. Cualquier cosa menos eso.»

Cuando Rebecka llamó a la oficina parroquial de la Iglesia de Cristal a las ocho y cuarto de la mañana contestó Ann-Gull Kyrö, la secretaria de los pastores. Rebecka acababa de dejar a las niñas y andaba de camino al coche. Al preguntar por Thomas Söderberg oyó que la mujer que estaba al otro lado respiró hondo.

—Lo siento —dijo Ann-Gull—. Él y Gunnar Isaksson están en una reunión y no se les puede molestar.

—¿Dónde está Vesa Larsson?

—Hoy está enfermo y tampoco se le puede molestar.

—Si no te importa, le quiero dejar un mensaje a Thomas Söderberg. Quiero que me llame a este número...

—Lo siento —la cortó Ann-Gull amablemente—, pero durante la Conferencia de los Milagros los pastores están muy ocupados y no tienen tiempo para llamar a la gente que pregunta por ellos.

—Bueno —intentó Rebecka—, el caso es que soy la representante de Sanna Strandgård y...

La mujer del otro lado volvió a interrumpirla. Ahora con cierta severidad en el tono.

—Sé muy bien quién eres, Rebecka Martinsson —dijo—. Pero como ya he dicho, los pastores no tienen tiempo durante la conferencia.

Rebecka cerró los puños.

—Les puedes decir a los pastores, de mi parte, que no voy a desaparecer sólo porque no me hagan caso —dijo colérica—. Voy a...

—No les voy a decir nada de tu parte —soltó Ann-Gull Kyrö—. Y no tienes con qué amenazarme, así que voy a cortar la conversación. Adiós.

Rebecka se quitó el auricular de la oreja y se lo metió en el bolsillo. Ya estaba junto al coche. Miró al cielo y dejó que los copos de nieve aterrizaran sobre sus mejillas. A los pocos segundos estaba mojada y fría.

«Cabrones —pensó—. No me retiraré como un perro acojonado. Hablaréis conmigo sobre Viktor. Os pensáis que no tengo nada con qué amenazaros, pero eso habrá que verlo.»

Thomas Söderberg vivía con su esposa Maja y sus dos hijas en un piso en el centro de la ciudad, encima de la tienda de ropa Centrum. Los pasos de Rebecka hacían eco en la escalera de la finca mientras subía a la primera planta. En la piedra marrón había fósiles de color en forma de concha. Los carteles con los nombres de los inquilinos eran de latón, impresos todos con el mismo tipo de letra cursiva y bien elaborada. Era una de esas fincas silenciosas en las que uno se imagina a los viejos encerrados en sus pisos con la oreja pegada a la puerta, preguntándose quién viene.

«Vamos —se animó Rebecka—. No vale la pena preguntarte si quieres hacer esto o no. Sólo es cuestión de quitártelo de encima. Como una visita al dentista. Abre la boca y pronto habrá terminado.» Puso el dedo sobre el timbre de la puerta en la que ponía SÖDERBERG. Durante un segundo pensó que le abriría Thomas y tuvo que frenar el impulso de dar media vuelta y bajar corriendo las escaleras.

Fue Magdalena, la hermana de Maja Söderberg, quien abrió la puerta.

—Rebecka —fue lo único que dijo.

No parecía sorprendida. Rebecka tuvo la sensación de que la estaba esperando. Quizá Thomas le había pedido a su cuñada que se tomara el día libre en el trabajo y la había colocado allí como un perro guardián para proteger a su pequeña familia. Magdalena estaba como siempre. Llevaba el pelo corto, con el mismo práctico estilo de hacía diez años. Los vaqueros, pasados de moda, estaban metidos dentro de unos largos calcetines de lana tejidos a mano.

«Sigue con su estilo de siempre —pensó Rebecka—. Si hay alguien que nunca caerá en modernidades ni se pondrá tacones, ésa es Magdalena. Si hubiese nacido en el siglo XIX, iría siempre con un uniforme de enfermera almidonado y bajaría en bote de remos por los ríos hasta los pueblos dejados de la mano de Dios con la maleta llena de enormes jeringuillas.»

—He venido para hablar con Maja —dijo Rebecka.

—No creo que tengáis nada de qué hablar —dijo Magdalena sujetando el pomo con una mano mientras con la otra buscaba rápidamente apoyo en el marco de la puerta para que Rebecka no pudiese colarse.

Rebecka alzó el tono para que se la oyera dentro del piso.

—Dile a Maja que quiero hablar con ella sobre VictoryPrint. Quiero darle la oportunidad de convencerme para no ir a la policía.

—Voy a cerrar la puerta —dijo Magdalena, de malhumor.

Rebecka puso la mano en el marco.

—Me romperás los dedos —dijo con suficiente fuerza para que hiciera eco entre las paredes de piedra de la escalera—. Vamos, Magdalena. Pregúntale a Maja si quiere hablar conmigo. Dile que tiene que ver con sus acciones en la sociedad.

—Voy a cerrar —amenazó Magdalena abriendo la

puerta un poco más, como si fuera a cerrarla de golpe—. Si no quitas la mano, será culpa tuya.

«No lo harás —pensó Rebecka—. Eres enfermera.»

Rebecka está hojeando una revista. Es del año pasado. No le importa. De todos modos, no la está leyendo. Al cabo de un rato vuelve la enfermera que la había recibido. Cierra la puerta tras de sí. Se llama Rosita.

—Estás embarazada, Rebecka —dice Rosita—. Y si tu decisión es abortar tendremos que reservar hora para el raspado.

Un raspado. Van a raspar a Johanna para quitársela.

Es al salir de allí cuando sucede todo. Antes de dejar la recepción se topa con Magdalena. Magdalena se queda de pie en medio del pasillo y la saluda. Rebecka se detiene y la saluda también. Magdalena le pregunta si va a ir al ensayo del coro el jueves y Rebecka responde esquiva y le pone excusas. Magdalena no le pregunta qué está haciendo en el hospital. Rebecka comprende entonces que Magdalena ya lo sabe. Todo lo que no se dice es lo que delata a una persona.

—Déjala pasar. Los vecinos se estarán preguntando qué ocurre.

Maja apareció por detrás de Magdalena. Los últimos años le habían dejado dos ángulos bien marcados en las comisuras de la boca. Se acentuaban al mirar a Rebecka.

—No hace falta que te quites el abrigo —dijo Maja—. No te quedarás mucho rato.

Se sentaron en la cocina. Era espaciosa, tenía armarios blancos nuevos y una isleta en el centro. Rebecka se preguntó si las niñas estarían en la escuela. Rakel debía de rondar los catorce y Anna debía de estar acabando la primaria. Aquí el tiempo también había pasado.

—¿Preparo té? —preguntó Magdalena.

—No, gracias —respondió Maja.

Magdalena se desplomó en la silla otra vez. Las manos se apresuraron hacia el mantel a recoger unas migas que no existían.

«Pobrecita —pensó Rebecka mirando a Magdalena—. Deberías hacer tu propia vida en vez de ser un accesorio de esta familia.»

Maja miró a Rebecka con severidad.

—¿Qué quieres de mí?

—Te quiero preguntar sobre Viktor —dijo Rebecka—. Él...

—Acabas de avergonzarnos delante de los vecinos berreando y diciendo no sé qué de VictoryPrint. ¿Qué tienes que decir sobre eso?

Rebecka respiró hondo.

—Te voy a decir lo que yo creo y tú podrás decirme si tengo razón o no.

Maja resopló por la nariz.

—Según tus declaraciones de renta, que he visto, VictoryPrint ha recuperado dinero de los impuestos del Estado —dijo Rebecka—. Mucho dinero. Parece ser que se han hecho grandes inversiones en la sociedad limitada.

—¿Qué hay de malo en eso? —espetó Maja.

Rebecka miró impasible a las dos hermanas.

—La congregación le ha notificado a Hacienda que es una asociación sin ánimo de lucro y que debe estar exenta del impuesto sobre la renta y del IVA. Eso le irá de perlas a la congregación, porque imagino que facturará una cantidad de pasta considerable. Sólo el beneficio de las ventas de material impreso y cintas de vídeo tiene que ser enorme. Sin costes de traducción, porque la gente lo hace por amor a Dios. Sin derechos de autor para nadie, al menos no para Viktor, así que todas las ganancias deben de ir a parar a la congregación.

Rebecka hizo una breve pausa. Maja la observaba. Tenía la cara rígida como una máscara. Magdalena miraba a través de la ventana. En el árbol que había justo enfrente había un pájaro, un carbonero común, picoteando con fervor un trozo de corteza. Rebecka siguió hablando:

—El único problema es que como la congregación está exenta de pagar impuestos tampoco puede desgravar los gastos que tiene. Y tampoco se les devuelve el IVA entrante. Entonces, ¿qué se puede hacer? Bueno, un buen sistema es crear una empresa y adjudicarle costes y gastos de los que sí se puedan recuperar los impuestos. De modo que cuando la congregación se da cuenta de lo rentable que les saldría editar ellos mismos los libros y los textos y copiar ellos las cintas de vídeo, crean una sociedad limitada. La sociedad compra todo el material que se necesita y eso cuesta mucho dinero. Un veinte por ciento de lo que se invierte es devuelto por el Estado. Eso es mucha pasta para las familias de los pastores. La sociedad vende servicios, impresión y más cosas a la congregación a buen precio y tiene pérdidas. Y le va bien, porque así no hay beneficios que declarar. Y hay otro aspecto positivo. Vosotros, los copropietarios, podéis desgravar hasta diez mil euros cada uno los primeros cinco años por las pérdidas de vuestros ingresos por servicios. He visto que tú, Maja, no pagaste nada de impuestos el año pasado. Las esposas de Vesa Larsson y

Gunnar Isaksson tenían sueldos insignificantes por los que pagar impuestos. Creo que habéis aprovechado las pérdidas de la sociedad para hacer desaparecer vuestros sueldos y así no tener que pagar impuestos por ellos.

—Desde luego —dijo Maja, irritada—. Y eso es totalmente legal, no entiendo qué buscas, Rebecka. Tú deberías saber que la planificación de impuestos...

—Déjame que acabe —la cortó Rebecka—. Creo que la sociedad limitada le ha vendido servicios a la congregación a precios demasiado bajos, causando así pérdidas. También me pregunto de dónde ha salido el dinero para invertir en la sociedad. Por lo que yo sé, ninguno de los copropietarios contáis con un gran capital. A lo mejor pedisteis un crédito bastante grande, pero no lo creo. No he visto déficit en vuestros ingresos. Creo que el dinero para las compras del taller de impresión y demás proviene de la congregación, pero que no se han presentado las cuentas. Y entonces ya no estamos hablando de planificación de impuestos. Empezamos a hablar de delito fiscal. Si Hacienda y el fiscal para asuntos económicos empiezan a remover todo esto, lo que saldría a la luz sería lo siguiente: que si vosotros, los copropietarios, no podéis explicar de dónde ha salido el dinero para las inversiones, pagaréis impuestos por todo, como una actividad comercial normal y corriente. La congregación ha pagado un adelanto que debería haberse presentado como ingresos.

Rebecka se inclinó hacia adelante, clavando la mirada en Maja Söderberg.

—¿Entiendes, Maja? —le dijo—. Más o menos la mitad de lo que habéis sacado de la congregación la tenéis que pagar en impuestos. Después hay que añadir gastos sociales e impuestos añadidos. Caerás en bancarrota y tendrás a Hacienda vigilándote el resto de tu vida. Además, pasarás una buena temporada en prisión. La sociedad mira con muy malos ojos el delito fiscal. Y si los pastores están detrás de todo el tinglado, que a mí me parece que sí, Thomas será culpable de estafa y Dios sabe de qué más. Malversar dinero de la congregación para pasarlo a la sociedad limitada de su mujer. Si a él también lo condenan a prisión, ¿quién se ocupará de las niñas? Os tendrán que ir a visitar a un centro. Una triste sala de visitas un par de horas cada fin de semana. Y cuando salgáis, ¿dónde os pondréis a trabajar?

Maja no apartaba la vista de Rebecka.

—¿Qué quieres de mí? Vienes aquí, a mi casa, con tus hipótesis y amenazando. Me amenazas a mí. A toda mi familia. A las niñas.

Se quedó callada y se llevó la mano a la boca.

—Si buscas venganza, Rebecka, véngate conmigo —dijo Magdalena.

—¡Déjalo de una puta vez! —exclamó Rebecka.

Las dos hermanas se sobresaltaron con el taco.

Le entraron ganas de jurar otra vez.

—Es evidente que te guardo un rencor de cojones —continuó—, pero no estoy aquí por eso.

Rebecka está sola en casa cuando llaman a la puerta. Es Thomas Söderberg. Con él están Maja y Magdalena.

Ahora Rebecka entiende por qué Sanna se había ido con tanta prisa. Y por qué insistía en que Rebecka se quedara en casa estudiando. Sanna sabía que iban a venir.

Después Rebecka pensará que no los debería haber dejado entrar. Que les debería haber cerrado la puerta en sus bienintencionadas narices. Entiende perfectamente por qué están allí. Lo ve en sus caras. En la mirada preocupada y seria de Thomas. En los labios apretados de Maja. Y en Magdalena, que no se siente capaz de mirarla a los ojos.

Primero no querían tomar nada, pero después Thomas se arrepiente y pide un vaso de agua. Durante la conversación que sigue irá haciendo pausas para dar pequeños sorbos.

En cuanto se sientan en la sala de estar, Thomas asume el mando. Le pide a Rebecka que se siente en el sillón de mimbre e insta a su esposa y a su cuñada a sentarse cada una en una de las puntas del sofá rinconera. Él se sienta en medio. De esta manera tiene contacto visual con las tres al mismo tiempo. Rebecka tiene que volver la cabeza todo el rato para ver a Maja y a Magdalena.

Thomas Söderberg va directo al grano.

—Magdalena nos ha contado que te vio en el hospital —dice mirando a Rebecka a los ojos—. Hemos venido para persuadirte de que no sigas adelante.

Cuando ve que Rebecka no contesta, continúa:

—Entiendo que pueda resultarte difícil, pero tienes que pensar en el niño. Llevas una vida en el vientre, Rebecka. No tienes derecho a apagarla. Maja y yo hemos hablado de esto y me ha perdonado.

Hace una pausa y le echa a Maja una mirada llena de amor y agradecimiento.

—Queremos ocuparnos de la criatura —dice luego—. Adoptarla. ¿Entiendes, Rebecka? En nuestra familia sería igual que Rakel y Anna. Un hermanito.

Maja le clava la mirada.

—Si es que es un niño —añade Thomas. Al cabo de un momento, pregunta—: ¿Qué dices, Rebecka?

Rebecka levanta la mirada de la mesa y observa fijamente a Magdalena.

—¿Que qué digo? —responde negando lentamente con la cabeza.

—Lo sé —dice Magdalena—. Miré tus informes y rompí el secreto. Naturalmente, me puedes denunciar a la autoridad competente.

—A veces hay que elegir entre seguir la voluntad del emperador o la de Dios —dice Thomas—. Le he dicho a Magdalena que lo entenderías. ¿Verdad, Rebecka? ¿O piensas denunciarla?

Rebecka niega con la cabeza. Magdalena parece aliviada. Casi sonríe. Maja no lo hace. Los ojos se le oscurecen cuando mira a Rebecka. Rebecka siente que se empieza a marear. Debería comer algo porque cuando lo hace se le suele pasar un poco.

«¿Se ocuparía ella de mi hijo?», se pregunta a sí misma.

—¿Qué dices, Rebecka? —insiste Thomas—. ¿Me puedo ir de aquí con tu promesa de que anularás la visita al hospital?

Ya le vienen las náuseas. Surgen de repente, de abajo hacia arriba. Rebecka se levanta de un salto de la silla, golpeándose la rodilla contra la mesa, y sale disparada al baño. El contenido del estómago le repite con tanta fuerza que le duele. Cuando oye que se levantan en la sala de estar, cierra la puerta con pestillo.

A los pocos segundos están los tres al otro lado de la puerta. Llaman. Le preguntan cómo se encuentra y le piden que abra la puerta. Se le han taponado los oídos. No tiene fuerza en las piernas y se desploma sobre la taza del váter.

Al principio percibe que las voces del otro lado parecen preocupadas y le ruegan que salga. Incluso Maja recibe órdenes de acercarse a la puerta.

—Te he perdonado, Rebecka —dice—. Sólo queremos ayudarte.

Rebecka no contesta. Alarga la mano y abre los grifos al máximo. El agua resuena en la bañera, las tuberías hacen ruido y ahogan sus voces. Primero Thomas se irrita, después se enfada.

—¡Abre! —dice gritando y golpeando la puerta—. Es mi hijo, Rebecka. No tienes ningún derecho, ¿me oyes? No permitiré que asesines a mi hijo. Abre antes de que eche la puerta abajo.

De fondo oye a Maja y Magdalena intentando calmarlo. Lo apartan de allí. Al final oye cerrarse la puerta de la entrada y pasos que se alejan escaleras abajo. Rebecka se hunde en la bañera y cierra los ojos.

Al cabo de mucho rato se vuelve a abrir la puerta de la casa. Sanna acaba de regresar. El agua de la bañera está fría desde hace tiempo. Rebecka se levanta y se va a la cocina.

—Lo sabías —le dice a Sanna.

Sanna la mira con culpabilidad en los ojos.

—¿Me puedes perdonar? —responde—. Lo he hecho porque te quiero. ¿Lo entiendes?

—¿Por qué estás aquí? —preguntó Maja.

—Quiero saber por qué murió Viktor —dijo Rebecka con severidad—. Sanna es sospechosa y está detenida, y a nadie parece importarle una mierda. La congregación sigue con sus bailes y sus encuentros para cantar himnos pero se niegan a colaborar con la policía.

—¿Y qué quieres que te diga yo? —exclamó Maja—. ¿Crees que lo asesiné yo? ¿O Thomas? ¿Que le cortamos las manos y le sacamos los ojos? ¿Estás loca o qué?

—¿Qué sé yo? —respondió Rebecka—. ¿Estaba Thomas en casa la noche que mataron a Viktor?

—Bueno, ahora ya te estás pasando —respondió indignada Magdalena.

—A Viktor le pasaba algo desde hacía un tiempo —dijo Rebecka—. Parece que estaba peleado con Sanna. Patrik Mattsson estaba enfadado con él y quiero saber por qué. ¿Tenía alguna relación con alguien de la congregación? ¿Con un hombre, quizá? ¿Por eso la casa de Dios está tan calladita?

Maja Söderberg se puso en pie.

—Pero ¿es que no me oyes? —gritó—. ¡No tengo la menor idea! Thomas era el mentor espiritual de Viktor. Y Thomas nunca revelaría nada de lo que le han contado en confesión en su calidad de pastor. Ni a mí ni a la policía.

—¡Pero Viktor está muerto! —dijo Rebecka con un bufido—. Así que probablemente le importe un bledo que Thomas rompa el secreto de confesión. Creo que todos sabéis más de lo que queréis contar. Y estoy dispuesta a ir a la policía con lo que yo sé, y veremos qué otras cosas aparecen si abren una investigación en regla.

Maja le clavó la mirada.

—Tú estás tarada —exclamó—. ¿Por qué me odias? ¿Creías que nos iba a dejar a mí y a las niñas por ti? ¿Es por eso?

—No te odio —dijo Rebecka poniéndose en pie—. Me das pena. Nunca creí que te fuera a dejar. Nunca me creí que fuera la única, fue un golpe de mala suerte que te enteraras. ¿Soy la única de la que sabes algo o hay más...?

Maja se tambaleó. Levantó el dedo y señaló directamente a Rebecka.

—Tú —dijo, colérica—. ¡Tú, infanticida! ¡Fuera de aquí!

Magdalena acompañó a Rebecka hasta la puerta pegada a sus talones.

—No lo hagas, Rebecka —le rogó—. No vayas a la policía. ¿De qué serviría? Piensa en las niñas.

—Pues ayúdame —la cortó Rebecka—. Están a punto de meter a Sanna en la cárcel y nadie dice nada de nada. Y encima quieres que colabore.

Magdalena salió con Rebecka a la escalera y cerró la puerta del piso.

—Tienes razón —susurró—. A Viktor le pasaba algo últimamente. Estaba diferente. Más agresivo.

—¿A qué te refieres? —preguntó Rebecka apretando el botón rojo iluminado para que se encendieran las luces.

—Bueno, ya sabes, su forma de rezar y de dirigirse a la congregación. Es difícil de explicar. Estaba como angustiado. A menudo rezaba por las noches en la iglesia y no quería la compañía de nadie. Antes no era así. Antes le gustaba que la gente lo acompañara en las plegarias. Ayunaba y esas cosas. A mí me daba la sensación de que estaba destrozado.

«Desde luego —pensó Rebecka recordando el aspecto que tenía en el vídeo—. Ojeroso. Fatigado.»

—¿Por qué ayunaba?

Magdalena se encogió de hombros.

—Qué sé yo —dijo—. Algunos demonios sólo se pueden expulsar con el ayuno y las oraciones, según está escrito. Pero me pregunto si alguien sabe qué le pasaba de verdad. No creo que Thomas lo sepa, no estaban en muy buenos términos desde hacía un tiempo.

—Vaya, ¿y qué les pasaba? —preguntó Rebecka.

—Bueno, nada tan grave como para que Thomas matara a Viktor —dijo Magdalena—. Imagino que no lo estarás pensando en serio... Pero era como si Viktor estuviera evitando a todo el mundo. A Thomas también. Sólo te digo que dejes tranquila a esta familia. Ni Thomas ni Maja tienen nada que contarte.

—Y ¿quién lo tiene? —preguntó Rebecka.

Al ver que Magdalena no contestaba continuó:

—¿Vesa Larsson, quizá?

Cuando Rebecka bajó a la calle le dio tiempo a pensar que debería dejar salir un momento a *Chapi* para que pudiera hacer pis antes de acordarse de que la perra había desaparecido. ¿Y si le había pasado algo? Por un momento se imaginó el pequeño cuerpo de *Chapi* congelado en la nieve. Las urracas o los cuervos le habían picoteado los ojos y un zorro se había comido los mejores trozos de su vientre.

«Se lo tengo que decir a Sanna», pensó, y el corazón le dio un vuelco.

Se cruzó con una pareja que llevaba un carrito de niño. La chica era joven. Quizá no llegaba a los veinte. A Rebecka le llamó la atención el deseo con el que le miraba sus botas. Pasó por delante del viejo Palladium. Todavía quedaban algunas esculturas del Festival de Nieve de finales de enero. En medio de la calle Geolog había tres estatuas de perdices de las nieves de medio metro, hechas de hormigón. Las habían instalado para cortar el tráfico. Las tres llevaban puesta una capucha para la nieve.

La desanimó sentarse en el coche sola. Se dio cuenta de que ya se había acostumbrado a las niñas y a la perra.

«Para», se exigió a sí misma.

Miró la hora. Ya eran las doce y media. En dos horas tendría que ir a recoger a Sara y a Lova. Les había prometido que por la tarde irían a la piscina cubierta. Debería comer algo antes. Por la mañana, a las niñas les había dado chocolate y unos sándwiches, pero ella sólo se había tomado dos tazas de café. Y quería hablar también con Vesa Larsson. Además, debería trabajar un poco. Se le empezó a encoger el estómago cuando pensó que aún no había acabado el informe sobre las nuevas reglas para pequeñas empresas.

Se metió en el Oso Negro y cogió una chocolatina, un plátano y una coca-cola. En la portada de uno de los periódicos de la tarde aparecía el titular «Viktor Strandgård asesinado por creyentes satánicos». Encima del texto ponía en letras casi ininteligibles: «Miembro anónimo de la congregación explica que...»

—Vaya, qué mano más fría —dijo la mujer a la que le dio el dinero para pagar.

Le cogió los dedos con su mano seca y caliente, y apretó un instante antes de soltar.

Rebecka le sonrió sorprendida.

«Ya no estoy acostumbrada a hablar con desconocidos», pensó.

El coche había tenido tiempo de sobra para helarse. Peló el plátano y se lo comió a grandes bocados. Los dedos se le enfriaron todavía más. Pensó en la mujer de la tienda. Rondaría los sesenta. Brazos fuertes y pecho exuberante bajo una rebeca de mohair de color rosa. Pelo corto con permanente y un peinado que había sido moderno en la década de los ochenta. Sus ojos eran amables. Después pensó en Sara y en Lova. En lo calientes que estaban cuando dormían. Y en *Chapi*, con su mirada de terciopelo y su pelo negro y lanudo. De repente le invadió la tristeza. Levantó la cara hacia el techo y se secó las lágrimas de las pestañas con el dedo índice para que no se le corriera el rímel.

«Déjalo», se riñó a sí misma y le dio al contacto.

Chapi está tumbada en la oscuridad. De pronto se abre la puerta del maletero y queda cegada por la luz de una linterna. El corazón se le encoge por el miedo, pero no intenta oponer resistencia cuando dos manos duras la agarran y la levantan. La falta de oxígeno la ha vuelto pasiva y dócil. Aun así, gira el cuello para mirar al hombre que la saca del coche. Le muestra toda la sumisión que puede mientras la cinta adhesiva le sujeta el hocico y las patas. En vano muestra el cuello y esconde la cola entre las patas de atrás. Porque no hay lugar para la compasión.

La casa de estilo funcional recién construida del pastor Vesa Larsson quedaba detrás de la universidad. Rebecka dejó el coche aparcado en la calle y contempló el imponente edificio. Los bloques geométricos de color blanco se fundían con el paisaje nevado de su alrededor. Con el tiempo que hacía era muy fácil pasar de largo con el coche si no fuera por las partes de unión que relucían esplendorosamente en rojo, amarillo y azul. Era evidente que la montaña nevada y los colores de los samis habían estado presentes en la cabeza del arquitecto.

Astrid, la esposa de Vesa Larsson, abrió la puerta. Detrás tenía un pequeño pastor Shetland que ladraba enloquecido a Rebecka. Cuando vio quién había llamado a la puerta, Astrid entornó los ojos y bajó las comisuras de la boca en una mueca de antipatía.

—¿Y tú qué quieres? —preguntó.

Había engordado por lo menos unos quince kilos desde la última vez. Tenía el pelo mal recogido con una goma y llevaba unos pantalones Adidas y una sudadera desgastada. En un segundo analizó el aspecto de Rebecka: el abrigo largo de color camello, la bufanda suave de Max Mara y el Audi nuevo que había aparcado junto a la acera. Se le notó un atisbo de inseguridad en la mirada.

«Justo lo que me había imaginado —pensó Rebecka

con maldad—. En cuanto tuvieron el primer hijo se descontroló.»

En aquella época Astrid estaba entrada en carnes, pero era bonita. Como el dibujo de un angelito rechoncho sobre una nube. Y Vesa Larsson era el pastor soltero por el que competían las chicas de la iglesia de Pentecostés que se morían por casarse.

«Es un alivio no tener que intentar querer a todo el mundo —pensó Rebecka—. La verdad es que ésta nunca me ha gustado.»

—He venido a ver a Vesa —dijo Rebecka entrando antes de que Astrid tuviera tiempo de responder.

El perro reculó acobardado, pero empezó a soltar unos ladridos tan intensos que le salían afónicos por el esfuerzo. Parecía como si tuviera una tos seca.

La casa no tenía recibidor. Toda la planta baja era una superficie diáfana y desde la puerta de entrada Rebecka podía ver la cocina, el comedor, los sofás delante de la chimenea y los impresionantes ventanales que daban a la nevada. Con buen tiempo se podía ver Vittangivaara, Luossavaara y la Iglesia de Cristal, en lo alto de Sandstensberget.

—¿Está en casa? —preguntó Rebecka intentando hablar más fuerte que el perro, pero sin gritar.

Astrid contestó con un bufido.

—Sí, está en casa. ¡Cállate de una vez!

Esto último se lo dijo al perro enfurecido. Metió la mano en el bolsillo y sacó unas galletitas para perros y las tiró por el suelo. El perro se calló y se abalanzó sobre las golosinas.

Rebecka se metió el gorro y los guantes en los bolsillos del abrigo y lo colgó en una percha. Cuando se los fuera a poner otra vez estarían empapados, pero qué remedio. Astrid abrió la boca como para protestar, pero enseguida la volvió a cerrar.

—No sé si querrá recibirte —dijo rabiosa—. Tiene la gripe.

—Bueno, yo no me iré de aquí hasta que haya hablado con él —dijo Rebecka en un tono suave—. Es importante.

El perro, que ya se había comido las galletitas, fue adonde estaba su ama y empezó a montarle la pierna al mismo tiempo que se ponía a ladrar otra vez enfurecido.

—Para ya, *Balú* —protestó Astrid sin moverse—. No soy una perra.

Intentó deshacerse del perro, pero éste se sujetaba con fuerza a la pierna con las patas delanteras.

«Santo cielo, menudo elemento», pensó Rebecka.

—Lo digo en serio —dijo Rebecka—. Me quedaré a dormir en el sofá. Tendrás que llamar a la policía para que me echen.

Astrid se rindió. La combinación del perro y Rebecka era más de lo que podía soportar.

—Está en el estudio —le dijo—. Sube las escaleras y la primera puerta a la izquierda.

Rebecka subió los escalones de cinco zancadas.

—Llama antes —le gritó Astrid desde abajo.

Vesa Larsson estaba sentado delante de la chimenea de azulejos en un taburete forrado con piel de oveja. En uno de los azulejos de la chimenea había un texto escrito con letras verdes y elegantes que decía: «El Señor es mi pastor.» Era bonito. Probablemente lo habría escrito el propio Vesa Larsson. No estaba vestido, llevaba una bata de felpa y debajo un pijama de franela. Sus ojos parpadearon cansados ante Rebecka, parecían unos huecos grises por encima de la barba sin afeitar.

«Sin duda se encuentra mal —pensó Rebecka—, pero no es la gripe.»

—Así que has venido para amenazarme —dijo—. Vuelve a casa, Rebecka. No te metas en esto.

«Vaya —pensó Rebecka—. Han sido rápidos en avisar.»

—Bonito estudio —dijo, en lugar de responder.

—Mmm —dijo Vesa—. Al arquitecto por poco le da algo cuando le dije que quería parqué sin tratar aquí dentro. Dijo que no aguantaría ni cuatro días con la pintura, la tinta y lo demás. Pero ésa era la idea. Quería que fuera cogiendo una pátina especial fruto de las obras que voy haciendo.

Rebecka miró a su alrededor. El estudio era grande. A pesar del tiempo nevoso y seminublado que hacía fuera, la luz entraba a chorros por las grandes ventanas. Estaba bien ordenado. Delante de la ventana había un caballete con un lienzo cubierto. En el suelo no encontró ni una sola gota de pintura. Distinto era cuando trabajaba en el sótano de la iglesia de Pentecostés. Entonces tenía láminas esparcidas por todo el suelo y uno apenas se atrevía a moverse por miedo a volcar alguno de los cuantiosos tarros de cristal con aguarrás y pinceles que tenía por todas partes. Al cabo de un rato el olor a disolvente te provocaba un ligero dolor de cabeza. Aquí sólo se notaba el olor a humo de la chimenea. Vesa Larsson observó su mirada escrutadora y esbozó media sonrisa.

—Lo sé —dijo—. Cuando por fin consigues el estudio con el que todo el mundo sueña...

Acabó la frase encogiéndose de hombros.

—Mi padre pintaba al óleo, ¿sabes? —continuó—. La aurora boreal, los paisajes de Laponia y la casa de campo en Merasjärvi. Nunca se cansaba. Se negaba a buscarse un trabajo normal y corriente y se pasaba las horas con sus amigos empinando el codo. Me daba unas palmaditas en la cabeza y decía: «El chaval cree que va a ser camionero u otra cosa cualquiera, pero yo se lo he dicho: no te puedes escapar del arte.» Pero no sé, ahora me resulta más bien patético estar aquí sentado con mis sueños de pintor. No resultó tan difícil esquivar el arte como él decía.

Se miraron un momento en silencio. Sin saberlo, los dos pensaban en el pelo del otro. Que antes era más bonito. Cuando se lo dejaban crecer con más libertad y descontrolado. Cuando era patente que quienes manejaban las tijeras eran los amigos.

—Bonitas vistas —dijo Rebecka—. Bueno, puede que ahora no mucho.

Lo único que se veía fuera era un telón de nieve que iba cayendo.

—¿Por qué no? —dijo Vesa Larsson—. Puede que ésta sea la mejor vista. El invierno y la nieve son bonitos. Todo se vuelve más sencillo. Menos información entrante. Menos colores. Menos olores. Días más cortos. La cabeza puede descansar.

—¿Qué le pasaba a Viktor? —preguntó Rebecka.

Vesa Larsson negó con la cabeza.

—¿Qué te ha contado Sanna?

—Nada —respondió Rebecka.

—¿Cómo que nada? —dijo Vesa Larsson, desconfiado.

—Nadie me dice una mierda —dijo Rebecka, enfadada—. Pero no creo que fuera ella la que lo hizo. A veces está en la luna, sí, pero no puede haberlo hecho.

Vesa Larsson se quedó en silencio mirando la nevada.

—¿Por qué me dijo Patrik Mattsson que te preguntara a ti sobre la inclinación sexual de Viktor? —preguntó Rebecka.

Al ver que Vesa no contestaba, siguió preguntando:

—¿Tenías una relación con él? ¿Le escribiste una postal?

«¿Me dejaste una nota de amenaza en el coche?», pensó.

Vesa Larsson respondió sin mirarla a los ojos.

—No pienso hacer ningún comentario respecto a eso.

—Pues vaya —dijo con dureza—. Pronto empezaré a creer que fuisteis vosotros, los pastores, quienes os lo cargasteis. Porque quería desvelar vuestros chanchullos económicos. O a lo mejor porque amenazó con contarle lo vuestro a tu mujer.

Vesa Larsson se tapó la cara con las manos.

—Yo no lo hice —murmuró—. Yo no lo maté.

«Me estoy saliendo del camino —pensó Rebecka—. Voy de aquí para allá acusando a todo el mundo.»

Se apretó el puño contra la frente, intentando hacer que se le ocurriera algo sensato.

—No lo entiendo —dijo—. No entiendo por qué insistís en no decir nada. No comprendo por qué alguien escondió el cuchillo en el sofá de Sanna.

Vesa Larsson se volvió de repente y se la quedó mirando, horrorizado.

—¿Qué quieres decir? —preguntó—. ¿Qué cuchillo?

Rebecka ya se podría haber mordido la lengua.

—La policía no se lo ha comunicado a la prensa todavía —dijo—, pero encontraron el arma homicida en el piso de Sanna. En el cajón del sofá de la cocina.

Vesa Larsson seguía clavándole la mirada.

—Oh, Dios mío —dijo—. ¡Dios mío!

—¿Qué pasa?

La cara de Vesa Larsson se convirtió en una máscara inerte.

—Ya he roto el secreto profesional una vez.

—¡Que le den al secreto profesional! —exclamó Rebecka—. Viktor está muerto. Se la suda si rompes el secreto que tenías con él.

—Le guardo secreto profesional a Sanna.

—¡Genial! —explotó Rebecka—. ¡A mí no me digáis nada! Pero estoy dispuesta a remover cielo y tierra para saber qué pasa. Y empezaré con la congregación y vuestros asuntos económicos. Después descubriré quién estaba enamorado de Viktor y a Sanna le sacaré la verdad esta misma tarde.

Vesa Larsson la miró atormentado.

—¿Por qué no lo dejas, Rebecka? Vuelve a casa. No te dejes utilizar.

—¿Qué quieres decir con eso?

Negó resignado con la cabeza.

—Haz lo que creas conveniente —dijo—. Pero no me puedes arrebatar nada que no haya perdido ya.

—Que os jodan a todos —dijo Rebecka con las pocas fuerzas que le quedaban.

—«El que de vosotros esté libre de pecado...» —dijo Vesa Larsson.

«Claro, claro —pensó Rebecka—. Yo soy una asesina. Una infanticida.»

Rebecka está en el cobertizo de su abuela cortando leña. No, «cortando» no es la palabra correcta. Ha seleccionado los troncos más grandes y pesados, y los parte en una especie de estado febril. Blande el hacha con todas sus fuerzas y la clava en la madera. Vuelve a levantarla con el tronco clavado en la hoja y lo remata golpeando la base contra un taco con todas sus fuerzas. El peso y la inercia hacen que el hacha penetre como una cuña. Ahora le toca tirar y hacer palanca. Al fin el tronco queda partido en dos. Parte una mitad en otros dos trozos y luego coloca otro tronco sobre el taco. El sudor le recorre la espalda. Le duelen los hombros y los brazos por el esfuerzo, pero no piensa parar. Si tiene suerte, la niña saldrá. Nadie ha dicho que no se puede cortar leña. Entonces puede que Thomas diga que no era la voluntad de Dios que la niña naciera.

«El bebé», se corrige Rebecka. No era voluntad de Dios que el bebé naciera. Aun así, por dentro sabe que es una niña. Johanna.

Cuando oye la voz de Viktor a su espalda se da cuenta de que ha estado allí, repitiendo su nombre varias veces sin que ella lo oyera.

Le resulta extraño verlo allí sentado, en la silla de madera rota que nunca echan al fuego. Ya no tiene respaldo y junto al borde de atrás del asiento sólo quedan los agujeros en los que iban anclados los palos. Lleva años esperando que hagan leña de ella.

—¿Quién te lo ha contado? —pregunta Rebecka.

—Sanna —responde él—. Me ha dicho que te enfadarías muchísimo.

Rebecka se encoge de hombros. No tiene fuerzas para enfadarse.

—¿Quién más lo sabe? —pregunta.

Ahora le toca a Viktor encogerse de hombros. Eso significa que se ha corrido la voz. Naturalmente. ¿Qué se había creído? Lleva la chaqueta de piel de segunda mano y una bufanda larga que le ha hecho una chica. Se ha peinado con la raya en medio y el pelo le desaparece por debajo de la bufanda.

—Cásate conmigo —le dice.

Rebecka lo mira estupefacta.

—¿Estás mal de la cabeza?

—Te quiero —dice Viktor—. A ti y al bebé.

Huele a serrín y a madera. Fuera, se oyen las gotas que caen desde el tejado. Tiene un nudo en la garganta y le duele.

—¿De la misma manera que quieres a todos tus hermanos y hermanas, amigos y enemigos? —dice Rebecka.

Como el amor de Dios. Igual para todos. Se reparte ya empaquetado a todos los que quieran ponerse a la cola. Quizá ése es el amor que la espera. Quizá debería coger lo que tiene al alcance.

Viktor parece cansado.

«¿Dónde te has metido, Viktor? —piensa—. Después de tu viaje hasta Dios hay tantísima gente haciendo cola para que les des un pedacito de ti.»

—Yo nunca te abandonaría —dice—. Lo sabes.

—No entiendes nada —dice Rebecka, ahora ya con lágrimas y mocos, sin poder evitarlo—. En cuanto te dijera que sí, me dejarías desamparada.

A las seis y media de la tarde Rebecka llegó a la comisaría con Sara y Lova. Habían pasado la tarde en la piscina cubierta.

Sanna apareció en la sala de visitas y miró a Rebecka como si ésta le hubiera robado algo.

—Vaya horas de llegar —dijo—. Empezaba a creer que me habíais olvidado.

Las niñas se quitaron la ropa de abrigo y se subieron a una silla cada una. Lova se reía porque se le había formado hielo en la parte del pelo que no le cubría el gorro.

—Mira, mamá —dijo sacudiendo la cabeza para que los trocitos de hielo tintinearan.

—Rebecka nos ha comprado salchichas con puré de patata después de la pisci —continuó Lova—. Y helado. Ida y yo vamos a jugar juntas el sábado. ¿Verdad, Rebecka?

Sanna le lanzó una mirada extraña a Rebecka y ésta pasó de explicarle que la madre de Ida era una antigua compañera de clase.

«¿Por qué siento como si tuviera que disculparme y dar explicaciones? —pensó irritada—. No he hecho nada malo.»

—Me he tirado de cabeza desde el trampolín de tres metros —dijo Sara subiéndose al regazo de su madre—. Rebecka me ha enseñado.

—Qué bien —dijo Sanna, indiferente.

Ya estaba ausente. Era como si su cáscara se hubiese quedado en la silla. Ni siquiera pareció inmutarse cuando le contaron que *Chapi* había desaparecido. Las niñas se dieron cuenta y empezaron a parlotear. Rebecka se sentía incómoda. Al cabo de un rato Lova se puso en pie y empezó a saltar en la silla una y otra vez, mientras gritaba:

—Ida el sábado, Ida el sábado.

Arriba y abajo, arriba y abajo. Estuvo a punto de caerse varias veces. Rebecka se puso nerviosa. Si se caía, se podía golpear la cabeza en el alféizar de hormigón. Se haría muchísimo daño. Sanna no parecía darse cuenta.

«No me voy a meter», se aguantó Rebecka.

Al final Sara agarró a su hermana del brazo y le pegó un grito:

—¡Deja de hacer eso!

Pero Lova se soltó como pudo y continuó saltando como si nada.

—¿Estás triste, mamá? —preguntó Sara preocupada a la vez que abrazaba a Sanna por el cuello.

Sanna evitó mirar a Sara a los ojos mientras contestaba. Le acarició el pelo. Lo tenía rubio y brillante. Le arregló la raya y se lo pasó por detrás de las orejas.

—Sí —dijo en voz baja—, estoy triste. Ya sabes que a lo mejor voy a la cárcel y ya no podré ser vuestra mamá. Estoy triste por eso.

Sara se quedó blanca. Abrió los ojos como platos por el miedo.

—Pero si pronto volverás a casa.

Sanna le cogió la barbilla y la miró a los ojos.

—Si me condenan, no, Sara. Si me cae cadena perpetua, no saldré hasta que tú ya seas mayor y ya no necesites una mamá. O puedo ponerme enferma y morir en la cárcel.

Lo último lo añadió con una risa que no era tal.

Los labios de Sara se tensaron como dos rayas.

—Pero ¿quién nos cuidará? —susurró.

Y de pronto le pegó un grito a Lova, que seguía saltando una y otra vez desde la silla.

—¡Te he dicho que dejes de hacer eso!

Lova paró al instante y se quedó sentada. Se metió media mano en la boca.

Rebecka fulminaba a Sanna con la mirada.

—Sanna está triste —le dijo a Lova, que estaba sentada sin decir nada, observando a su madre y a su hermana mayor. Miró a Sara y continuó—: Por eso dice esas cosas. Os prometo que no la meterán en la cárcel. Pronto estará en casa otra vez.

Se arrepintió en cuanto abrió la boca. ¿Cómo coño podía prometer algo así?

Cuando llegó la hora de irse, Rebecka les pidió a las niñas que salieran y que la esperaran en el coche. Le rechinaban los dientes por la rabia contenida.

—¿Cómo eres capaz? —le soltó a Sanna con un bufido—. Hemos ido a la piscina y se lo han pasado bien durante un rato, pero tú...

Negó con la cabeza a falta de encontrar las palabras adecuadas.

—Hoy he hablado con Maja, Magdalena y Vesa. Sé que a Viktor le pasaba algo. Y tú sabes lo que era. Vamos, Sanna. Tienes que contármelo.

Sanna se quedó callada. Se apoyó contra la pared de cemento de color verde y empezó a mordisquearse la uña del pulgar, que ya estaba mordida. Su cara tenía una expresión reservada.

—Cuéntamelo de una puta vez —dijo Rebecka amenazante—. ¿Qué le pasaba a Viktor? Vesa me ha dicho que no puede romper el secreto de confesión que tiene contigo.

Sanna seguía sin decir nada. Se estaba destrozando la uña. Se mordió la cutícula hasta que se la arrancó y empezó a sangrar. Rebecka sudaba con el abrigo puesto. Le entraron ganas de coger a Sanna por el pelo y empotrarle la cabeza contra la pared. Más o menos tal como había hecho Ronny Björnström, el padre de Sara. Hasta que al final también se cansó de hacer eso y se largó.

Las niñas ya estaban esperando junto al coche. Rebecka pensó que Lova no llevaba guantes.

—Eres imbécil —dijo finalmente yendo hacia el coche.

Sanna ya no está en su celda. Ha cruzado el techo de hormigón y ha desaparecido. Se ha abierto paso entre los átomos y las moléculas, y ha salido al espacio exterior, por encima de las nubes de invierno. Ya se ha olvidado de la visita. Ya no tiene hijas. No es más que una niña pequeña. Y Dios es su gran madre, que la coge por las axilas y la levanta hacia la luz, haciéndole sentir un hormigueo en el estómago. Pero no la suelta. Dios no soltará a su niñita. Sanna no tiene por qué tener miedo. No se va a caer.

Curt Bäckström está delante del gran espejo que tiene colgado en la sala de estar escrutando cada centímetro de su cuerpo desnudo. La luz que lo ilumina le llega desde unas lámparas que ha cubierto con telas rojas transparentes y desde una veintena de velas que ha encendido. Las ventanas están cubiertas con sábanas negras que ha sujetado con grapas para que nadie pueda ver nada desde fuera.

La habitación tiene una decoración muy austera. No hay televisor, ni radio, ni microondas. Antes se ponía enfermo con las radiaciones y las señales que emitían. Se despertaba en mitad de la noche por las voces que le llegaban de los aparatos eléctricos, aunque estuvieran apagados. Ahora ya nada de eso puede perjudicarle y ha vuelto a enchufar la nevera y el congelador. La tele y la radio no las necesita para nada. Sólo dan basura depravada. Mensajes de Satanás día y noche.

Ve que está diferente. En las últimas veinticuatro horas ha crecido un decímetro. Y el pelo también le ha crecido a una velocidad de vértigo, pronto podrá recogérselo con una goma. Se ha peinado con la raya en medio y se inclina hacia el espejo. Tiene un parecido espeluznante con Viktor Strandgård.

Por un momento intenta comprobar si se puede ver

a sí mismo en el espejo. Su antiguo yo. Quizá se le vislumbra algo en los ojos, pero desaparece enseguida. La imagen del espejo se deshace y se vuelve borrosa. Está totalmente transformado.

Tuerce las manos y se las enseña al espejo. La iluminación roja le permite ver sangre y aceite rezumando de las heridas que tiene en las palmas.

Sanna Strandgård debería estar aquí. Debería estar desnuda y de rodillas delante de él, recogiendo en una botellita el aceite que le cae de las manos.

Se la puede imaginar delante. Cómo enrosca lentamente el tapón en la botella verdosa. Tiene la mirada fija en la suya y sus labios pronuncian la palabra «*rabbuni*».

Sin duda, ha vacilado algunas veces. Ha dudado de ser realmente el elegido. O de tener en sus manos toda la fuerza de Dios. La última comunión fue casi imposible de soportar. Gente a su alrededor cacareando y bailando como gallinas, mientras él se volvía aún más parte de Dios. Las palabras le llegaban a cañonazos: «Éste es mi CUERPO. Ésta es mi SANGRE.» Había vuelto tambaleándose a su lugar con los oídos taponados. No oía el coro. Sus manos acumularon tanta fuerza que se las notó más gordas. La piel de los dedos se tensó como un globo. Se le puso lisa y brillante. Por un momento temió que se le fuera a agrietar, como las salchichas cuando hierven en una olla.

Al día siguiente se compró unos guantes del tamaño más grande que encontró. Tendrá que llevarlos también dentro de casa de vez en cuando. Hasta que llegue el momento de que los demás lo puedan ver.

Cuando fue a pagar los guantes, le invadió de pronto una sensación incómoda. La mujer del mostrador le sonrió. Desde hace mucho tiene la capacidad de distinguir espíritus y, cuando le dio el cambio, la mujer se transformó delante de sus ojos. Los dientes se le amarillearon, los ojos se le quedaron en blanco y se enturbiaron como cristal congelado. Las uñas rojas de los dedos que le daban el cambio crecieron hasta convertirse en garras.

Estuvo esperando en la parte trasera de la tienda durante horas. Pero después le llegó el mensaje de que no tenía que matarla, que debía guardar las fuerzas para algo más importante.

Ahora Curt se desplaza hasta el baño. A la luz de las velas el vapor se desliza por la bañera y se posa como el rocío sobre los azulejos blancos. El aire está espeso por el olor a cobre que desprende la sangre y por el olor ácido de la lana mojada.

En el tendedor de plástico blanco que hay encima de la bañera está colgado el cuerpo sin vida de *Chapi*. Tiene las patas traseras sujetas a las cuerdas de tender. La sangre va cayendo gota a gota en el agua. En el suelo, al lado de la bañera, está su cabeza. Todavía tiene el hocico atado con cinta adhesiva.

En cuanto se mete en el agua enrojecida siente cómo las propiedades de la perra le atraviesan el cuerpo. Las piernas se le vuelven ágiles y rápidas. Se le contraen sin parar dentro de la bañera. Podría ponerse en pie y batir el récord mundial de los cien metros lisos.

Y puede sentir a Sanna. Sus labios pegados a la oreja de la perra. Ahora es su oreja la que están tocando. Le susurra «te quiero».

De un tiempo a esta parte ya le ha cogido un conejo, un gato y hasta dos jerbos. Y su amor por él siempre ha ido en aumento.

Bebe el agua roja de la bañera a grandes tragos. Las manos le empiezan a temblar. Pierde el control por completo cuando Dios se encarga de todo.

Entonces Dios le agarra la mano y se la levanta. Unta los dedos en sangre como si fuera tinta y con letra desgarbada escribe algo en los azulejos de la pared. Las letras forman un nombre. Y luego:

LA PUTA DEBE MORIR

ATARDECIÓ

Y AMANECIÓ: DÍA QUINTO

Maja Söderberg está sentada a la mesa de la cocina en mitad de la noche. Bueno, decir sentada quizás es decir demasiado. Tiene el culo apoyado en la silla, pero el tronco descansa sobre la mesa y las piernas las tiene metidas debajo de la silla. Con una mano se sostiene la cabeza y tiene la mirada fija en el dibujo del hule, que crece y se encoge, desaparece y vuelve a aparecer. Delante de ella hay una botella de vodka. No ha resultado fácil para una bebedora ocasional como ella tomar tanto alcohol. Pero lo ha hecho. Primero lloraba y moqueaba. Pero ahora, ahora está mucho mejor. Ahora un alma benévola le ha puesto una inyección directamente en el cerebro.

De pronto oye los pasos de Thomas subiendo por la escalera. Los encuentros durante la Conferencia de los Milagros llevan su tiempo. Primero, los encuentros en sí acaban tarde. Después, la gente se sienta a charlar en la cafetería. Y siempre hay algunas almas entregadas que se quedan más rato para rezar de madrugada. Es importante que Thomas esté presente. Ella lo entiende. Ella lo entiende todo.

Oye cómo pisa los escalones con cuidado para no

molestar a los vecinos en mitad de la noche. Es tan asquerosamente atento. Con los vecinos.

Sus pasos despiertan la ira de ella.

«Fuera», dice. Pero la ira no se vuelve a dormir. Se ha despertado y está tirando de la cadena que la mantiene atada. «Suéltame —balbucea—. Suéltame y acabaré con él.»

Y de pronto está allí de pie, junto a la mesa. Los ojos y la boca se le bloquean, horrorizados por la imagen. Tiene una cara de lo más ridícula. Tres agujeros boquiabiertos bajo la gorra de piel. Maja esboza una mueca de media sonrisa. Tiene que palparse la boca con la mano. Sí, tiene la boca torcida. ¿Cómo ha llegado hasta allí?

—¿Qué haces? —pregunta él.

¿Que qué hace? ¿Acaso no lo ve? Emborracharse, está claro. Se ha ido hasta el Systembolaget a comprar bebida y se ha gastado la semanada en alcohol.

Thomas empieza a acusarla y a hacerle preguntas. ¿Dónde están las niñas? ¿No entiende lo pequeña que es esta ciudad? ¿Cómo va a explicar que su mujer compre alcohol en el Systembolaget?

Y en ese momento a Maja se le abre la boca y empieza a dar berridos. El letargo que le invadía la boca y el cerebro desaparece de golpe.

—¡Cierra la boca, cabrón! —grita—. Rebecka ha estado aquí. ¿Te enteras? Me van a meter en la cárcel.

Thomas le dice que se calme. Que piense en los vecinos. Que son un equipo, una familia. Que lo superarán juntos. Pero ahora ella ya no puede dejar de gritar. Empiezan a brotar de su boca maldiciones y juramentos que nunca antes había podido pronunciar. Puto cabrón. Hipócrita de mierda. Hijo de la gran puta.

Mucho después, cuando se ha asegurado de que Maja duerme como una marmota, coge el teléfono y hace una llamada.

—Es Rebecka —dice pegado al auricular—. No puedo permitir que siga haciendo lo que le dé la gana.

VIERNES, 21 DE FEBRERO

Había dejado de nevar y se había levantado viento. Un viento molesto, rápido y helado que barría bosques y carreteras. Avanzaba dejando una estela de nieve en polvo y cubría todo el paisaje con un grueso manto uniforme. El tren de la mañana que iba a Luleå se quedó atrapado durante varias horas, y en los edificios de viviendas los montones de nieve volvían a cubrir las rampas de los aparcamientos y a bloquear las puertas de los garajes. El viento daba la vuelta a las esquinas de las casas a la caza de nieve virgen y se escurría por el cuello de los abrigos de los repartidores de periódicos, que no dejaban de maldecirlo.

Rebecka Martinsson caminaba con esfuerzo hacia la casa de Sivving. Iba con los hombros inclinados contra el viento y mantenía la cabeza agachada como un toro a punto de embestir. El viento le escupía nieve a la cara y apenas veía nada. En un brazo llevaba a Lova como si fuese un fardo y en la otra mano la mochilita vaquera de color rosa de la niña.

—Yo también puedo caminar —se quejó Lova.

—Lo sé, bonita —dijo Rebecka—. Pero no tenemos tiempo. Vamos más deprisa si te llevo yo.

Abrió la puerta de Sivving con el codo y dejó a Lova en el suelo del recibidor.

—Hola —gritó, y al instante le respondió *Bella* con unos ladridos de entusiasmo.

Sivving apareció en la puerta que bajaba al sótano.

—Gracias por quedártela —dijo Rebecka, buscando aliento mientras en vano intentaba quitarle a Lova los zapatos sin desatarlos—. Vaya idiotas. Ya me lo podrían haber dicho ayer cuando la fui a buscar.

Al llegar a la guardería con Lova se había encontrado con que el personal tenía jornada de planificación y que los niños no podían estar allí. Y sólo faltaba una hora para la vista oral donde se discutiría la prisión preventiva. Ahora tenía prisa de verdad. Dentro de poco el viento habría echado tanta nieve sobre el coche que quizá no lo podría sacar. Y entonces no llegaría a tiempo ni en sueños.

Intentó desatarle los cordones a Lova, pero Sara le había hecho nudos dobles cuando ayudó a su hermana a atárselos.

—Déjame a mí —dijo Sivving—. Tú tienes prisa.

Levantó a Lova y se sentó, con ella en el regazo, en una sillita verde de madera que desapareció por completo debajo de su corpachón. Con paciencia comenzó a deshacer los nudos.

Rebecka lo miró agradecida. Las carreras de la guardería al coche y del coche hasta la casa de Sivving la habían hecho acalorarse y sudar. Sentía que la blusa se le pegaba al cuerpo, pero no tenía tiempo de ducharse y cambiarse de ropa. Le quedaba sólo media hora.

—Te quedas con Sivving y dentro de un rato vengo a buscarte, ¿vale? —le dijo a Lova.

Lova asintió con la cabeza y levantó la cara hacia Sivving hasta verle la barbilla por debajo.

—¿Por qué te llamas Sivving? —le preguntó—. Es un nombre raro.

—Sí, es raro —dijo Sivving riéndose—. En realidad me llamo Erik.

Rebecka lo miró sorprendida y se olvidó de que tenía prisa.

—¿Qué? —dijo—. ¿No te llamas Sivving? Y ¿por qué te llaman así?

—¿No lo sabes? —dijo Sivving con una sonrisa—. Fue mi madre. Estaba estudiando para ingeniero de caminos, canales y puertos en la Escuela Técnica Superior de Estocolmo. Después volví a casa y me iba a poner a trabajar para LKAB. Mi madre no cabía en sí misma de lo orgullosa que estaba, claro. Había tenido que aguantar bastantes memeces por parte de los vecinos del pueblo cuando me mandó a estudiar. Decían que sólo la gente fina enviaba a sus hijos a estudiar fuera y que ella no debía tener esos aires de grandeza.

El recuerdo le dibujó media sonrisa y luego continuó:

—En cualquier caso, alquilé una habitación en la calle Arent Grape y mi madre consiguió una línea de teléfono para mí. Y me apuntó para que apareciera mi título en el listín. Civ. ing., es decir, ingeniero civil. Puedes imaginarte cómo sonaba al principio: «Vaya, si es el mismísimo civ. ing. que viene de visita.» Pero con el tiempo la gente se fue olvidando de dónde venía el nombre y al final todo el mundo me llamaba Sivving. Y yo me acostumbré. Hasta Maj-Lis me llamaba Sivving.

Rebecka lo miraba estupefacta.

—Vaya sorpresa.

—¿No tenías prisa? —preguntó Sivving.

Rebecka dio un respingo y salió disparada por la puerta.

—No vayas a matarte por la carretera —le gritó Sivving a través del viento.

—No me metas deseos inconscientes en la cabeza —respondió ella entrando en el coche.

«Dios, qué pinta llevo», pensó mientras iba recorriendo la carretera de curvas que llevaba a la ciudad. «Si hubiese tenido media hora para ducharme y ponerme otra cosa...»

Ya empezaba a saberse el camino hasta la ciudad. No necesitaba concentrarse al cien por cien, podía dejar libres sus pensamientos.

Rebecka está tumbada en la cama, con las manos apretadas contra el vientre.

«No ha sido tan grave —se dice a sí misma—. Y ahora ya ha pasado.»

Gente desconocida en bata blanca con manos blandas e impersonales. («Hola, Rebecka, sólo voy a ponerte una cánula en el brazo para el goteo», un trozo de algodón frío en contacto con la piel, los dedos de la enfermera también están fríos, a lo mejor se ha escapado un minuto para fumarse un cigarrillo en el balcón bajo el sol primaveral, «notarás un pinchazo, vale, ya está».)

Había estado mirando por la ventana; el sol que deshacía la nieve y que hacía que el mundo brillara tanto casi molestaba. La felicidad le llegaba a través de un tubito de plástico directa al brazo. Todo lo pesado y triste se desvanecía y al cabo de un rato llegaron dos personas más que iban de blanco y se la llevaron en la camilla al quirófano.

Fue ayer por la mañana. Ahora está aquí tumbada y el dolor la quema por dentro. Se ha tomado varios analgésicos, pero no sirven de nada. Tiene mucho frío. Si se du-

cha, entrará en calor. Quizá mengüe el dolor del vientre.

Cuando está en la ducha empieza a desprender una sangre grumosa. Observa asustada cómo se le va deslizando a lo largo de la pierna.

Tiene que volver al hospital. Más goteo en el brazo y debe quedar ingresada durante la noche.

—No te pasa nada grave —le dice una enfermera cuando ve que Rebecka mantiene los labios apretados—. A veces, con el aborto, puede ser que haya una infección posterior. No se debe a falta de higiene ni nada que hayas hecho tú. Los antibióticos que te vamos a dar ahora le pondrán remedio.

Rebecka intenta corresponder amablemente a la sonrisa, pero lo único que consigue es una mueca extraña.

«No es un castigo —piensa—. Él no es así. No es un castigo.»

Sanna Strandgård pasó a prisión preventiva el viernes 21 de febrero a las 10:25 horas, sospechosa del asesinato de su hermano Viktor Strandgård. La gente de los periódicos y la televisión engulleron el fallo como una manada de zorros hambrientos. El pasillo al que daba la sala del tribunal quedó iluminado por los flashes de las fotos y los focos de las cámaras que enfocaban al fiscal jefe en funciones, Carl von Post, mientras hablaba con los medios.

Rebecka Martinsson estaba junto a Sanna en una habitación situada detrás de la sala del tribunal. Había dos agentes esperando para meter a Sanna en el vehículo que la llevaría de vuelta a la comisaría.

—Recurriremos, no lo dudes —dijo Rebecka.

Sanna, ausente, jugaba con un mechón de pelo que tenía sujeto entre el índice y el pulgar.

—Dios, cómo me miraba aquel chico joven que se encargaba de levantar acta —dijo—. ¿Te has fijado?

—Quieres que recurra, ¿no?

—Me miraba como si nos conociéramos, pero yo a él no lo había visto nunca.

Rebecka cerró el maletín de golpe.

—Sanna, eres sospechosa de asesinato. Todos los

que estaban en la sala te estaban mirando. ¿Quieres que recurra por ti o no?

—Claro que sí —dijo Sanna mirando a los agentes—. ¿Nos vamos?

Después de que se fueran, Rebecka se quedó mirando la puerta que llevaba al aparcamiento. La puerta de la sala del tribunal se abrió a su espalda y, al volverse, se topó con la mirada escrutadora de Anna-Maria Mella.

—¿Cómo va eso?

—Así, así —reconoció Rebecka con una mueca—. Y ¿tú?

—Bueno..., así, así.

Anna-Maria se sentó en una de las sillas. Se bajó la cremallera del anorak y dejó la barriga un poco más libre. Después se quitó el gorro de lana grisáceo, sin arreglarse luego el pelo.

—Sinceramente, estoy deseando volver a ser una persona.

—Persona, ¿qué quieres decir? —preguntó Rebecka con media sonrisa.

—Pues meterme un cigarrillo en la boca y tomar café como hace todo el mundo —dijo Anna-Maria riéndose.

Un chaval que rondaba los veinte apareció en la puerta con una libreta en la mano.

—¿Rebecka Martinsson? —preguntó—. ¿Tiene un minuto?

—Dentro de un rato —dijo Anna-Maria amablemente.

Se levantó y se acercó a cerrar la puerta.

—Vamos a hablar con las niñas de Sanna —dijo Anna-Maria sin rodeos cuando volvió a la silla.

—Pero... estás bromeando, ¿no? —se quejó Rebecka—. Si ellas no saben nada. Estaban durmiendo cada una en su cama cuando asesinaron a Viktor. ¿Qué pasa, que el id... que Von Post quiere probar su técnica de interrogatorio de machito con dos niñas de once y cuatro años o qué? ¿Quién se va a ocupar después de ellas? ¿Lo vas a hacer tú?

Anna-Maria se reclinó en la silla y se presionó con la mano derecha justo debajo de las costillas.

—Entiendo que reaccionaras por su manera de hablar con Sanna...

—Sí, pero en serio, ¿tú no...?

—... intentaré que el interrogatorio con las niñas se haga de la mejor manera posible. Nos acompañará un psicólogo infantil.

—¿Por qué? —preguntó Rebecka—. ¿Por qué hay que interrogarlas?

—Seguro que entiendes que tenemos que hacerlo. Una de las armas homicidas ha aparecido en casa de Sanna, pero no hay pruebas técnicas que la vinculen a ella. La otra no la hemos encontrado. O sea, sólo tenemos indicios. Sanna nos ha contado que Sara estaba con ella cuando encontró a Viktor y que Lova estaba durmiendo en el trineo. Puede que las niñas hayan visto algo importante.

—¿Te refieres, por ejemplo, a su madre asesinando a Viktor?

—Por lo menos debemos poder descartar eso en la investigación —dijo Anna-Maria.

—Quiero estar presente —afirmó Rebecka.

—Por supuesto —respondió Anna-Maria complaciente—. Se lo diré a Sanna, ya que tengo que pasar por comisaría. Me ha parecido verla bastante entera.

—Ni siquiera era consciente de dónde estaba —contestó Rebecka con gravedad.

—Supongo que es difícil imaginarse por lo que está pasando. Estar entre rejas.

—Sí —dijo Rebecka.

Se han reunido en casa de Gunnar Isaksson. Los pastores, el Consejo de Ancianos y Rebecka. Ésta es la última en llegar, aunque lo hace diez minutos antes de lo fijado. Oye cómo se van silenciando las conversaciones en la sala cuando Gunnar abre la puerta.

Ni la mujer de Gunnar, Karin, ni los niños están en casa, pero en la cocina hay dos termos grandes sobre la mesa redonda. Uno con café y el otro con agua caliente. En una bandeja redonda, plateada, hay bollos y otros dulces cubiertos con una servilleta de tela a cuadros blancos y amarillos. Karin ha sacado tazas, platitos y cucharillas. Incluso ha puesto leche en una jarrita. Pero el café lo tomarán más tarde. Primero van a hablar.

—*Imagino que te preguntas por qué te hemos pedido que vinieras.*

Frans Zachrisson es el que empieza. Es del Consejo de Ancianos. Normalmente apenas la mira. No le caen bien ni Sanna ni Rebecka. Pero ahora tiene una mirada preocupada y tierna. Su voz está llena de calor y consideración, y eso hace que Rebecka esté aterrada. No responde, se limita a tomar asiento cuando él se lo pide.

Otros miembros del Consejo de Ancianos la miran con seriedad. Todos son de mediana edad o mayores. Vesa Larsson y Thomas Söderberg son los más jóvenes. Tienen unos treinta años.

Vesa Larsson tiene la mirada clavada en la mesa. Thomas Söderberg está sentado en la silla, inclinado hacia adelante, con los codos en las rodillas. Tiene las manos unidas y apoya en ellas la frente mientras mantiene los ojos cerrados.

—Thomas ha presentado su dimisión —dice Frans Zachrisson—. Después de lo que ha pasado no le parece que pueda seguir siendo pastor en la misma congregación que tú, Rebecka.

Los hermanos asienten para corroborar sus palabras y Frans Zachrisson sigue hablando:

—Me parece muy grave lo que ha ocurrido. Pero también creo en el perdón. El perdón tanto de Dios como de las personas. Sé que Dios ha perdonado a Thomas y por mi parte también lo he perdonado. Todos lo hemos hecho.

Se queda callado. Quizá reflexione un segundo sobre cómo debe hablar del perdón de Rebecka. Pero es un capítulo engorroso. Ha abortado a pesar de las súplicas desinteresadas de Thomas Söderberg, y no muestra ninguna señal de arrepentimiento. ¿Puede haber perdón sin arrepentimiento?

Rebecka intenta forzarse a sí misma a alzar la mirada y cruzarse con la de Frans Zachrisson. Pero es incapaz. Son demasiados. La intimidan.

—Hemos intentado convencer a Thomas de que retire su dimisión, pero no lo ha hecho. Es difícil que siga aquí, porque se le recordaría constantemente el error que ha cometido...

Se vuelve a quedar callado y el pastor Gunnar Isaksson aprovecha la oportunidad para decir unas palabras. Rebecka echa un vistazo hacia él. Gunnar está reclinado en el sofá de piel. Su mirada es, sí, casi ansiosa. Parece como si en cualquier momento fuera a alargar su rechoncha manita para agarrarla y comérsela entera sin dejar rastro. Rebecka ve que a Gunnar le gusta que Thomas Söderberg esté en un aprieto. Thomas es demasiado intelectual para su gusto. Sabe griego antiguo y siempre está hablando de lo que pone el texto original. Ha hecho la carrera de Teología. Gunnar sólo ha hecho la primaria. Estos últimos días debe de haber disfrutado como nunca sentado con los otros hermanos para discutir la «debilidad» de Thomas Söderberg.

Gunnar Isaksson señala que él también ha sido expuesto a tentaciones, pero que es entonces cuando la relación con Dios se pone a prueba. Cuenta que, cuando los hermanos del Consejo de Ancianos le preguntaron si todavía confiaba en Thomas Söderberg, les pidió un día de reflexión antes de darles el «sí». Quería que su decisión estuviera bien afianzada en Dios. Esperaba que Rebecka comprendiera que lo estaba.

—Creemos que Dios tiene grandes planes para Kiruna —interrumpe Alf Hedman, otro hermano del Consejo de Ancianos—, y creemos que Thomas tiene un papel destacado en ese proyecto.

Rebecka entiende perfectamente por qué le han pedido que vaya. Thomas no se puede quedar en la congregación si ella sigue participando, porque entonces su pecado le será recordado constantemente. Y todos quieren que Thomas siga allí. Ella les complace de inmediato.

—No hace falta que se vaya de aquí —dice—. De todos modos, yo iba a pedir mi cese en la congregación porque me voy a estudiar a Uppsala.

La felicitan por la decisión. Además, en Uppsala hay una congregación muy buena de la que puede formar parte.

Ahora quieren rezar por ella. Rebecka y Thomas se sientan en dos sillas que están juntas y los demás se colocan en círculo a su alrededor, cogiéndolos de las manos. De inmediato las palabras se deslizan por la ventana en dirección al cielo.

Sus manos son como insectos que le recorren el cuerpo. Por todas partes. No, como planchas incandescentes que la queman atravesándole la ropa y la piel. Por ahí supura su alma. Está mareada. Quiere vomitar. Pero no puede. Está atrapada entre todos esos hombres que tienen las manos apoyadas en su cuerpo. Sólo hace una cosa. Deja de cerrar los ojos. Hay que mantenerlos cerrados cuando rezan por ti. Hay que abrirse. Hacia dentro y hacia arriba. Pero ella se queda con los ojos abiertos. Se aferra a la realidad fijando la mirada en su regazo, en una mancha prácticamente imperceptible de la falda.

—Te quedas para el café, me imagino —dice Gunnar Isaksson una vez que han terminado.

Y lo hace, obediente. Los pastores y el Consejo de Ancianos comen con placer los bollos caseros que ha preparado Karin. Excepto Thomas, que desaparece en cuanto acaban de rezar. Los demás hablan del tiempo y de los encuentros previstos para Semana Santa.

Nadie habla con Rebecka. Es como si no estuviera allí. Se está comiendo una magdalena de coco. Está seca y no se le deshace en la boca, por lo que tiene que ir sorbiendo té para poder tragarla. Cuando se la ha terminado, deja la taza en la mesa, murmura algo parecido a un adiós y se escabulle por la puerta de entrada. Como un ladrón.

Anna-Maria Mella dio los últimos pasos por la nieve hasta su casa. La rampa del aparcamiento había quedado cubierta otra vez y el coche estaba atrapado entre los postes de la valla.

Apartó la nieve de la puerta de una patada y entró con un grito:

—¡Robert!

No obtuvo respuesta. Desde la habitación de Marcus se oía la música a todo volumen. No valía la pena pedirle que saliera a ayudarla. Sólo conseguiría enzarzarse en una discusión de media hora. Le resultaría más fácil hacerlo ella misma con la pala, pero no le quedaban fuerzas. Se había metido nieve en el marco de la puerta y tuvo que cerrarla con un golpe para que no se volviera a abrir. Robert habría ido a algún sitio con Jenny y Petter. Puede que a casa de su madre.

Marcus había llevado amigos a casa. Probablemente serían los del equipo de hockey. Su bolsa de entrenamiento estaba en el recibidor, flotando en un charquito de nieve derretida que había entrado pegada a los zapatos, y había otras dos bolsas que no reconocía. Pasó por encima de los palos y metió las mojadas bolsas en el baño. Sacó la ropa de Marcus, pasó la fregona por el recibidor y colocó los zapatos y los palos al lado de la puerta.

De camino al lavadero, con la ropa de deporte húmeda bajo el brazo, pasó por la cocina. En la mesa había un cartón de leche y un bote de chocolate instantáneo. ¿De esta mañana? ¿O de Marcus y sus amigos? Agitó con cuidado el cartón de leche y olfateó la ranura abierta. Estaba bien. Lo guardó en la nevera. Le echó una mirada cansada a la encimera, rebosante de platos por fregar, y se dirigió al sótano. Detrás de la puerta todavía había dos cajas llenas de motivos navideños. Robert debería haberlas llevado al trastero.

Bajó al sótano. Fue empujando con los pies la ropa sucia que la familia había ido dejando por la escalera y al final la recogió con un suspiro. Hacía mil años que no tenía fuerzas para ponerse a planchar y a doblar ropa. La montaña de ropa limpia, alta como el pico Tolpagorni, estaba al lado del banco de trabajo, y la ropa sucia, amontonada en el suelo, delante de la lavadora. Las pelusas de polvo en las esquinas eran cada día más grandes y alrededor del desagüe había una espuma oscura y mugrienta.

«Cuando me den la baja —pensó—. Entonces tendré tiempo.»

Metió un montón de calcetines de deporte, ropa interior, algunas sábanas y toallas en la máquina. La puso a sesenta grados y giró la rueda hasta el programa B. La lavadora se puso en marcha con un rugido. Anna-Maria se quedó esperando el habitual clic, como si se tratara de un breve código morse, que se producía cuando el programa daba comienzo, acompañado del sonido del agua llenando el tambor. Pero no pasaba nada. El aparato seguía con su rugido monótono.

—¡Venga! —dijo dándole un puñetazo en el lado superior.

Una lavadora nueva, no. Les costaría unos cuantos miles de coronas.

La máquina rugía afligida. Anna-Maria la apagó y la volvió a encender. Probó con otro programa. Al final le dio una patada y se echó a llorar.

Cuando Robert bajó al lavadero, una hora más tarde, estaba sentada junto al banco de trabajo doblando ropa, llena de rabia y llorando a mares.

Sintió las manos suaves de Robert en su espalda y en su pelo.

—¿Cómo va, Mia-Mia?

—¡Déjame! —le espetó.

Pero después, cuando la abrazó, ella hipó contra su hombro y le contó lo de la lavadora.

—Y además hay un desorden de cojones —dijo sorbiéndose—. En cuanto cruzo una puerta no veo más que cosas por hacer. Y luego esto...

Pescó un pelele de rayas blancas y azules de la montaña de ropa limpia. El azul estaba descolorido y la tela estaba gastada de tantos lavados.

—Pobre crío. Toda su vida tendrá que llevar ropa usada. Lo van a marginar en la escuela.

Robert sonrió pegado a su pelo. A pesar de todo, esta vez había habido pocas tormentas. Cuando esperaban a Petter había sido peor.

—Y el trabajo —continuó—. Nos han pasado una lista de todos los que participan en la Conferencia de los Milagros. La idea era hablar con cada uno de ellos, pero hoy han metido a Sanna Strandgård en prisión preventiva y ahora Von Post quiere que dediquemos todos los recursos a ella. Así que le he prometido a Sven-Erik que yo repasaría la lista, porque formalmente yo no trabajo en el caso. Lo que pasa es que no sé cuándo voy a tener tiempo.

—Ven —dijo Robert—. Vamos a la cocina, que voy a preparar una infusión.

Se sentaron el uno enfrente del otro en la mesa de la cocina. Anna-Maria removía apática la cucharilla en la taza mientras observaba cómo se deshacía la miel en la manzanilla. Robert peló una manzana, la cortó en trozos y se la dio a su mujer. Ella se los metía en la boca sin pensar.

—Todo saldrá bien —dijo él.

—No digas que todo saldrá bien.

—Pues entonces nos mudamos. Tú, yo y el bebé. Nos vamos de esta casa que está patas arriba. Los críos se las apañarán por un tiempo. Y después ya se harán cargo los de servicios sociales y les buscarán unos buenos padres de acogida.

Anna-Maria soltó una carcajada y luego se sonó ruidosamente en un trozo de papel rugoso de cocina.

—O, si no, podemos pedirle a mi madre que venga a vivir aquí —dijo Robert.

—Jamás.

—Lo limpiaría todo.

—Nunca jamás.

—Vaciaría el lavavajillas. Me plancharía los calcetines. Te daría buenos consejos.

Robert se levantó y tiró la monda de la manzana en el fregadero.

«¿Por qué no lo puede tirar directamente a la basura?», pensó Anna-Maria con cansancio.

—Vamos, iremos con los niños a comprar pizzas —dijo él—. Te podemos dejar en la comisaría para que puedas echarle un vistazo a la gente de la conferencia esa del milagro esta misma tarde.

Cuando Sara y Rebecka entraron en la cocina de Sivving el viernes por la tarde, él y Lova estaban en plena labor de encerar esquís. Sivving tenía una plancha de viaje en la mano y la estaba usando para derretir una pastilla de parafina base blanca, dejando que cayeran unas pocas gotas sobre los esquís, que estaban colocados en unas sujeciones especiales. Después extendió la parafina cuidadosamente por todo el esquí con la ayuda de la plancha. Luego la dejó a un lado y le alargó la mano a Lova sin mirarla. Como un cirujano.

—Espátula —dijo.

Lova le pasó la espátula.

—Estamos encerando los esquís —le aclaró Lova a su hermana mayor mientras Sivving raspaba el sobrante de parafina, que iba cayendo en forma de rizadas virutas.

—Ya lo he visto —dijo Sara agachándose para acariciar a *Bella*, que estaba tumbada en la alfombrilla, junto a la ventana. Al menear la cola, repicaba en el radiador que tenía detrás.

—Vaya —le dijo Rebecka a Sivving—. Habéis ocupado la cocina.

—Sí —le contestó—. Para esto se necesita mucho espacio. Será mejor que tú también saludes a *Bella* antes de que le dé un ataque. Le he dicho que se tumbe para que no vaya tirando los esquís ni se ponga a corretear sobre las virutas de parafina. Bien, Lova, ya me puedes pasar la otra parafina.

Cogió la plancha de la encimera y empezó a derretir otra capa de parafina sobre los esquís.

—Bueno, bonita, ya puedes coger los tuyos y les das una capa de cera azul.

Rebecka se inclinó sobre *Bella* y le rascó debajo de la barbilla.

—¿Tenéis hambre? —preguntó Sivving—. Hay bollos y leche.

Rebecka y Sara se sentaron en el banco de madera, cada una con su vaso de leche y a la espera de que sonara el timbre del microondas.

—¿Vais a ir a esquiar? —preguntó Rebecka.

—No —dijo Sivving—. Nosotros no, vosotras. Por lo visto, mañana dejará de hacer viento. Había pensado que podríamos coger la moto de nieve y subir por el lado del río hasta la cabaña de Jiekajärvi. Y allí podréis esquiar un poco. Tú hace años que no vas a ver aquello.

Rebecka sacó los bollos del microondas y los puso en un montón sobre la mesa de madera de pino. Se habían calentado demasiado, pero ella y Sara iban cogiendo trozos y los metían en la leche fría. Lova frotaba la cera intensamente sobre los pequeños esquís.

—Me encantaría subir a Jiekajärvi, pero mañana tengo que seguir trabajando —dijo Rebecka cerrando los ojos.

El dolor de cabeza se le clavaba detrás de los párpados como un escoplo. Se apretó con el índice y el pulgar en el entrecejo, donde nace la nariz. Sivving le lanzó una mirada. Vio el bollo que había dejado a medias junto a la taza de leche. Le dio a Lova el taco de encerar y le enseñó cómo tenía que extender la cera.

—Oye —le dijo a Rebecka—, sube a echarte un rato arriba. Las niñas y yo saldremos con *Bella* y después prepararemos algo de comer.

Rebecka subió al dormitorio. La cama doble de Sivving y Maj-Lis estaba perfectamente hecha en la silenciosa habitación. Los grandes pomos torneados de las patas se habían vuelto oscuros y brillantes por tantos años de roce. Le entraron ganas de pasarles la mano por encima. El cielo gris mantenía atrapada en el exterior la mayor parte de la luz del día y en la habitación sólo había oscuridad. Se tumbó y se tapó con la manta de lana que había recogida a los pies de la cama. Estaba cansada, tenía frío y pinchazos en la cabeza. Intranquila, cogió el teléfono para escuchar los mensajes. El primero que tenía era de Måns Wenngren.

«No hacía falta ninguna cabeza de caballo —dijo desganado—. Pero le prometí a la periodista que sería la primera en conocer la historia a cambio de que retirara la denuncia por agresión.»

«¿Qué historia?», pensó Rebecka enfurruñada.

Esperaba que Måns dijera algo más, pero el mensaje se acabó y una voz sin tonalidad le dijo la hora exacta a la que había llegado el siguiente.

«¿Qué te creías? —se dijo burlándose de sí misma—. ¿Que estaría cariñoso y con ganas de charlar un rato?»

El segundo mensaje era de Sanna.

«Hola —decía Sanna brevemente—. Acabo de enterarme por Anna-Maria de que van a interrogar a las niñas. Con el psicólogo infantil de por medio y todo. No quiero que lo hagan y me sorprende que no me hayas dicho nada. Me da mucha pena que no nos entendamos, así que he decidido que mis padres se ocuparán de las niñas por el momento.»

Rebecka apagó el teléfono sin escuchar el resto de los mensajes. Entonces llamaron a la puerta y Sivving asomó la cabeza. La vio tumbada en la cama, observando el móvil que tenía en la mano.

—Creo que deberíamos cambiar eso por un peluche de verdad —dijo—. Te irá bien subir a Jiekajärvi. Allí no hay cobertura, así que puedes dejar eso en casa sin más. Sólo quería decirte que la comida estará lista dentro de una hora. Subiré a despertarte. Ahora duerme un poco.

Rebecka lo miró.

—No te vayas —le dijo—. Cuéntame algo de la abuela.

Sivving se acercó al armario, sacó otra manta de lana y se la puso por encima a Rebecka. Después le quitó el teléfono y lo dejó sobre la mesilla de noche.

—La gente de por aquí nunca pensó que Albert, tu abuelo, llegara a casarse. Cuando iba a casa de alguien siempre se quedaba callado en un rincón y con el gorro en la mano. Fue el único de todos los hermanos que se quedó en la granja con su padre. Y su padre, tu bisabuelo Emil, era un tipo duro de roer. Los chavales le teníamos un miedo tremendo. Joder. Una vez que nos pilló jugando al póquer en la cantera de arena, creí que me iba a arrancar la oreja de cuajo. Era un laestadiano devoto. Bueno, a lo que iba. Albert se fue a un entierro en Junosuando y cuando volvió le había pasado algo. Seguía callado, como antes, pero era como si estuviera sonriendo para sí mismo, aunque sin hacer el menor gesto con la boca. No sé si me explico. Había conocido a tu abuela. Y aquel verano se fue varias veces a visitar a la familia en Kuoksu. Emil se puso hecho una furia cuando Albert desapareció en plena temporada de siega. Al final ella vino de visita. Y ya sabes cómo era Theresia. Cuando se trataba de trabajo no había quien le hiciera sombra. En cualquier caso, no sé cómo fue la cosa, pero de pronto ella y Emil se pusieron a segar cada uno medio campo donde pastaban las ovejas, ya sabes, el prado entre el campo de patatas y el río. Fue como una especie de competición. Lo recuerdo como si fuera ayer. Era a finales del verano, los mosquitos ya habían llegado y era justo antes de la cena, así que picaban de lo lindo. Los chavales fuimos a mirar. Isak, el hermano de Emil, también estaba con nosotros. No llegaste a conocerlo. Una pena. Emil y Theresia iban segando en silencio cada uno con su guadaña. Nosotros también estábamos callados. Lo único que se oía eran los insectos y el piar de las golondrinas al atardecer.

—¿Ganó ella? —preguntó Rebecka.

—No, pero en cierto modo Emil tampoco ganó. Fue el primero en terminar, pero no le llevaba mucha ventaja a tu abuela. Isak se rascó la barba y dijo: «Bueno, Emil, creo que tendremos que soltar al carnero en tu mitad.» Emil había pasado la guadaña como una fiera, pero no le había quedado muy igualado, que digamos. En cambio, la mitad de tu abuela..., parecía como si lo hubiera segado de rodillas y con cortaúñas. Bueno, ahora ya sabes cómo se ganó tu abuela el respeto por parte de tu bisabuelo.

—Cuéntame más —dijo Rebecka.

—En otro momento —contestó Sivving sonriendo—. Ahora duerme un poco.

Al salir, cerró la puerta.

«¿Cómo voy a poder dormir?», pensó Rebecka.

Tenía la sensación de que Anna-Maria Mella le había mentido. O quizá no mentido, pero sí ocultado algo. Y ¿por qué Sanna se mostraba tan reacia a que interrogaran a las niñas? ¿Era porque ella tampoco confiaba en Von Post? ¿O era porque había un psicólogo infantil de por medio? ¿Por qué alguien le había escrito a Viktor una postal diciendo que no habían hecho nada malo a los ojos de Dios? ¿Por qué la misma persona había amenazado a Rebecka? ¿O quizá no fuera una amenaza sino un aviso? Intentó recordar qué ponía exactamente en la nota.

«Cielo santo, cómo voy a poder dormir así», pensó con la mirada fija en el techo.

Pero acto seguido estaba sumida en un profundo sueño.

Se despertó con una idea que le vino a la mente, abrió los ojos en la oscuridad de la habitación y se quedó totalmente quieta para no ahuyentarla.

Era algo que le había dicho Anna-Maria Mella. «Sólo tenemos indicios.»

—Si sólo hay indicios, ¿qué hace falta? —susurró mirando el techo.

Motivos. Y ¿qué motivos se podían descubrir interrogando a las hijas de Sanna?

Cayó en la cuenta igual que una moneda cae en el pozo de los deseos y atraviesa el agua hasta posarse en el fondo. Las ondas en la superficie cesaron y la imagen quedó claramente definida.

Viktor y las niñas. Rebecka intentó quitarse la idea de la cabeza. Imposible. Y aun así era terriblemente posible.

Empezó a recordar cosas de cuando había llegado a Kurravaara. Lova embadurnándose a sí misma y a la perra con detergente. ¿No había dicho Sanna que siempre hacía lo mismo? ¿No parecía la típica actitud que adoptan los niños que...?

No se atrevía a terminar la frase.

Se puso a pensar en Sanna. Su ropa provocadora. Y su padre, influyente y peligroso.

«¿Cómo no he podido verlo? —pensó— La familia. El secreto de familia. No puede ser, pero tiene que ser eso.»

Pero, aun así, Sanna no asesinó a Viktor. Sanna no habría podido hacerlo aunque quisiera.

Le vino a la memoria aquella vez que Sanna compró una tostadora que no funcionaba.

«No se atrevió a devolverla —pensó—. Si no hubiese ido yo, se la habría quedado sin rechistar.»

Se sentó en la cama y se quedó un rato pensando. Si Sanna no quería que interrogaran a las niñas, probablemente sus padres ya estarían de camino para llevárselas. Sin duda, ya habrían intentado abrir la puerta en casa de la abuela. Y seguro que volverían en cualquier momento.

Cogió el móvil y llamó a Anna-Maria Mella a su número del trabajo. Respondió de inmediato. Parecía cansada.

—No te lo puedo explicar —dijo Rebecka—. Pero si de verdad quieres interrogar a las niñas puedo llevártelas mañana mismo. Más tarde lo tendréis difícil.

—Bien —fue lo único que le dijo—. Yo me ocupo.

Quedaron para el día siguiente y Rebecka prometió ir con las niñas.

«Una cosa menos —pensó Rebecka levantándose de la cama—. Lo siento, Sanna, pero no escucharé el buzón de voz hasta mañana por la tarde, así que aún no sé que quieres que tus padres se queden con las niñas.»

Tenía que evitar que la localizaran hasta el día siguiente. No podía quedarse allí con las niñas porque Sanna había estado en casa de Sivving.

En la comisaría, Anna-Maria Mella estaba sentada delante del ordenador repasando una a una las fotos de los participantes en la conferencia. El pasillo que daba al despacho estaba a oscuras. Al lado en la mesa le quedaba media pizza de atún, fría, dentro del cartón. Era sorprendente la cantidad de participantes que aparecían tanto en el registro de criminales como en el registro de sospechosos y en otros registros por el estilo. En la mayoría se trataba de delitos por drogas combinados con robos y delitos con violencia.

«Drogadictos y canallas y ahora conversos», pensó Anna-Maria.

Se había apuntado el nombre y el DNI de algunos que le había parecido que valía la pena controlar.

Justo cuando había pensado en llamar a Robert se fijó en una nota sobre un asesinato. El veredicto era del tribunal de Gävle doce años atrás. Sentencia: «internamiento con atención psiquiátrica». Ni una nota más desde entonces.

«Vaya —pensó—. ¿Está aquí de permiso o le han dado el alta? Tengo que echarle un vistazo a éste.»

Descolgó el teléfono y llamó a casa. Marcus contestó. Pareció decepcionado cuando oyó que era su madre y no otra persona.

—Dile a papá que llegaré tarde —le encargó su madre.

Rebecka bajó a la cocina. Sivving estaba poniendo la mesa para la cena. Sacó los mismos vasos de duralex, los cubiertos con mango de baquelita negra y los platos de porcelana con flores amarillas que recordaba de cuando era pequeña. Había pasado muchos ratos sentada en esa cocina hablando con Maj-Lis y Sivving.

—Hay albóndigas.

—Estoy a punto de desmayarme del hambre que tengo —dijo Rebecka—. Huele muy bien.

—Dos tercios de carne de alce y un tercio de cerdo.

—¿Dónde están las niñas?

Sivving hizo un gesto hacia el salón.

—Oye —dijo Rebecka—, ¿podría coger tu moto y el remolque? Quiero ir a Jiekajärvi hoy mismo con las niñas.

Sivving dejó la cazuela de hierro sobre la mesa. Como salvamanteles puso un trapo de cocina doblado que tenía las iniciales de Maj-Lis bordadas en rojo, a punto de cruz.

—¿Ha pasado algo? —preguntó Sivving.

Rebecka asintió con la cabeza.

—No es nada grave —dijo—, pero no podemos quedarnos aquí. Si vienen los padres de Sanna preguntando por nosotros, tú no sabes dónde estamos.

—Vale —dijo Sivving—. Tengo monos de invierno para ti y las niñas. Y os llevaréis también comida y leña seca. *Bella* y yo subiremos mañana por la mañana. Pero no dejaré que os vayáis con el estómago vacío.

Rebecka entró en el salón. Lova y Sara habían esparcido hojas de periódico por toda la mesa abatible y estaban de lo más concentradas pintando piedras. En medio de la mesa había una piedra con un dibujo ya pintado que utilizaban como referencia. Era de un tamaño un poco más grande que un puño y representaba un gato acurrucado con unos ojos grandes de color turquesa.

—Mis nietos hacían eso en verano —dijo Sivving desde la cocina—. Y, bueno, pensé que les podría gustar también a Lova y Sara.

En la cocina *Bella* ladró nerviosa.

—Calla ya —la regañó Sivving—. No sé qué le pasa —le dijo a Rebecka—. Hace media hora que se ha puesto a ladrar así. Será un zorro o algo. ¿Te ha despertado?

Rebecka negó con la cabeza.

—¡Mira, Rebecka, estoy pintando a *Chapi*! —gritó Lova.

—Mmm, qué bonito —respondió Rebecka, ausente—. Después tendréis que recoger las piedras y las pinturas; esta tarde nos vamos con la moto de nieve a dormir a la cabaña de mi abuela.

A las seis y cuarto de la tarde, Rebecka conducía por el camino de Sivving hacia el río. Se había puesto un pasamontañas y un gorro de piel, pero aun así tenía que parpadear con fuerza por la nieve que le saltaba a la cara. Los copos de nieve que estaban cayendo reflejaban la luz de los faros de la moto y le impedían ver más allá de un metro. Sara y Lova estaban metidas dentro del remolque, tapadas con mantas de viaje y pieles de reno junto con el equipaje. Apenas se les podía ver la punta de la nariz.

Al pasar por el jardín de la abuela detuvo la moto delante de la casa. En realidad debería subir a coger los pijamas de las niñas, pero sólo faltaría que los padres de Sanna aparecieran justo en ese momento. No, lo mejor sería no entretenerse. Si podía mantener a las niñas alejadas hasta el día siguiente, sería suficiente para que el psicólogo pudiera hablar con ellas. Después ya se ocuparían los de servicios sociales o quien fuera. Entonces ya habría hecho por ellas todo lo que estaba en sus manos.

Aceleró y empezó a bajar hacia el río. La oscuridad se iba cerrando a su espalda como un telón. Y el viento borraba de inmediato las huellas de la moto.

En la cocina de la abuela está Curt Bäckström como una sombra aguardando. Está junto a la ventana, apoyado en la pared, observando los faros de la moto mientras desaparecen de camino al río. En la mano derecha tiene un cuchillo. Desliza con cuidado el dedo índice por el filo para sentir una vez más lo afilado que está. En uno de los bolsillos de su mono de invierno tiene tres sacos negros de plástico. En el otro tiene las llaves que le cogió a Rebecka de su abrigo. Lleva mucho rato esperando en la oscuridad. Ahora deja caer los párpados un momento. Le resulta agradable. Tiene los ojos secos y el calor le quema. Los zorros tienen madrigueras y los pájaros tienen nidos, pero el Hijo de Dios no tiene dónde descansar la cabeza.

Anna-Maria Mella iba por la autovía de Österleden hacia Lombolo. Eran las diez y cuarto de la noche. Conducía demasiado deprisa. Sven-Erik se asía de forma refleja a la parte superior de la guantera cuando el coche patinaba sobre las partes nevadas de la calzada. La mano metida en el grueso guante no tenía dónde agarrarse.

A la derecha, a través del telón de nieve, aparecían los débiles puntos de luz del supermercado OBS. Stop antes de la rotonda, chirrido de ruedas al pisar el acelerador. A la izquierda se alzaba el Museo del Espacio, como una nave extraterrestre plateada que hubiera encallado. El cartel en rojo brillante. La zona de casas unifamiliares, las avenidas Sten, Klipp, Block, con sus senderos bien limpios de nieve y llenos de comida para los pajaritos.

—Se llama Curt Bäckström —dijo Anna-Maria—. Fue juzgado por asesinato hace doce años y lo ingresaron en el psiquiátrico, como se llamaba entonces. No hay más datos.

—De acuerdo. ¿A quién asesinó?

—Se cargó a su padrastro. De varias cuchilladas. Su madre lo vio y testificó en su contra. En el interrogatorio dijo que le tenía miedo al chico.

—¿El chico?

—Entonces sólo tenía diecinueve años. Y, bueno, no es que fuera uno de los invitados a la conferencia. Vive allá abajo, en Lompis. Tallplan, 5B. Una de las compañeras de Gävle conocía a alguien de la oficina de los juzgados. Fue allí después de salir del trabajo y me envió un fax con las sentencias. A veces es fácil que la gente te ayude.

Giró para entrar en el garaje. Largas filas de aparcamiento. Una casa de viviendas de dos plantas, de madera, construida a finales de los sesenta. Salieron del coche y echaron a andar. No se veía a nadie, a pesar de que era viernes por la noche.

—La justicia lo dejó salir hace dos años —continuó Anna-Maria—. Tenía que recibir atención médica, así que mantenía contacto con Gävle. Con regularidad le inyectaban un antidepresivo, Depot, y se portaba bien en el trabajo. Sin embargo, según el padrón se vino a vivir a Kiruna en enero del año pasado. El médico de guardia del psiquiátrico de Gällivare explica que en Kiruna no ha solicitado tratamiento.

—Así que...

—Así que no sé, pero probablemente hace un año que no recibe la medicación que necesita. ¿Y eso es raro? Quiero decir, tú mismo has visto las cintas de la comunidad. «¡Tira las pastillas! ¡Dios es tu médico!»

Se quedaron de pie un momento delante de la puerta de la escalera. Las dos viviendas estaban a oscuras. Sven-Erik asió la manilla de la puerta. Anna-Maria bajó la voz.

—Le pregunté al médico de guardia qué le pasaría a una persona que debe inyectarse Depot y no lo hace.

—Y...

—Pues ya sabes lo que pasa... No pueden pronunciarse en casos específicos..., varía de individuo a individuo... Pero al final dejó caer que quizá, eventualmente, probablemente, era posible que pudiera empeorar. Bueno, incluso ponerse mal de verdad. ¿Sabes lo que dijo cuando le expliqué que había una iglesia donde opinaban que se debían tirar los medicamentos?

Sven-Erik negó con la cabeza.

—Dijo: «La gente débil acostumbra a sentirse atraída por la Iglesia. Y la gente que quiere tener poder sobre la gente débil, también.»

Se quedaron callados unos segundos. Anna-Maria vio que el viento llenaba con nieve las huellas que habían dejado en la escalera de la entrada.

—Vamos a entrar —dijo.

Sven-Erik abrió la puerta y entraron en el oscuro zaguán. Anna-Maria le dio al interruptor de la luz. A la derecha, en un pequeño tablón se indicaba que Bäckström vivía en el primer piso. Subieron andando. Muchas veces los dos habían estado en edificios en los que los vecinos habían llamado por cuestión de peleas. En aquellas puertas olía como era habitual. A meados debajo de la escalera, detergente y hormigón.

Llamaron pero no abrió nadie. Escucharon a través de la puerta; todo lo que se oía era la música del piso de enfrente. Habían visto desde fuera que las ventanas estaban a oscuras. Anna-Maria abrió la rendija del buzón insertada en la puerta para intentar ver algo. El piso estaba a oscuras.

—Tendremos que volver.

ATARDECIÓ

Y AMANECIÓ: DÍA SEXTO

Las cuatro y veinte de la madrugada. Rebecka está sentada junto a la pequeña mesa de la cocina en la cabaña de Jiekajärvi. Mira sus ojos reflejados en el cristal de la ventana. Justo allí fuera alguien podría estar mirándola sin que ella lo pudiera ver. De pronto aquella persona podría poner su cara contra el cristal y la imagen de su rostro mezclarse con la suya.

«Vale ya —se dice a sí misma—. No hay nadie ahí fuera. ¿Quién iba a salir a la calle con esta oscuridad y esta tormenta?»

El fuego chisporrotea y en el tubo de la chimenea el aire emite un tono largo y desolado, acompañado por el viento, que va en aumento afuera y el sonido sordo de la lámpara de gasóleo. Se levanta y añade dos troncos. Cuando hay tormenta hay que mantener el fuego con vida. Si no, la cabaña estará helada mañana por la mañana.

El implacable viento busca paso entre las grietas de las paredes y el marco de la vieja puerta de color ocre. Hubo un tiempo, antes de que Rebecka naciera, que aquella puerta estaba en la pocilga. Se lo había explicado su abuela. Y antes había estado en otra parte. Era una puerta demasiado bonita y estaba demasiado bien hecha para la pocilga. Probablemente primero estuvo en una vivienda que habría sido derribada. Y fue entonces cuando la puerta se aprovechó.

En el suelo están las alfombras de trapo de la abuela, en varias capas. Aíslan y no dejan pasar el frío. La nieve que se ha amontonado contra las paredes también aísla. Y la pared que da al norte está más resguardada por un montón de leña cubierto por un toldo para protegerlo de la nieve.

Al lado de la chimenea está el cubo esmaltado para el agua con un cazo de acero inoxidable y un gran cesto para la leña. Justo al lado están las piedras en las que Sara y Lova han pintado un gato, encima de unos números antiguos de las revistas *Allers* y *Land*, para no manchar. Aunque naturalmente el de la piedra de Lova parece un perro. Está enroscado con el hocico entre las patas, mirando a Rebecka. Para mayor seguridad, Lova ha escrito «*Chapi*» sobre su espalda pintada de negro. Las dos niñas están durmiendo en la misma cama, con los dedos manchados de pintura y tapadas hasta las orejas con dos edredones. Antes de acostarse, las tres estuvieron desenrollando los colchones, sacando el aire frío que había en ellos. Sara duerme con la boca abierta y Lova se ha metido entre los brazos de su hermana mayor. Las dos tienen las mejillas rojas. Rebecka coge uno de los edredones y lo pone en la litera de arriba.

«No es mi trabajo protegerlas —se convence a sí misma—. A partir de mañana no hay nada más que pueda hacer por ellas.»

Anna-Maria Mella está sentada en la cama con la lámpara encendida. Robert duerme a su lado. Tiene dos almohadas en la espalda y se apoya en el cabezal. En las rodillas tiene el álbum de Kristina Strandgård con recortes de prensa y fotografías de Viktor. El niño se le mueve en el vientre. Siente uno de sus pies.

—Eh, bicho —le dice masajeando el duro bulto que forma el pie—. No le des patadas a tu madre, que está mayor.

Mira una foto de Viktor Strandgård sentado en la escalera delante de la Iglesia de Cristal, en pleno invierno. En la cabeza lleva un indescriptiblemente feo gorro verde hecho a ganchillo. El pelo largo le cuelga sobre el hombro izquierdo. Le enseña su libro a la cámara, *El Cielo, ida y vuelta*. Ríe. Parece sincero y relajado.

«¿Le hizo algo a las hijas de Sanna? —piensa Anna-Maria—. Es sólo un crío.»

Se empieza a angustiar por lo que va a pasar al día siguiente. El interrogatorio a las hijas de Sanna Strandgård.

«Sea como sea, tú tendrás un buen padre», piensa dirigiéndose al niño que lleva en el vientre.

De pronto se siente muy conmovida. Piensa en aquella pequeña vida. Completamente hecha y capaz de vivir, con diez dedos en las manos y en los pies, y una personalidad totalmente propia. ¿Por qué siempre le da por llorar y por exagerar? Ni siquiera puede ver una película de Disney sin que se ponga a llorar con desconsuelo justo en el momento más triste, antes de que al final todo se arregle. ¿De verdad que hace catorce años estaba embarazada de Marcus? ¿Y de Jenny y Petter? También son ya muy mayores. La vida pasa tan tremendamente deprisa. De pronto se ve invadida por una profunda gratitud.

«Realmente no tengo de qué quejarme —piensa dirigiéndose a algo allá fuera, en el universo—. Una familia maravillosa y una buena vida. Tengo más de lo que tengo derecho a pedir.»

—Gracias —dice Anna-Maria sin dirigirse a nadie.

Robert cambia de postura, se pone de lado y se envuelve completamente con el edredón.

—De nada —responde Robert en sueños.

SÁBADO, 22 DE FEBRERO

Rebecka se sirve café de un termo y se sienta junto a la mesa de la cocina.

«¿Y si Viktor abusó de las niñas de Sanna? —pensó—. ¿Puede ser que Sanna estuviera fuera de sí, que llegara a matarlo? Quizá lo fue a buscar para pedirle explicaciones y...

»¿Y qué? —se interrumpe—. ¿Que se indignó y por arte de magia sacó un cuchillo de caza de ninguna parte y se lo clavó hasta matarlo? ¿Además de darle en la cabeza con algo bien duro que casualmente llevaba en el bolsillo?

»No. No puede ser.

»¿Y quién le escribió a Viktor aquella postal que estaba en su Biblia? "Lo que hemos hecho no está mal a los ojos de Dios."»

Coge los tarros con los colores que las niñas han utilizado y despliega un viejo periódico sobre la mesa. Dibuja a Sanna. Más bien parece una bruja de cuento con el pelo largo y rizado. Debajo escribe «Sara» y «Lova». Al lado dibuja a Viktor. Alrededor de la cabeza le dibuja una aureola que le queda un poco inclinada. Después une los nombres de las niñas y el de Viktor con una línea. También dibuja una línea entre Viktor y Sanna.

«Pero aquella relación está ahora rota», piensa tachando las líneas que unen a Viktor con Sanna y las niñas.

Se reclina en la silla y deja correr la mirada sobre el austero mobiliario. La litera de color verde, hecha a mano, la mesa de la cocina con sus cuatro sillas, todas distintas, la encimera con el barreño rojo de plástico y el taburete que está justo en el rincón, detrás de la puerta.

En otros tiempos, cuando usaban la cabaña como caseta de caza, su tío Affe solía poner la escopeta sobre aquel taburete, inclinada contra la pared. Recordaba que su abuelo fruncía el ceño porque no le gustaba que lo hiciera. El abuelo siempre ponía el arma con cuidado en su funda y la metía debajo de la cama.

Actualmente sobre el taburete está el hacha y de un gancho, encima, cuelga la sierra.

«Sanna», piensa Rebecka, y vuelve a mirar hacia el dibujo que ha hecho.

Dibuja pequeñas espirales y estrellas encima de la cabeza de Sanna.

«Sanna-chito-cabeza de chorlito. Que no puede hacer nada sola. Un montón de idiotas le han hecho las cosas a lo largo de toda su vida. Ella misma es una maldita idiota. Ni siquiera tuvo que pedirme que viniera. Yo misma vine como un jodido cachorrito.»

Le quita los brazos y las manos a Sanna pintando encima con color negro. Así ahora está impedida. Después se dibuja a sí misma y escribe encima: IDIOTA.

El dibujo la hace comprender. El pincel repasa temblorosamente las figuras que ha pintado sobre el periódico. Sanna no puede hacer nada sola. Ahí está, sin brazos y sin manos. Cuando Sanna necesita algo, alguien aparece como un idiota y se lo soluciona. Rebecka Martinsson es un ejemplo de ese tipo de idiotas.

Si Viktor abusa de las hijas de Sanna...

... y si se pone tan furiosa que quiere matarlo. ¿Qué pasa entonces?

Entonces aparece algún idiota y mata a Viktor por ella.

¿Puede ser así? Debe ser así.

La Biblia. El asesino puso la Biblia de Viktor en el cajón del sofá de la cocina de Sanna.

Naturalmente. No para que acusaran a Sanna. Era un regalo para ella. El mensaje, la postal con el estilo caligráfico enmarañado, estaba dirigido a Sanna, no a Viktor. «Lo que hemos hecho no está mal a los ojos de Dios.» Matar a Viktor no era pecado a los ojos de Dios.

—¿Quién? —dice Rebecka para sí misma dibujando un corazón vacío al lado de la figura de Sanna. Dentro del corazón dibuja un interrogante.

Escucha atentamente. Intenta escuchar un sonido a través de la tormenta. Un sonido que no forma parte de aquello. Y de golpe lo oye, el ruido de una moto de nieve.

Curt. Curt Bäckström estaba sentado en su moto debajo de la ventana mirando a Sanna.

Rebecka se levanta y mira a su alrededor.

«El hacha —piensa presa del pánico—. Voy a coger el hacha.»

Pero ya no oye el ruido de ningún motor.

«Serán imaginaciones. Tranquila —se anima a sí misma—. Siéntate. Estás agobiada, tienes miedo y has oído mal. Ahí fuera no hay nadie.»

Se sienta pero no puede apartar la mirada de la manilla de la puerta. Debería levantarse y cerrar con llave.

«No empieces otra vez —piensa como haciendo un conjuro—. Ahí fuera no hay nadie.»

De pronto se mueve la manilla de la puerta. Se abre. El rugir de la tormenta entra junto a un torrente de aire frío. Un hombre vestido con un mono de invierno entra rápidamente. Cierra la puerta tras de sí. Primero ella no puede ver quién es. Después se quita la capucha y el pasamontañas.

No es Curt Bäckström. Es Vesa Larsson.

Anna-Maria Mella está soñando. Sale de un coche de policía y corre con sus compañeros por la carretera E 10, entre Kiruna y Gällivare. Van hacia los restos de un coche accidentado que está volcado diez metros hacia abajo. Le cuesta correr. Los compañeros ya están al lado del coche aplastado y la llaman a gritos.

—¡Date prisa! Tú tienes la sierra. ¡Tenemos que sacarlos!

Continúa corriendo con la motosierra en la mano. En alguna parte oye a una mujer gritando de tal forma que te rompe el corazón.

Por fin ha llegado. Pone en marcha la motosierra. Chirría a través de la plancha del coche. Fija la vista en una sillita para niños que está colgada boca abajo pero no puede ver si hay algún crío sentado. La motosierra sigue emitiendo su ruido metálico, y de pronto algo suena penetrante y escandalosamente. Como un teléfono.

Robert empuja a Anna-Maria hacia un lado y vuelve a dormirse en cuanto ella levanta el auricular. Al otro lado de la línea se oye la voz de Sven-Erik.

—Soy yo —le dice—. Oye, que luego volví a casa de Curt Bäckström pero no ha aparecido por allí en toda la noche, por lo menos nadie ha abierto.

—Mmm —murmura Anna-Maria.

La molestia de la pesadilla sigue ahí. Mira el reloj de la radio, que está al lado de la cama. Las cinco menos veinticinco. Se inclina hacia atrás en la cama y se sienta apoyando la espalda contra el cabezal.

—¿No habrás ido allí solo? —pregunta.

—No discutamos ahora, Mella. Escúchame. Como parecía que no estaba en casa o que no abría, qué sé yo, fui a la Iglesia de Cristal para comprobar si habían preparado algún montaje de los suyos durante la noche, pero no había nadie. Entonces llamé a los pastores, Thomas Söderberg, Vesa Larsson y Gunnar Isaksson, en ese orden. Pensé que quizá sabían qué hacían sus ovejas y dónde solía descansar Curt Bäckström si no era en su casa.

—¿Y?

—Thomas Söderberg y Vesa Larsson no estaban en casa. Sus esposas me dijeron que seguramente estarían todavía en la iglesia por la conferencia, pero te aseguro, Anna-Maria, que en la iglesia no había nadie. Bueno, claro que podrían haber estado allí escondidos en la oscuridad, callados como zorras, pero no lo creo. El pastor Gunnar Isaksson estaba en casa, contestó a la décima llamada y estaba más dormido que despierto.

Anna-Maria se quedó pensando un momento. Se sentía aturdida y un poco indispuesta.

—Me pregunto si será suficiente para hacer un registro de la vivienda —replicó—. Nos iría bien entrar en el piso de Curt Bäckström. Llama a Von Post y pregúntale.

Sven-Erik suspiró al otro lado de la línea.

—Él está convencido de que ha sido Sanna Strandgård —respondió—. Y nosotros no tenemos nada que aportar, pero de todas formas... Tengo un mal presentimiento respecto a ese chico y voy a entrar.

—¿En su casa? Venga ya.

—Voy a llamar a Benny, el cerrajero de Lås & Larm. Ése no hace preguntas si le digo que envíe la factura a la policía.

—Qué poca vergüenza tienes.

Anna-Maria puso los pies en el suelo.

—Espérame —añadió—. Robert tendrá que quitar la nieve para que pueda salir.

—Tranquila, Rebecka —dice Vesa Larsson—. Sólo queremos hablar. No hagas ninguna tontería.

Sin quitarle la vista de encima, palpa con la mano a su espalda para coger la manilla y bajarla.

«¿Queremos? —se pregunta—. ¿Quiénes?»

De pronto se da cuenta de que no ha venido solo. Ha entrado primero para asegurarse de que la situación estaba bajo control.

Vesa Larsson abre la puerta y dos hombres más entran en la cabaña. Cierran la puerta tras ellos. Van vestidos de oscuro. No se les ve ninguna parte del cuerpo. Llevan pasamontañas y gafas de sol.

Rebecka intenta levantarse de la silla pero le fallan las piernas. Es como si el cuerpo no le respondiera. Sus pulmones son incapaces de aspirar aire. La sangre que le corre por las venas desde que nació se ha detenido. Como un río después de la construcción de una presa. En el estómago siente un enorme nudo.

«No, no, joder.»

Uno de los dos últimos en entrar se quita el gorro y deja a la vista unos rizos oscuros y brillantes. Es Curt Bäckström. Su mono de invierno es de color negro. Lleva puestas unas buenas botas para ir en moto, con duras protecciones. Sobre el hombro carga una escopeta, de dos cañones. Tiene dilatadas la nariz y las pupilas como un caballo preparado para la guerra. Lo mira fijamente a los ojos, que le brillan. Los tiene enfebrecidos.

«Con este tipo tienes que ir con mucho cuidado», piensa.

Mira a las niñas por el rabillo del ojo. Duermen profundamente.

Sabe quién es el otro antes de que se quite el pasamontañas y las gafas de sol. ¿Qué importa lo que lleve puesto? Lo reconocería en cualquier parte. Thomas Söderberg. Sus movimientos. La forma de dominar el lugar donde se encuentra.

Es como si lo hubieran ensayado. Curt Bäckström y Vesa Larsson hacen guardia cada uno a un lado de la puerta de la pocilga.

Vesa Larsson la mira de pasada. Pero quizá no tan de pasada. Es la misma mirada que los padres de niños pequeños tienen en la tienda de comestibles. Con los músculos de la cara rendidos. Como si ya no pudieran ocultar el cansancio. La mirada muerta. Llevan el carro de la compra entre los estantes como si fueran asnos apaleados, sordos al llanto de los críos y a las conversaciones de alrededor.

Thomas Söderberg da un paso hacia adelante. Primero no la mira. Con movimientos tensos y alertas se baja la cremallera del mono de invierno y se quita las gafas. Son nuevas, al menos desde la última vez que lo vio, pero de eso hace ya mucho tiempo. Observa a su alrededor, en la habitación, donde están como un comando militar en una película de ciencia ficción. Lo registra todo, las niñas, el hacha del rincón y a ella, junto a la mesa de la cocina. Después se relaja. Baja los hombros.

Sus movimientos se vuelven más suaves, como un león paseando por la sabana.

Y se gira hacia Rebecka.

—¿Recuerdas aquella Semana Santa que me invitaste a venir aquí con Maja? —pregunta—. Es como si fuera otra vida. Por un momento creí que no lo encontraría en esta oscuridad y con la tormenta que hay.

Rebecka lo observa. Él se quita el gorro y los guantes, y los mete dentro de los bolsillos del mono. No tiene el pelo más ralo. Algunas hebras blancas entre el resto, de color castaño. Por lo demás está igual que siempre. Como si el tiempo se hubiera detenido. Quizá haya aumentado un poco de peso, pero es difícil verlo.

Vesa Larsson se apoya en el marco de la puerta. Respira con la boca abierta y mantiene la cara un poco levantada, como si estuviera mareado por el viaje. Va pasando la mirada de Curt a Thomas y después la mira a ella, pero no mira a las niñas.

«¿Por qué no las mira?»

Curt se balancea hacia adelante y hacia atrás. Clava la mirada a veces en Rebecka y a veces en Thomas.

¿Qué va a pasar? ¿Cogerá Curt la escopeta que le cuelga del hombro y la matará? Uno, dos, tres y ya está. Todo oscuro. Tiene que ganar tiempo. «Habla, mujer. Piensa en Sara y en Lova.»

Rebecka apoya las manos en el extremo de la mesa y se levanta de la silla.

—¡Siéntate! —le ordena Thomas, y ella se sienta de golpe como un perro apaleado.

Sara gime pero no se despierta. Se da la vuelta en la cama y su respiración vuelve a ser profunda y tranquila.

—¿Fuiste tú? —ruge Rebecka—. ¿Por qué?

—Fue el mismo Dios, Rebecka —responde Thomas, serio.

Ella reconoce el tono serio y la postura. Es así el aspecto y la forma de hablar que tiene cuando quiere demostrar a sus oyentes que lo que dice es importante. Todo su ser se transforma. Es como si fuera una roca que surgiera a la superficie. Con las raíces en el centro de la tierra. Completamente serio, fuerte, poderoso. Y a la vez, humilde ante Dios.

«¿Por qué este espectáculo? No, no es por ella. Es Curt. Lo está... manipulando.»

—¿Y las niñas? —pregunta.

Thomas agacha la cabeza. Hay algo frágil en su tono de voz. Algo quebradizo. No parece que la voz le vaya a aguantar las palabras.

—No sé... —balbucea—... no sé cómo voy a poder perdonarte por haberme obligado a hacer esto, Rebecka.

Como a una invisible señal, Curt se quita el guante de la mano derecha y saca una cuerda de cáñamo del bolsillo de su mono.

Al volverse hacia Curt, Rebecka se traga el nudo que le bloquea la garganta.

—Sé que amas a Sanna —le dice—. ¿Cómo puedes quererla y matar a sus hijas?

Curt cierra los ojos. Continúa balanceándose hacia adelante y hacia atrás, como si no la oyera. Después mueve los labios sin decir nada y luego responde:

—Son hijas de las sombras —declara Curt—. Tienen que ser apartadas.

«Si pudiera hacerle hablar. Ganar tiempo. Tengo que pensar. Aquí puede haber tema. Thomas le deja hablar, no se atreve a hacer otra cosa.»

—¿Hijas de las sombras? ¿Qué quieres decir?

Inclina la cabeza hacia un lado dejando descansar la mejilla contra su mano, de la misma forma que suele hacerlo Sanna, esforzándose en que la voz le salga tranquila.

Curt habla sin dirigirse a nadie, con la mirada fija en la lámpara de gasóleo. Como si estuviera solo. O como si hubiera un ser dentro de la luz que lo estuviera escuchando.

—Tengo el sol en la espalda —declara—. Delante de mí va mi sombra. Va delante pero, cuando entro yo, se tiene que doblegar. Sanna tendrá más hijos. Me dará dos hijos varones.

«Estoy a punto de vomitar», piensa Rebecka, sintiendo que le está subiendo por el cuerpo el sabor del picadillo de carne de alce mezclado con bilis.

Se levanta. Tiene la cara blanca como la nieve. Las piernas le tiemblan. Siente el cuerpo como si le pesara varias toneladas, las piernas como si fueran unos delgados palillos.

En un instante, Curt se ha puesto a su lado. Tiene la cara distorsionada por la furia. Le grita con tal fuerza que tiene que coger aire tras cada palabra.

—¡Tenías... que... quedarte... sentada!

Con mucha fuerza le da un puñetazo en el estómago y ella se dobla hacia adelante como accionada por un muelle. Sus piernas pierden las pocas fuerzas que le quedaban. El suelo se le viene a la cara. Siente la alfombra de la abuela en la mejilla y un insoportable dolor en el estómago. Encima de ella, unas voces alarmadas.

«Tengo que cerrar los ojos un momento. Sólo un momento. Después los volveré a abrir. Lo prometo. Sara y Lova. Sara y Lova. ¿Quién está gritando? ¿Es Lova la que grita así? Sólo un momento...»

El cerrajero Benny, de Lås & Larm, abre la puerta del piso de Curt Bäckström y se va de allí. Sven-Erik Stålnacke y Anna-Maria Mella están a oscuras en el rellano de la escalera. Sólo la luz de la calle entra por la ventana que da al patio interior. Todo está en silencio. Se miran y asienten con la cabeza. Anna-Maria ha quitado el seguro a su pistola, una Sig Sauer.

Sven-Erik entra y Anna-Maria oye cómo dice débilmente «¿hola?». Ella se queda fuera, de guardia.

«Debo de estar loca», piensa.

La espalda le duele poco pero de forma continua. Se apoya en la pared y respira hondo. «Imagina que está ahí dentro, a oscuras. Igual está muerto. O escondido en algún sitio. Igual sale, me da un empujón y me tira escaleras abajo.»

Sven-Erik enciende la luz del recibidor.

Ella mira hacia adentro. Sólo hay un ambiente. Desde el recibidor se ve la sala de estar, donde también está el dormitorio. Es un piso raro. ¿De verdad vive alguien allí?

En el recibidor no hay ni un solo mueble. Ninguna cómoda con cajones y el correo del día encima. Ni alfombra. Montado en la pared hay un perchero con estante, pero allí no hay nada colgado. La sala de estar se encuentra también vacía. Casi. Directamente sobre el suelo hay algunas lámparas y de la pared cuelga un gran espejo. Las ventanas están tapadas con sábanas negras. Tampoco hay nada en los alféizares. Ni cortinas. Contra otra pared hay arrimada una cama individual de pino. El cubrecama es acolchado, sintético y de color azul claro.

Sven-Erik sale de la cocina. Niega con la cabeza de forma casi imperceptible. Sus miradas se encuentran. Llenas de preguntas y malos presentimientos. Va hacia el baño y abre la puerta. El interruptor de la luz está en el interior. Alarga el brazo. Ella oye el clic pero la lámpara no se enciende. Sven-Erik se queda de pie en el umbral de la puerta. Ella lo ve de lado. Le ve la mano sacando el llavero. Allí lleva una pequeña linterna. El fino haz de luz pasa a través de la puerta. Achica los ojos para ver mejor.

Quizá ella hace un movimiento que él ve por el rabillo del ojo, porque levanta la mano y le hace un gesto para que se pare. Él da un paso hacia adentro y mantiene un pie en el umbral. A ella le vuelve a doler la rabadilla. Se presiona los riñones con los puños.

Él sale del baño. A paso rápido. La boca abierta. Los ojos como platos y la cara desencajada.

—Llama —dice, afónico.

—¿A quién? —pregunta.

—¡A todos! ¡Despiértalos a todos!

Rebecka abre los ojos. ¿Cuánto tiempo ha pasado? En lo alto se cierne la cara de Thomas Söderberg. Parece un eclipse de sol. La cara descansa en la sombra y la lámpara de gasóleo está colgada, inclinada encima de su cabeza, formando una corona alrededor de sus castaños rizos.

Todavía le duele el estómago. Más que antes. Y además del dolor, por fuera, hay algo caliente y mojado. Sangre. Muerta de miedo supone que Curt no le ha pegado.

Le ha clavado el cuchillo.

—Esto no es lo que hemos planificado —dice Thomas, dominándose—. Tendremos que pensar un poco.

Gira la cabeza. Sara y Lova están tumbadas sobre la cama. Una a los pies de la otra. Tienen las manos atadas a las patas del cabezal con una cuerda de cáñamo. De la boca asoman trozos de tela blanca de algodón. Sobre el suelo, a su lado, hay una sábana rota. De ahí han sacado los trozos de tela que tienen en la boca. Rebecka puede oírles respirar enérgicamente para conseguir suficiente aire a través de la nariz.

Lova está resfriada. Pero respira.

«Tranquila, está respirando. Joder, joder.»

—La idea era —dice Thomas Söderberg, pensativo—, la idea era que le prendiéramos fuego a la cabaña. Y a ti te daríamos la llave de la moto de nieve y te irías de aquí en camisón o con una camiseta. Naturalmente, aprovecharías la ocasión. ¿Quién no lo haría? Pero con la tormenta y el frío cuando se va en moto, creo yo que como máximo te hubieras alejado cien metros. Después te hubieras caído y te hubieras quedado helada en pocos minutos. Para la investigación policial sería un accidente bastante sencillo. Se produce un fuego en la cabaña, te invade el pánico, dejas a las niñas y sales casi desnuda. Intentas irte con la moto y mueres helada a pocos metros de aquí. Una investigación poco complicada. Sin preguntas. Ahora será más difícil.

—¿Pensáis dejar que las niñas se quemen dentro?

Thomas se muerde el labio, como si no la hubiera oído.

—Creo que te llevaremos con nosotros —dice—. Aunque tu cuerpo se quemara, igual quedan marcas de la puñalada. No puedo arriesgarme.

Se interrumpe y vuelve la cabeza cuando Vesa Larsson entra con un depósito de gasolina de plástico rojo en la mano.

—Nada de gasolina —dice Thomas, irritado—. Nada de líquido inflamable ni productos químicos. Todo eso aparece en la investigación científica. Encenderemos las cortinas y la ropa de cama con cerillas.

Señala a Rebecka con la cabeza.

—La llevaremos con nosotros —continúa—. Vosotros dos, poned un toldo en el remolque de la moto de nieve.

Vesa Larsson y Curt desaparecen a través de la puerta. La tormenta ruge pero queda callada cuando cierran la puerta de nuevo. Se ha quedado sola con él. El corazón le va a galope. Tiene que darse prisa. Lo sabe. Si no, el cuerpo le fallará.

¿Puso Curt la escopeta al lado de la puerta? Sería un inconveniente poner el toldo bajo la tormenta con el arma en la espalda. Se mueve un poco hacia allí.

—No entiendo qué estás haciendo —le recrimina Rebecka—. ¿No dice Dios «No matarás»?

Thomas suspira. Está de cuclillas a su lado.

—Sin embargo, la Biblia está llena de ejemplos en los que Dios ha quitado vidas —responde—. ¿No lo entiendes, Rebecka? Se ve obligado a ir en contra de sus propias reglas. Y yo no soy así. Se lo dije y entonces me envió a Curt. Fue más que una señal. Tuve que obedecerle.

Se queda callado para quitarse el moquillo que le sale de la nariz. Se le está poniendo la cara roja por el calor de la chimenea. Ha de tener mucho calor con el mono de invierno.

—No tengo ningún derecho a permitirte destruir la obra de Dios. Los medios de comunicación hubieran armado un escándalo con el asunto económico y después todo se hubiera acabado. Lo que ha ocurrido en Kiruna es muy grande y, aun así, Dios me ha permitido comprender que sólo es el principio.

—¿Te amenazó Viktor?

—Al final se convirtió en una amenaza para todos. Incluso para sí mismo. Pero sé que ahora está con Dios.

—Explícame qué pasó.

Thomas niega impaciente con la cabeza.

—No hay ni tiempo ni motivo, Rebecka.

—¿Y las niñas?

—Pueden explicar cosas de su tío que... Aún necesitamos a Viktor. Su nombre no va a ser mancillado. ¿Sabes a cuántos drogodependientes ayudamos cada año? ¿Sabes cuántos niños recuperan a sus padres, que estaban desahuciados? ¿Sabes cuántos van a recuperar la fe? Trabajo. Una vida digna. Matrimonios unidos. Por las noches Dios me ha hablado de esto una y otra vez.

Se interrumpe y alarga la mano hacia ella. Le pasa los dedos por la boca y luego por el cuello.

—Te amaba tanto como amaba a mi propia hija. Y tú...

—Ya lo sé. Perdóname. —Se acerca un poco más—. ¿Y ahora? —llora—. ¿Me quieres ahora?

La cara de él se pone tensa.

—Mataste a mi hijo.

El hombre que sólo tenía hijas. Que quería tener un hijo.

—Ya lo sé. Pienso en eso cada día. Pero no era...

Vuelve la cabeza hacia un lado y tose. Se aprieta la mano contra el estómago. Después se gira hacia él de nuevo.

Ahí está. La ha visto. A treinta centímetros de su cabeza. La piedra en la que Lova había pintado a *Chapi*. Cuando él se ponga suficientemente cerca. Cogerla y darle. No dudar. Cogerla y darle.

—Había alguien más. No era...

Su voz desaparece en un tenue susurro. Se inclina hacia ella. Como un zorro intentando oír un ratón debajo de la nieve.

Ella, con los labios, intenta formar palabras que él no pueda oír.

Por fin se agacha hasta ella. «No dudes, cuenta hasta tres.»

—Ruega por mí... —le susurra al oído.

¡Uno...

—... no fuiste el único con el que yo...

dos...

—... no era hijo tuyo...

tres!

Se queda como helado durante un segundo pero es suficiente. El brazo de ella se alarga como si fuera una cobra y coge la piedra. Cierra los ojos y le atiza con todas sus fuerzas. Contra la sien. En su mente ve la piedra salir como un proyectil directamente contra la cabeza de él y luego hasta la pared. Pero cuando abre los ojos ve que aún tiene la piedra en la mano. Thomas está tumbado de lado, muy cerca de ella. Quizá sus manos hacen el gesto de protegerse la cabeza. Ella no lo sabe bien. Ya se ha puesto de rodillas y le vuelve a dar. Una y otra vez. Siempre contra la cabeza.

Es suficiente. Ahora hay que darse prisa.

Suelta la piedra e intenta ponerse en pie pero las piernas no la mantienen. Gatea por el suelo hacia el rincón de la puerta. Al lado del hacha está la escopeta de Curt. Sigue arrastrándose de rodillas y con la mano derecha. Con la izquierda se presiona el estómago.

Necesita tiempo. Si entran antes, se acabó todo.

Coge el arma. Se yergue, aún de rodillas. Tantea. Tiene las manos temblorosas y torpes. Afloja la palanca. Abre la escopeta. Está cargada. Cierra el arma y le quita el seguro. Se arrastra por el suelo hacia atrás, hasta llegar al centro. Las alfombras de trapo están manchadas de sangre. Manchas como monedas grandes de su propia sangre. Huellas borrosas de la mano derecha, en la que ha tenido la piedra.

Si pasean alrededor de la casa, la podrán ver a tra-

355

vés de la ventana. No lo harán. ¿Por qué van a ir por ahí? Se siente mal. «No vomites.» ¿Cómo va a poder entonces con la escopeta?

Sigue arrastrándose hacia atrás, medio sentada, con una mano apretada contra el estómago. Dirige la otra mano hacia la mesa y la empuja con las piernas. Aprieta la escopeta contra sí. Se sienta apoyando la espalda en una pata de la mesa. Encoge un poco las piernas. Pone la escopeta sobre el muslo de manera que apunte hacia la puerta. Y espera.

—Tranquilas —les dice a Lova y a Sara sin quitar la vista de la puerta—. Cerrad los ojos y estad tranquilas.

Curt es el primero que entra por la puerta. Detrás de él viene Vesa. A Curt le da tiempo de verla con la escopeta. Advierte los dos agujeros negros apuntándole. En una fracción de segundo cambia la expresión de su cara. De la irritación por el frío, el viento y el rígido toldo, no pasa al miedo, sino a algo diferente. Primero a darse cuenta de que no va a llegar a tiempo hasta ella. Después la mirada se vuelve apática. Brillante y profunda.

Rebecka no levanta el arma lo suficiente y recibe el culatazo en una costilla cuando le perfora el vientre a Curt. Éste cae hacia atrás, en la puerta. La nieve entra velozmente a través de ella.

Vesa está como congelado. Profiere un quejido ahogado.

—¡Adentro! —le grita Rebecka apuntándole con el arma—. Y mételo también. ¡Siéntate!

Vesa hace lo que le ha dicho y se deja caer de cuclillas delante de la puerta.

—¡Siéntate en el suelo! —le ordena.

Se desploma sentado. Con el mono de invierno sus movimientos son torpes. No se podrá poner en pie de nuevo si no es con un gran esfuerzo. Sin que ella le diga nada, cruza las manos detrás de la nuca. Curt está tumbado entre los dos. En el silencio que surge cuando han cerrado la puerta dejando la tormenta fuera, se oye la respiración fatigosa de Curt. Como jadeos cortos.

Apoya la cabeza hacia atrás. «Estoy cansada. Muy cansada.»

—Y ahora me lo vas a explicar todo —le dice a Vesa Larsson—. Mientras hables y digas la verdad, seguirás vivo.

—Sanna Strandgård me vino a ver —dice Vesa sin apenas voz—. Estaba... deshecha en lágrimas. Sí, ya sé que es una expresión absurda, pero deberías haberla visto.

«Me la puedo imaginar perfectamente —piensa Rebecka—. El pelo suelto. A nadie le sienta tan bien llorar a moco tendido como a ella.»

—Me dijo que Viktor había abusado de sus hijas.

Rebecka mira a las niñas. Todavía están atadas a la cama con trozos de trapo dentro de la boca. Tiene miedo de desmayarse si va arrastrándose hasta allí. Y si le dice a Vesa que las libere, puede quitarle el arma de las manos de una patada. Tiene que esperar un poco.

Respiran. Enseguida se le ocurrirá qué hacer.

—¿Qué quieres decir con «abusar»?

—No sé, fue algo que Sara había dicho por lo que ella se dio cuenta de lo que había pasado. A mí tampoco me quedó claro. Pero le prometí que hablaría con Viktor. Yo...

Se interrumpe, confundido.

«Sanna hace que la gente se quede confundida —piensa—. Los lleva al bosque y luego les roba la brújula.»

—¿Y?

—Soy un idiota —gime—. Le pedí que no se lo dijera ni a la policía ni a nadie más. Hablé con Patrik Mattsson pero yo lo llamé luego para decirle que Sanna se había equivocado. Lo amenacé con echarlo si decía algo.

—Continúa —ordenó Rebecka, impaciente—. ¿Hablaste con Viktor?

El arma le pesa cada vez más encima de las piernas.

—No quiso escucharme. En realidad no fue ninguna conversación. Se inclinó sobre mi escritorio y me amenazó. Me dijo que tenía los días contados como pastor de la comunidad. Que no toleraba que los pastores sacaran tajada de nuestras actividades.

—¿La sociedad limitada?

—Sí. Cuando pusimos en marcha VictoryPress yo creía que todo sería legal. Bueno, dejé de pensar en ello, eso fue lo que pasó. Nos dio la idea uno de la congregación que era autónomo. Nos dijo que todo estaba conforme. Declarábamos los gastos de la sociedad y Hacienda nos devolvía el IVA. Claro que la congregación nos daba bajo la mesa el dinero para las inversiones, pero considerábamos que todas las propiedades eran de la Fuente de Nuestra Fortaleza. Como yo lo veía, no engañábamos a nadie. Pero cuando rompí el secreto profesional y le expliqué a Thomas las sospechas de Sanna cuando Viktor me amenazó, yo comprendí que estábamos en una situación delicada. A Thomas le entró miedo. ¿Lo entiendes? En tres horas el mundo se puso a temblar. Viktor era agresivo y peligroso para los niños. Él, que siempre los había amado. Los había ayudado en la escuela dominical y esas cosas... ¡Me ponía enfermo! Y Thomas tenía miedo. Él, que parecía tener los nervios de acero. Y yo me había convertido en un criminal. ¿Puedo bajar las manos? Me duelen los hombros y la cabeza.

Ella asiente.

—Decidimos que hablaríamos todos juntos con él —continuó—. Thomas dijo que Viktor necesitaba ayuda y que recibiría esa ayuda de la comunidad. Así que aquella noche...

Se queda callado y los dos miran a Curt, tumbado sobre el suelo entre ellos. La alfombra de trapo que tiene debajo está manchada de rojo. La respiración pasa del resuello a un silbido apenas perceptible. De golpe deja de respirar. Se queda callado.

Vesa Larsson lo mira. Las pupilas se le dilatan por el miedo. Después mira a Rebecka y la escopeta que ella tiene sobre las rodillas.

Rebecka parpadea. Se empieza a sentir débil y apática. Era como si la historia de Vesa ya no le interesara. Ya no necesita ordenarle que siga hablando porque parlotea sin cesar.

—Viktor no quería escucharnos. Nos dijo que había estado ayunando y rezando. Después decidió que había llegado la hora de hacer una limpieza a fondo en la comunidad. De pronto éramos nosotros los acusados. Nos dijo que éramos unos mercaderes y teníamos que ser expulsados del templo. Que aquello era la obra de Dios y que nosotros estábamos dispuestos a entregarla al dios del dinero. Y después..., Dios de la Creación..., después se presentó Curt. No sé si lo había oído todo o si acababa de entrar en la iglesia...

Vesa cierra los ojos y hace una mueca con la boca.

—Viktor señaló a Thomas con el dedo y gritó, no recuerdo qué. Curt llevaba en la mano una botella de vino sin abrir. Habíamos celebrado la comunión durante el encuentro. Le pegó a Viktor en la parte de atrás de la cabeza. Viktor cayó de rodillas. Curt llevaba puesto un anorak bastante grande. Deslizó la botella en el bolsillo y después se sacó un cuchillo del cinturón y se lo clavó. Dos o tres cuchilladas. Viktor cayó hacia atrás y se quedó tumbado de espaldas.

—Y vosotros mirando —susurró Rebecka.

—Yo intenté interceder pero Thomas me lo impidió. Vesa se presionó los ojos con los puños.

—No, no es verdad —continuó—. Creo que di un paso hacia adelante. Pero Thomas sólo hizo un pequeño movimiento con la mano y yo me quedé parado. Igual que un perro bien adiestrado. Después, Curt se dio la vuelta y vino hacia nosotros. De pronto me entró el pánico al pensar que también me podía matar a mí. Thomas estaba completamente quieto con una cara inexpresiva. Recuerdo que lo miré y pensé que había leído que era eso lo que se debía hacer si te atacaban perros que se habían vuelto locos. No correr, no chillar, estar tranquilo y quedarse quieto. Nos quedamos más o menos así. Curt tampoco dijo nada. Nos miraba con el cuchillo en la mano. Después se dio la vuelta y fue otra vez hacia Viktor. Allí...

Vesa gime quedamente, entre dientes.

—... oh, lo acuchilló varias veces. Y le sacó los ojos con el cuchillo. Después metió los dedos en los agujeros y se pintó con sangre sus propios ojos. «Todo lo que él ha visto ahora lo he visto yo», exclamó. Lamió el cuchillo como un... ¡animal! Creo que se cortó la lengua porque le salía sangre por las comisuras de los labios. Y después le cortó las manos. Estirando y retorciendo. Una se la metió en el bolsillo de la chaqueta, pero la

otra no le cupo y se le cayó en el suelo y... Bueno, lo de
después ya no lo recuerdo bien. Thomas me llevó en su
coche por la carretera de Noruega. Salí al frío en mitad
de la noche, a vomitar sobre la nieve. Thomas estuvo hablando sin parar. Sobre nuestras familias. Sobre la comunidad. Que lo mejor que podíamos hacer era guardar silencio. Después me he preguntado si sabía que
Curt estaba allí. O, quizá, si incluso se encargó de que estuviera allí.

—¿Y Gunnar Isaksson?

—Él no sabía nada. Es un inútil.

—Cobarde de mierda —dijo Rebecka, exhausta.

—Tengo hijos —gime—. Con hijos todo es diferente. Ya lo verás.

—No me convences —le respondió—. Cuando
Sanna fue a verte, deberías haber ido a la policía y a los
servicios sociales. Pero tú... no querías escándalos. No te
querías quedar sin tu bonita casa y tu trabajo bien re-
munerado.

Le falta poco para que no pueda ni mantener doblada la pierna derecha. Si deja la escopeta en el suelo,
a él le dará tiempo de levantarse y patearle la cabeza
antes de que ella pueda reaccionar. No ve bien. En su
vista van creciendo manchas negras. Como si alguien
hubiera disparado bolas de pintura contra un escapa-
rate.

Se va a desmayar. Hay prisa.

Lo apunta con la escopeta.

—No lo hagas, Rebecka —le dice—. Te arrepentirás
el resto de tu vida. Yo no quería esto, Rebecka, pero
ahora ya está hecho.

Ella desearía que él hiciera algo. Un movimiento
para levantarse. O alargar la mano para coger el hacha.

Quizá pueda confiar en él. Quizá las lleve a ella y a las niñas en el trineo de vuelta a la ciudad y se entregue él mismo a la policía.

O quizá no. Y entonces: ¡el fuego! Las niñas muertas de miedo, con los ojos como platos intentando deshacerse de las cintas con las que les han atado las manos y los pies a la cama. Las llamas que desprenden la carne de los huesos. Si Vesa prende fuego no habrá nadie que lo pueda contar. Thomas y Curt se llevarán la culpa y él saldrá libre.

«Ha venido para matarnos —se dice a sí misma—. Recuérdalo.»

Está llorando. Vesa Larsson. Hace un momento, Rebecka tenía dieciséis años y estaba en el sótano de la iglesia de Pentecostés, entre sus trastos de pintura hablando de Dios, la Vida, el Amor y el Arte.

—Piensa en mis hijos, Rebecka.

Es él o las niñas.

Cierra los ojos cuando el dedo toca el gatillo. La detonación es ensordecedora. Cuando ella abre los ojos, él sigue sentado en la misma posición. Pero ya no tiene cara. Pasa un segundo y el cuerpo cae hacia un lado.

«No mires. No pienses. Sara y Lova.»

Suelta el arma y se pone a cuatro patas. Cuando se arrastra despacio hacia la cama el cuerpo entero le tiembla por el esfuerzo. En los oídos oye ruidos y zumbidos.

Una mano de Sara. Una mano es suficiente. Si puede tocar una mano...

Llega hasta el cuerpo sin vida de Curt. Toca el cinturón del anorak. Pasa la mano por debajo de su cuerpo. Allí está el cuchillo. Abre la funda y lo saca. Es como si se hubiera mojado la mano en aquella sangre. Ha llegado hasta la cama.

«Ahora la mano firme. No hagas daño a Sara.»

Corta la cuerda de cáñamo y la suelta de la muñeca de Sara. Pone el cuchillo en la mano libre de Sara y ve cómo sus dedos agarran el mango.

«Ahora. Descansa.»

Se hunde en el suelo.

Al cabo de un momento tiene las caras de Lova y de Sara encima. Coge a Sara de la manga del jersey.

—Recuerda —dice con voz ronca—. Quedaos en la cabaña. Mantened la puerta cerrada, poneos los monos de invierno y tapaos con los edredones. Sivving y *Bella* vendrán mañana aquí. Esperadlos. ¿Lo oyes, Sara? Sólo voy a descansar un poco.

Ya no le duele nada pero tiene las manos heladas. Suelta la manga del jersey de Sara. Ve sus caras como flotando. Ella se hunde en un pozo y las niñas están arriba, en la luz del sol, mirándola hacia abajo. Todo es cada vez más oscuro y más frío.

Sara y Lova están de cuclillas, cada una a un lado de Rebecka. Lova se vuelve hacia su hermana mayor.

—¿Qué ha dicho? —pregunta.

—Parecía que decía «¿Me acoges?» —responde Sara.

El viento de invierno mueve furioso los escuálidos abedules delante del hospital de Kiruna. Tira de sus huesudos brazos, que se alzan hacia el cielo negro azulado. Rompe sus dedos abiertos y helados.

Måns Wenngren pasó veloz por delante de la recepción de la unidad de cuidados intensivos. La fría luz de los fluorescentes del techo rebotaba sobre la brillante superficie del suelo y sobre el suave color crema de las paredes de hormigón del pasillo, con sus indescriptiblemente feos detalles en color vino. Todo su ser se defendía del efecto que le causaba aquel ambiente. El olor a desinfectante y detergente mezclados con el ácido y mohoso olor de los cuerpos desintegrándose. El constante tintineo de los carros metálicos en camino con comida, pruebas o Dios sabía qué.

«Por lo menos no es Navidad», pensó.

Su padre había tenido el último infarto el día de Navidad. Hacía ya muchos años, pero Måns todavía podía ver ante sí el intento impotente y fallido del personal del hospital por crear un ambiente navideño en el departamento. Grandes paquetes de galletas de jengibre baratas para el café de la tarde, con servilletas de papel con motivos navideños. Y al fondo del pasillo, un abeto de plástico. Las agujas puestas al revés y aplastadas tras el largo año en la caja, arriba del todo en un estante del trastero. Bolas desiguales colgando de hilos de sutura de las ramas. Debajo de las ramas más bajas, paquetes en los que se sabía que no había nada.

Apartó el recuerdo de su mente antes de que llegara a sus padres. Se volvió sin dejar de andar. El abrigo de lana desabrochado parecía más una capa.

—¡Estoy buscando a Rebecka Martinsson! —rugió—. ¿Hay alguien que trabaje aquí?

Por la mañana lo había despertado el teléfono. La policía de Kiruna preguntaba si realmente era el jefe de Rebecka Martinsson. Sí, así era. No se había encontrado a ningún pariente en ningún registro. Quizá supiera el bufete si tenía novio o vivía con alguien. No, el bufete no lo sabía. Preguntó qué había ocurrido. Al final, el policía le dijo que habían operado a Rebecka, pero después no le dio más explicaciones.

Måns llamó al hospital de Kiruna. Allí ni siquiera admitieron que estaba ingresada. «Confidencial», fue la única palabra que les había podido sonsacar.

Después llamó a una de las socias del bufete.

—Lo siento, Måns, no puedo hacer nada —le había dicho—. Rebecka es tu ayudante.

Finalmente cogió un taxi hasta el aeropuerto de Arlanda.

Una enfermera lo alcanzó en mitad del pasillo. Lo seguía hablando sin cesar mientras él abría las puertas de las habitaciones y miraba dentro. Sólo entendía la parte legal de la cháchara de ella: «Confidencial... No autorizado... Llamar a seguridad.»

—Vivo con ella —la engañó mientras continuaba abriendo puertas y mirando dentro.

Encontró a Rebecka sola en una habitación con

cuatro camas. Al lado de la cama había un armazón para el gotero con una bolsa de plástico medio llena de un líquido transparente. Tenía los ojos cerrados. La cara blanca, pálida, incluso los labios.

Acercó una silla a la cama pero no se sentó. Por el contrario, se volvió gruñendo hacia la pequeña mujer que lo perseguía. Ésta desapareció inmediatamente. Sus zuecos de trabajo repiquetearon apresurados por el pasillo.

Un minuto más tarde apareció otra mujer con bata y pantalones blancos. De dos zancadas Måns se puso casi encima de ella para leer el pequeño cartel que llevaba enganchado en el bolsillo a la altura del pecho.

—Muy bien, señorita Frida —le dijo de forma agresiva antes de que a ella le diera tiempo de abrir la boca.

Señaló las manos de Rebecka. Estaban atadas con gasa a los lados de la cama.

La enfermera Frida parpadeó con sorpresa antes de contestar.

—Acompáñeme afuera —dijo dulcemente—. A ver si nos tranquilizamos y podemos hablar.

Måns movió la mano como si la enfermera fuera una mosca.

—Vaya a buscar al médico que la lleva —dijo irritado.

La enfermera Frida era atractiva. Era rubia natural. Tenía los pómulos altos y llevaba los labios delicadamente pintados con un tono rosa transparente. Estaba acostumbrada a que la gente la obedeciera con su suave tono de voz. Era conocida por ello. Nunca había sido cobarde. Estuvo pensando en si debía llamar a seguridad. O quizá a la policía, teniendo en cuenta las circunstancias tan especiales de la paciente. Pero miró a

Måns Wenngren. Pasó la mirada por el increíblemente bien planchado cuello de la camisa, después por la corbata gris a rayas, hasta finalizar en el discreto traje negro y los brillantes zapatos.

—Pues sígame y hablará con el médico —dijo, escueta, dándose la vuelta y saliendo con Måns tras ella.

El médico era un hombre bajo de pelo grueso, rubio y canoso. Tenía la cara morena y la nariz un poco pelada. Probablemente acababa de venir de vacaciones del extranjero. Llevaba la bata desabrochada y debajo se le veía una camiseta color turquesa y unos vaqueros. En el bolsillo de la bata se apretujaban unos cuantos bolígrafos con un bloc y unas gafas.

«Angustiado por la edad, con síndrome de hippy», pensó Måns poniéndose un poco demasiado cerca cuando se saludaron, de manera que el médico tuvo que mirar hacia arriba como un espectador del firmamento.

Entraron en la sala de médicos.

—Es por su bien —le explicó el médico a Måns—. Cuando se estaba despertando se arrancó la cánula del brazo. Ahora le hemos puesto algo para que duerma, pero...

—¿Está detenida? —preguntó Måns—. ¿O en arresto preventivo?

—No, que yo sepa.

—¿Se ha tomado alguna decisión respecto a cuidados forzados? ¿Hay algún certificado respecto al cuidado?

—No.

—Vaya, entonces como en el Lejano Oeste —exclamó Måns, desdeñoso—. La atan a la cama sin orden de la policía, ni del fiscal ni del jefe médico. Es privación ilegal de la libertad. Denuncia, multa y sanción por parte de la Comisión de Responsabilidades. Pero no estoy aquí para crear problemas. Explíqueme lo que ha ocurrido. La policía debe haberlo informado. Primero desátela y tráigame un café. A cambio, seré bueno y me sentaré en su habitación, vigilando que no haga ninguna tontería cuando se despierte. No armaré jaleo en el hospital.

—La información que me ha dado la policía es confidencial —dijo el médico sin convicción.

—*Give some, get some* —respondió Måns sin interés.

Poco después Måns estaba sentado en una incómoda silla, inclinado hacia atrás, al lado de la cama de Rebecka. La mano izquierda la tenía entrelazada en los dedos de ella y en la otra mano agarraba un vaso de plástico en un soporte marrón con café muy caliente.

—Jodida niñata —murmuró—. Cuando te despiertes me vas a oír.

Oscuridad. Después oscuridad y dolor. Rebecka abre con cuidado los ojos. En la pared, encima de la puerta, hay un gran reloj. El minutero tiembla cada vez que salta hacia la siguiente línea. Mira con los ojos entreabiertos, pero no sabe qué hora es, o si es de día o de noche. La luz se le clava en los ojos como un cuchillo. Le abre un agujero de dolor en la cabeza, como si fuera de fuego. Todo salta en pedazos. Con cada respiración siente el dolor y la contracción. La lengua se le pega al paladar. Vuelve a cerrar los ojos y ve la cara asustada de Vesa Larsson delante de ella. «No lo hagas, Rebecka. Te arrepentirás el resto de tu vida.»

Vuelta a la oscuridad. Más profunda. Hacia abajo. Lejos. El dolor va dejando de martillear. Y sueña. Es verano. El sol calienta desde el cielo azul. Los abejorros dan tumbos como borrachos, por los aires, entre las flores del verano. Su abuela está de rodillas en el embarcadero, junto a la playa que forma el río, limpiando las alfombras de trapo. El jabón lo ha hecho ella misma con lejía y grasa. El cepillo de raíces sube y baja sobre las rayas de la alfombra. La suave brisa del río no deja que se acerquen los mosquitos. En el borde del embarcadero hay una niña sentada con los pies en el agua. Ha encerrado un escarabajo en un tarro de mermelada con agujeros en la tapa. Fascinada, observa el paseo del bicho dentro del bote. Rebecka empieza a hundirse en el agua. Curiosamente es consciente de que está soñando y murmura algo para sí misma: «Déjame verle la cara. Déjame ver cómo es.» Después Johanna se vuelve y la ve. Agarra triunfante el tarro de mermelada, enseñándoselo a Rebecka mientras sus labios forman la palabra «Mamá».

Era casi una postal de Navidad. Pero, a la vez, no lo era en absoluto. Tres reyes magos mirando al niño que dormía. Pero el niño era Rebecka Martinsson y los reyes el fiscal jefe en funciones Carl von Post, el abogado Måns Wenngren y el inspector de policía Sven-Erik Stålnacke.

—Ha matado a tres personas —decía Von Post—. No la puedo dejar libre así como así.

—Es un ejemplo básico de legítima defensa —alegó Måns Wenngren—. Se da cuenta, ¿no? Además, es la heroína del día. Créame. Los periódicos ya están cocinando una historia a lo Modesty Blaise. Salva a dos niñas, mata a los malos... Así que debería preguntarse qué papel quiere representar. El tío de mierda que va a su caza e intenta meterla en la cárcel o la buena persona que quiere estar a la altura y participar del éxito.

El fiscal jefe en funciones paseó la mirada por su alrededor. Se posó en Sven-Erik, de donde no cabía esperar nada, ni el más mínimo apoyo. Pasó la mirada entonces a la manta acolchada de color amarillo del hospital, que estaba remetida por los lados del colchón de Rebecka.

—Habíamos pensado dejar apartados a los medios de comunicación —dijo—. Los pastores muertos tenían familia. Cierta consideración...

Por debajo del bigote y entre los dientes, Sven-Erik aspiró aire.

—Será difícil mantener a la prensa y a la televisión apartadas —dijo Måns, tranquilo—. De alguna manera la verdad siempre se filtra.

Von Post se abrochó el abrigo.

—Vale, pero será interrogada. Antes de que se vaya a ninguna parte.

—Naturalmente. Cuando los médicos digan que puede hacerlo. ¿Algo más?

—Llame cuando pueda declarar —le insistió Von Post a Sven-Erik y desapareció a través de la puerta.

Sven-Erik Stålnacke se quitó el anorak.

—Me sentaré fuera, en el pasillo —informó—. Avíseme cuando se despierte. Me gustaría decirle algo. Iba a ir a buscarme un café de la máquina. ¿Quiere uno?

Rebecka se despertó. Al cabo de sólo medio minuto había un médico inclinado sobre ella. Tenía la nariz y las manos grandes. Ancho de hombros. Parecía un herrero bien vestido, con bata blanca. Le preguntó cómo se encontraba. Ella no respondió. Detrás de él había una enfermera con una sonrisa comprensiva aunque no exagerada. Måns estaba junto a la ventana. Miraba hacia afuera, aunque era imposible que pudiera ver nada más que el reflejo de sí mismo y la habitación detrás de él. Jugaba con la persiana. La abría y la cerraba. La cerraba y la abría.

—Ha tenido que pasar un mal trago —le dijo el médico—. Tanto física como psíquicamente. La hermana Marie le dará un tranquilizante y un poco más de analgésico, si le duele algo.

Lo último lo dijo como una pregunta, pero ella siguió sin responder. El médico se enderezó y le hizo una señal con la cabeza a la enfermera.

La inyección surtió efecto al cabo de un momento. Pudo empezar a respirar normalmente sin que le doliera.

Måns estaba sentado al lado de la cama mirándola en silencio.

—Sed —dijo en un susurro.

—Todavía no puedes beber. Con el gota a gota te dan lo que necesitas, pero espera un momento.

Se levantó. Ella le rozó la mano.

—No estés enfadado —le dijo con voz ronca.

—Eso ya lo veremos —respondió él dirigiéndose hacia la puerta—. Estoy hecho una furia.

Volvió al cabo de un momento. Llevaba consigo dos vasos blancos de plástico. En uno había agua para que se enjuagara la boca. En el otro había dos cubitos de hielo.

—Puedes chuparlos —le dijo haciendo ruido con los cubitos—. Hay un policía que quiere hablar contigo. ¿Puedes?

Ella asintió.

Måns le hizo una señal a Sven-Erik y éste se sentó al lado de la cama.

—¿Y las niñas?

—Están bien —respondió Sven-Erik—. Llegamos a la cabaña enseguida después de que... de que se acabara todo.

—¿Cómo?

—Entramos en el piso de Curt Bäckström y nos dimos cuenta de que teníamos que encontrarla. Bueno, ya hablaremos de eso después, pero hallamos un montón de cosas desagradables. En la nevera y en el congelador, entre otros lugares. Así que fuimos a la casa de Kurravaara, a la dirección que dio a la policía. Pero allí no había nadie. Lo cierto es que entramos sin permiso. Después recurrimos al vecino más próximo.

—Sivving.

—Nos llevó hasta la cabaña. La niña mayor nos contó lo que pasó.

—Pero las niñas, ¿están bien?

—Sí, sí. A Sara se le heló un trocito de mejilla. Estuvo fuera intentando poner en marcha la moto.

Rebecka se lamentó.

—Se lo advertí.

—Pero no es nada serio. Están en el hospital, con su madre.

Rebecka cerró los ojos.

—Me gustaría ver a las niñas.

Sven-Erik se restregó la barbilla mirando a Måns. Éste se encogió de hombros y dijo:

—Les ha salvado la vida.

—Bueno, bueno —respondió Sven-Erik, levantándose—. Vamos a hablar con el médico pero no hablaremos con el fiscal, y veremos qué pasa.

Sven-Erik empujaba la cama de Rebecka por los pasillos. Måns iba un paso más retrasado con el destartalado gotero.

—La periodista que retiró la denuncia por maltrato me ha estado persiguiendo —le dijo Måns a Rebecka.

El pasillo donde estaba la habitación de Sanna y de las niñas daba repelús de lo desierto que estaba. Eran las diez y media de la noche. Había una sala de estar un poco alejada, desde la cual se veía la luz azulada de un televisor, pero no se oía nada. Sven-Erik llamó a la puerta y se echó hacia atrás unos metros, junto a Måns.

Olof Strandgård fue quien abrió la puerta. Hizo un gesto de malestar con la cara cuando vio a Rebecka. Detrás de él se veía a Kristina y a Sanna. A las niñas no se las veía. Quizás estuvieran durmiendo.

—Está bien, papá —dijo Sanna saliendo por la puerta—. Quédate dentro con mamá y las niñas.

Cerró la puerta tras de sí y se puso al lado de Rebecka. A través de la puerta se oyó la voz de Olof Strandgård diciendo:

—Fue ella la que puso en peligro la vida de las niñas —dijo—. ¿Es que ahora se ha convertido en una heroína?

Luego se oyó la voz de Kristina Strandgård, pero no fueron palabras de disculpa, sólo un murmullo tranquilizador.

—Sí, y ¿qué? —se oyó decir a Olof—. Así que si tiro a alguien al hielo y luego lo saco, ¿le he salvado la vida?

Sanna le hizo una mueca a Rebecka.

—No te preocupes por él. Todos estamos muy afectados y cansados. Eso es lo que pasa.

—Sara —dijo Rebecka—. Y Lova.

—Están durmiendo y no las quiero despertar. Les diré que has venido a verlas.

«No me dejará verlas», pensó Rebecka mordiéndose los labios.

Sanna alargó la mano y le acarició la mejilla.

—No estoy enfadada contigo —dijo dulcemente—. Entiendo que hicieras lo que te pareció mejor para ellas.

La mano de Rebecka se cerró debajo de la manta. De golpe la sacó afuera agarrando la muñeca de Sanna como una marta coge a un ratón por la nuca.

—¡Oye, tú...! —le dijo Rebecka con un grito contenido.

Sanna intentó deshacerse de la mano pero Rebecka la tenía bien cogida.

—¿Qué pasa? —preguntó Sanna—. ¿Qué he hecho yo?

Måns y Sven-Erik Stålnacke continuaban hablando un poco alejados, en el pasillo, pero parecía que habían perdido la concentración en su conversación. Estaban atentos a lo que ocurría entre Rebecka y Sanna.

Sanna se recogió en sí misma.

—¿Qué he hecho? —dijo de nuevo gimiendo.

—No lo sé —respondió Rebecka cogiendo la muñeca de Sanna tan fuerte como podía—. Explica tú misma lo que has hecho. Curt te amaba, ¿no? A su desquiciada manera. ¿Quizá le contaste lo que sospechabas de Viktor? ¿Quizá jugaste con todo tu desamparo hasta que no supiste qué más hacer? ¿Quizá lloraste un poco y dijiste que deseabas que Viktor desapareciera de tu vida?

Sanna dio un respingo como si alguien le hubiera pegado. Por un momento algo oscuro y extraño apareció en sus ojos. Ira. Parecía como si deseara que le crecieran las uñas hasta convertirse en garras de hierro y poder hincarlas en Rebecka para destruirle las entrañas. Aquel momento pasó y su labio inferior empezó a temblar mientras le saltaban unos lagrimones por el rabillo de los ojos.

—Yo no lo sabía... —tartamudeó—. ¿Cómo iba a saber yo lo que Curt iba a hacer...? ¿Cómo puedes creer que...?

—Ni siquiera estoy segura de que fuera Viktor —dijo Rebecka—. Quizá era Olof. Desde el principio. Pero a ése no lo tocas. Y ahora les devuelves a las niñas. Pienso hacer una denuncia. Los servicios sociales tendrán que abrir una investigación.

Estaban sobre una fina capa de hielo. Una placa, un resto de algo que ya no existía. Ahora se rompía entre ellas. Cada una se iba hacia un lado sin poder hacer nada.

Rebecka volvió la cabeza y soltó a Sanna, casi le apartó la mano.

—Estoy cansada —dijo.

En un segundo Måns y Sven-Erik estaban al lado de la cama. Los dos saludaron a Sanna sin decir palabra. Måns sacudiendo la cabeza. Sven-Erik tenía un gesto de triunfo en los ojos. Los hombres se intercambiaron los trabajos. Måns empujaba la cama y Sven-Erik el gotero. Sin palabras se llevaron a Rebecka de allí.

Sanna Strandgård se quedó mirándolos hasta que desaparecieron por otro pasillo. Se apoyó en la puerta cerrada.

«En verano —pensó Sanna—. Entonces me llevaré a las niñas de vacaciones en bicicleta. Pediré prestado un remolque para llevar a Lova. Sara puede sola. Iremos a Tornedalen. Seguro que les gusta.»

Sven-Erik se despidió y se fue de allí. Måns presionó el botón del ascensor y la puerta se abrió, deslizándose hacia un lado a la vez que sonaba un cling. Maldijo cuando la cama chocó contra la pared del ascensor. A la vez que se estiraba para coger el gotero, puso una pierna delante del sensor para que la puerta no se cerrara. Toda aquella gimnasia le hizo perder el aliento. Le apetecía un whisky. Miró a Rebecka. Tenía los ojos cerrados. Quizá se había dormido.

—¿Vas a permitir —le preguntó Måns con una sonrisa ladeada— que un viejo te lleve rodando de un lado para otro?

De un altavoz instalado en el techo se oyó una voz mecánica que decía: «Tercera planta», y la puerta del ascensor se abrió.

Rebecka mantuvo los ojos cerrados.

«Tú sigue empujando —pensó—. No puedo ser demasiado exigente. Me aprovecho de lo que hay.»

ATARDECIÓ

Y AMANECIÓ: DÍA SÉPTIMO

Anna-Maria Mella está de rodillas en la sala de partos. Se agarra a las patas de la cama de acero y sus puños palidecen. Aprieta la nariz contra la máscara de gas y respira. Robert le acaricia el pelo, empapado de sudor.

—Ahora —grita—. Ya sale.

El dolor de la contracción le llega como un alud de nieve que cae por la ladera de una montaña. Es cuestión de seguirlo. Presiona, aprieta y empuja.

Detrás de ella hay dos comadronas. Le chillan y la jalean como si fuera el caballo por el que han apostado en la carrera.

—¡Venga, Anna-Maria! ¡Otra vez! ¡Qué bien lo haces!

Al salir la cabeza del niño todo le quema como si tuviera fuego dentro. Y ahora, cuando por fin la cabeza ya está fuera, el niño se desliza hacia el exterior como una resbaladiza trucha de río.

No tiene fuerzas para volverse. Pero oye el grito exigente y colérico de la criatura.

Robert le coge la cabeza con las dos manos y la besa en la cara. Está llorando.

—¡Bien hecho! —ríe entre lágrimas—. Es un niño.

AGRADECIMIENTOS

Rebecka Martinsson volverá. A una mujer así no se la elimina fácilmente. Dale sólo un poco de tiempo. Recuerda que esta historia y sus personajes han sido inventados. Algunos lugares de la novela también son ficticios: por ejemplo, la Iglesia de Cristal o la escalera de entrada de la casa de los Söderberg.

Hay muchas personas a las que agradecer y quiero nombrar a algunas: a la abogada Karina Lundström, que en su vida anterior fue investigadora de la policía y se llamaba Kritan; le he preguntado sobre pistolas y bases de datos de la policía. A la asesora Viktoria Lindgren y a la magistrada Maria Widebäck. Al jefe médico Jan Lindberg y al asistente forense Kjell Edh, que han aportado la descripción de un muerto en la sala de autopsias. A Birgitta Holmgren por la información sobre la atención psiquiátrica en Kiruna. Al cultivador de shitakes Sven-Ivan Mella, por todo lo de las setas y lo de la mina donde desapareció un hombre.

Los posibles fallos del libro son míos. Ciertas cosas no las he preguntado a las personas citadas. Otras las he entendido mal y a veces, simplemente, he desobedecido. Lo esencial para mí ha sido hacer que mis mentiras fueran creíbles y, cuando la fantasía ha estado enfrentada a la realidad, la fantasía ha ganado siempre.

Gracias también al equipo quirúrgico-literario compuesto por Hans-Olov Öberg, Marcus Tull y Sören Bondeson (que han suspirado y gemido, se han rascado las cabezas y, de vez en cuando, han gruñido complacidos). Al editor Gunnar Nirstedt por sus puntos de vista. A Elisabeth Ohlson Wallin y John Eyre por la cubierta. A mi madre y a Eva Jensen, que gritaban: «Escribe más deprisa», y consideraban que TODO era MUY BUENO. A Lena Andersson y a Thomas Karlsen Andersson por su amistad y hospitalidad en Kiruna.

Y finalmente: Gracias a Per. Pasó el peligro...